I0655909

TB 72
51

L'INSTINCT D'AMOUR

J. Roux, L'Instinct d'amour.

TRAVAUX DU MÊME AUTEUR

DIAGNOSTIC ET TRAITEMENT

DES

MALADIES NERVEUSES

Préface par J. Teissier, professeur à la Faculté de médecine,
médecin de l'Hôtel-Dieu de Lyon.
1901, in-18, XIII-553 pages, avec 66 figures intercalées dans le texte.

Des rapports de l'hémianopsie latérale droite et de la cécité verbale,
Thèse Lyon, 1895.

Psychologie de l'instinct sexuel, Paris, J.-B. Baillière et fils, 1889, in-16
carré, 1 fr. 50 cent. (Les actualités médicales.)

Un cas de parasitisme des centres nerveux par une mycose, dont
l'action paraît avoir été uniquement mécanique (en collaboration avec
M. Paviot), *Presse médicale*, 1898.

Essais de diagnostic différenciel entre la syphilis méningée, la syphilis
artérielle et la syphilis gommeuse de l'encéphale (en collaboration avec
M. le professeur J. Teissier) *Arch. de neurol.*, 1898, nos 1 et suivants.

Double centre cortical d'innervation oculomotrice. *Arch. de neurologie*,
1899, p. 177, nº 45.

Un cas de tumeur de la moelle (en collaboration avec M. Paviot),
Arch. neurol., 1898, nº 30.

Contribution à l'étude des troubles intellectuels consécutifs à la
fièvre typhoïde (en collaboration avec M. Devic). *Province médicale*, 1896,
page 97.

Le signe d'Argyll-Robertson. *Province médicale*, 1898.

Réflexes rétino-rétiniens. *Arch. d'ophtalmologie*, juin 1898.

Mécanisme anatomique de l'attention. *Arch. de neur.*, 1898, nº 36.

Contribution à l'étude du délire des affections fébriles. *Province médicale*, 1897, page 246.

A propos d'un cas de maladie d'Addison sans lésion des capsules
surrénales, *Province médicale*, 1893, page 401.

Psychose polynévritique, *Loire médicale*, 1900.

Sensation douloureuse. *Province médicale*, 1896.

La faim, *Bulletins de la Soc. d'anthropologie de Lyon*, 5 juillet 1897.

Paralysie associée des mouvements de la tête et des yeux. *Revue de
médecine*, 1896, nº 5, page 412 (en collaboration avec M. Devic).

DIJON. — IMPRIMERIE DARANTIERE.

JOANNY ROUX

MÉDECIN DES HOPITAUX DE SAINT-ÉTIENNE

L'INSTINCT

D'AMOUR

« Aimer, comprendre. »

PARIS

J.-B. BAILLIÈRE ET FILS

—

1904

Tous droits réservés

L'INSTINCT D'AMOUR

INTRODUCTION

> Si ce que j'ai écrit scandalise quelque
> personne impudique qu'elle accuse plu-
> tôt sa turpitude que les paroles dont j'ai
> été obligé de me servir pour expliquer
> ma pensée.
>
> SAINT AUGUSTIN.

La Philosophie, cet ensemble des idées générales communes à toutes les sciences, se propose, comme but, l'explication de l'Univers. Expliquer l'Univers, ce n'est pas seulement démonter et démontrer le mécanisme des phénomènes actuels, c'est encore, poursuivant de proche en proche la série des phénomènes écoulés, établir leur filiation et, reculant sans cesse le problème, éclairer peu à peu la nuit des origines.

C'est aussi, scrutant la marche du monde, situant ses étapes une à une, établissant sa direction générale, essayer de soulever un coin du voile de l'Avenir, effroi douloureux et espérance merveilleuse de l'Humanité. Ainsi qu'un mathématicien repérant les situations successives d'un projectile, établit sa trajectoire, retrouve son point de départ, trace sa course, fixe son terme ; ainsi le philosophe s'efforce de déterminer la trajectoire de l'Univers.

Les religions, ces premiers balbutiements de la Philosophie, ont, depuis des siècles, posé le problème. A l'humanité impatiente, torturée par l'incertitude et enfiévrée d'immortalité, elles ont jeté une solution qu'on a eu le tort d'affirmer définitive. Cette solution anthropomorphique et dualistique posant d'un côté le monde matériel sensible, et de l'autre une intelligence plus ou moins immatérielle et supra-sensible ayant créé l'Univers et le gouvernant, la Science l'a depuis longtemps examinée, réfutée et définitivement rejetée.

Il n'y a pas encore un siècle que les découvertes successives des sciences particulières ont permis aux philosophes d'ébaucher les grands linéaments d'une explication scientifique intégrale de l'Univers phénoménal.

Introduit dans les sciences chimiques par Lavoisier, le *déterminisme* absolu des phénomènes a exigé pour son admission dans les sciences biologiques, le génie de Claude Bernard. Il y a à peine cinquante ans, en effet, que dans l'explication des phénomènes de la vie on faisait encore intervenir un principe mystérieux, surnaturel, insaisissable, non soumis aux lois de la nature, et au principe de causalité, échappant par conséquent à la connaissance scientifique.

Le dogme de la Création a longtemps régné en maître : les recherches de Laplace, Herschell, Ch. Lyell lui ont porté les derniers coups. Rétablissant les formations successives par lesquelles a passé notre globe, déchiffrant dans la croûte terrestre l'histoire claire de ses bouleversements et de ses transformations, le géologue et le paléontologue nous ont fait assister à l'édification de notre planète. Pendant ce temps, les astronomes nous expliquaient la naissance du système solaire, et des systèmes stellaires analogues aux dépens de la nébuleuse primitive. On a pu dès lors affirmer que le monde inorganique n'a dû sa formation qu'au simple jeu des forces naturelles suivant des lois aussi absolues et nécessaires que les lois mathématiques, sans qu'il y ait place pour l'intervention d'un créateur hypothétique et incompréhensible.

Est-il besoin de répondre à cette objection plaisante qu'on fait quelquefois lorsqu'on parle de *lois naturelles*, et qui n'est pas sans témoigner d'une certaine indigence d'esprit de la part de son auteur ? Une loi, objecte-t-on, suppose un législateur ; quel est celui qui a posé ces *lois naturelles* ? On voit tout de suite l'erreur anthropomorphique qui assimile les lois naturelles aux lois humaines. Faut-il faire remarquer qu'une loi naturelle est toujours *absolue* et *nécessaire*, que si parfois elle paraît *relative* et *contingente*, c'est à cause de sa subordination à une loi plus générale. Y a-t-il jamais eu un législateur pour décréter que $2+2$ ferait 4, ou encore que la somme des angles d'un triangle serait égale à deux droits ? La loi du parallélogramme des forces a-t-elle été promulguée ?

Le problème des origines de la vie a paru plus longtemps encore inaccessible ; Cl. Bernard lui-même n'avait osé l'aborder. Les recherches de Lamarq, Darwin et de leurs successeurs ont ouvert une fenêtre sur cet inconnu. Par la synthèse des découvertes successives de l'histoire naturelle, de l'embryologie, de la paléontologie, on a pu, après avoir mis en série tous les êtres vivants à travers le temps et l'espace, établir leur filiation, et montrer enfin comment, en vertu de quelques lois très simples, la matière organique, par de lents mais incessants perfectionnements, s'est élevée de la masse protoplasmique à peine organisée jusqu'à l'homme. Il reste sans doute à montrer comment le passage a pu se faire de la matière inorganique à cette matière protoplasmique à peine organisée. C'est encore un problème, ce n'est plus un mystère. Franchement, admettre que ce passage s'est accompli par de simples réactions physico-chimiques, à la faveur de conditions qui nous sont encore inconnues, et qu'il n'est pas en notre pouvoir de réaliser, n'offusque-t-il pas moins notre raison, qu'une intervention surnaturelle tout à fait inexplicable ?

En résumé, prenant la matière condensée et organisée, telle que nous la constatons, puis remontant vers la nuit des origines, nous trouvons en dernière analyse la matière infiniment raréfiée dans un espace infini. Devant l'infini notre raison s'incline, mais ne trouve rien à adorer.

Il est un domaine dans lequel le spiritualisme expirant a cru trouver un dernier refuge, c'est celui des phénomènes de la pensée. Les partisans du dualisme, qui fait le fond de presque toutes les religions et de beaucoup de doctrines philosophiques, et qui consiste à poser d'un côté l'âme intelligente et libre, de l'autre le corps, simple instrument plus ou moins perfectionné et docile, ont cru trouver là un terrain solide, une forteresse inexpugnable.

Sans doute, nous disent les plus conciliants, vous nous avez donné une explication plausible de l'origine des mondes ; vous avez démontré le déterminisme rigoureux des phénomènes biologiques ; vous nous avez fait assister à la formation progressive des êtres vivants ; admettons même que vous résolviez un jour le problème de l'origine de la vie. Il est un terrain qu'il vous est défendu d'aborder : *les phénomènes de la pensée échapperont toujours à vos tentatives d'explication.*

Eh bien, ce n'est pas vrai ; il n'y a aucune raison pour que les phénomènes de la pensée ne soient pas, comme les autres, soumis à la loi de causalité, à un déterminisme rigoureux. Nous pouvons, nous devons essayer d'en pénétrer le mécanisme. Là non plus il n'y a pas de mystère. Le jour où on donnera de tous les phénomènes de la pensée une explication mécanique, le dernier refuge du spiritualisme sera définitivement renversé. L'hypothèse d'une âme libre et plus ou moins immatérielle et indépendante du corps sera reléguée dans le domaine de la fantaisie : elle pourra encore inspirer le poète ou consoler le sentimental ; elle n'aura plus pour le savant qu'une valeur historique.

Voilà quelle sera l'œuvre de la psychologie moderne.

**

Les phénomènes biologiques sont réductibles en
dernière analyse à des réactions physico-chimiques
soumises au déterminisme le plus absolu : il n'est
personne pour le nier aujourd'hui.

Entre les phénomènes de la pensée et les autres
manifestations de la vie y a-t-il donc une différence
essentielle qui permette de les séparer ?

Tout phénomène psychologique se présente à nous
sous deux aspects : *objectif* et *subjectif*.

Considéré *objectivement* un fait psychologique
quelconque suppose la succession des phénomènes
suivants :

1ᵉʳ *temps*. — Un mouvement, une vibration d'un
mode quelconque, vient impressionner l'extrémité
terminale d'un nerf centripète. Par suite des dis-
positions et des propriétés spéciales de cette extrémité nerveuse (rétine, organe de Corti, corpuscules
du goût, etc.), il se fait une transformation de force
ou plutôt de mouvement. Le mouvement causal (lumière, son, etc.) se transforme en une modalité
spéciale de mouvement, encore inconnue, et que
faute de mieux on appelle *influx nerveux*.

2ᵉ *temps*. — L'influx nerveux ainsi produit s'élève
vers les centres par les voies centripètes du système
nerveux.

3e *temps*. — Durant ce trajet, à des étages divers (ganglions nerveux, moelle, bulbe, etc.), l'influx nerveux se réfléchit en partie par des conducteurs centrifuges. Revenu à la périphérie, il subit de nouvelles transformations dans des appareils spéciaux (muscles, glandes, etc.). Ce sont là les réflexes inférieurs, ganglionnaires, médullaires, bulbaires, etc.

4e *temps*. — L'influx a continué sa marche ascendante. Arrivé à la corticalité, il trouve ouvertes devant lui d'innombrables voies : il suit naturellement, comme tous les modes de mouvement, celles de moindre résistance. La moindre résistance, dans telle ou telle voie, résulte soit de la conformation congénitale, héréditaire de l'individu ; soit des courants nerveux qui l'ont déjà traversée, c'est-à-dire des acquisitions individuelles.

5e *temps*. — Après un trajet variable à travers les neurones corticaux, l'influx nerveux prend une direction centrifuge et va s'extérioriser par des contractions musculaires, des effets vaso-moteurs, des sécrétions, etc.

C'est là le type du réflexe cortical, et *objectivement*, dans tous les phénomènes de la pensée, il n'y a pas autre chose que des réflexes corticaux.

Donner l'explication mécanique d'un phénomène psychologique, c'est donc :

1º Montrer comment naît l'influx nerveux à la périphérie ;

2° Par quelles voies il s'élève vers les centres ;

3° Quels sont les réflexes ganglionnaires, médullaires, bulbaires, etc., auxquels il donne naissance chemin faisant ;

4° Quel est son trajet à travers la corticalité ;

5° Enfin, par quelles voies il se réfléchit et comment il s'extériorise.

Prenons un exemple : voyez cet homme assis à sa table de travail et absorbé par l'étude. Par la fenêtre située à son côté, mettons à sa gauche, arrive tout d'un coup un rayon de soleil qui le frappe en plein visage ; il s'arrête de travailler, réfléchit un instant, va fermer les volets, puis reprend sa place. Traduisons cette série de faits en langage physiologique.

Le rayon lumineux a frappé la moitié droite des deux rétines et les vibrations lumineuses se sont transformées en vibrations nerveuses (1ᵉʳ temps).

Ces vibrations nerveuses s'élèvent vers les centres par le nerf optique, le chiasma, la bandelette optique droite, puis les radiations optiques du lobe occipital droit (2ᵉ temps).

Durant ce trajet une partie des vibrations s'est réfléchie par le ganglion de l'habenula et la IIIᵉ paire jusqu'à l'iris qui s'est contracté (3ᵉ temps).

Les vibrations sont arrivées au centre visuel de l'hémisphère droit (cuneus, scissure calcarine, lobe lingual et lobe fusiforme). Elles se diffusent dans toute la corticalité, en suivant les voies de moindre résistance (4e temps).

Elles s'assemblent au niveau des centres moteurs et suivent un trajet centrifuge, font contracter les muscles nécessaires à l'action d'aller fermer les volets (5e temps).

Dans cet exemple très simple, nous trouvons représentés tous les faits psychologiques : *phénomène de sensibilité* au moment où les vibrations nerveuses abordent le centre visuel ; *phénomène* d'intelligence durant le trajet intra-cortical des vibrations (association d'idées; raisonnement, jugement) ; phénomène dit volontaire, lorsque les vibrations nerveuses, arrivées au centre moteur s'extériorisent par des contractions musculaires.

Dans cette série de faits, considérés *objectivement*, nous ne trouvons qu'un trajet plus ou moins compliqué à travers le système nerveux de l'énergie sous sa forme influx nerveux. C'est un réflexe.

Mais, nous objectera-t-on, qu'est-ce qui guide cet influx nerveux ? Comment se fait-il qu'à travers les innombrables voies qui se présentent à lui, il suive précisément celles qui le conduiront aux cellules motrices dont la mise en action aura pour effet la suppression du rayon lumineux gênant ? Comment se fait-il que tel excitant aboutisse à telle réaction motrice appropriée ? Comment se fait-il, en un mot, que l'acte volontaire soit adapté à la sensation?

Le mécanisme de l'intelligence (1) ou pour mieux dire des *phénomènes intellectuels* est tout entier là et nous devons entrer dans quelques développements.

Comme toutes les autres formes de l'énergie, l'influx nerveux suit évidemment dans sa propagation les voies de moindre résistance.

Dans le réflexe simple, élémentaire, par exemple la contraction de la pupille sous l'influence d'un rayon lumineux projeté sur la rétine, la voie de moindre résistance est toute tracée et déterminée par la structure et les connexions congénitales des éléments nerveux.

Prenons un réflexe plus compliqué : la marche chez le poussin. Au sortir de l'œuf, sans éducation préalable, il marche et court. Là encore on ne peut invoquer que la structure congénitale.

Dans les deux cas, l'influx nerveux suit des voies toutes tracées ; il ne peut pas plus s'en échapper qu'un fleuve fortement encaissé ne peut sortir de ses rives.

(1) Les mots intelligence, volonté, sensibilité, sont des mots *abstraits* exprimant la qualité commune à certains phénomènes. Ce sont des abstractions et non des entités. Que d'erreurs on aurait évité si l'on s'en était toujours souvenu ! Que de discussions deviendraient inutiles si, sous l'étiquette des mots, on vérifiait la marchandise !

Voyez maintenant ce jeune enfant dont la mère guide les premiers pas : ce ne sont d'abord que contractions musculaires désordonnées puis, sous l'influence de son guide un choix s'opère parmi ces mouvements incoordonnés : les contractions musculaires appropriées se *répétant* deviennent de plus en plus précises ; les contractions musculaires intempestives sont réprimées, deviennent de plus en plus rares. Que se passe-t-il ? L'influx nerveux traversant plus souvent les mêmes voies, y creuse pour ainsi dire son passage, comme le fleuve dans la plaine finit par tracer son lit. Lorsque la marche est *apprise*, est devenue aussi automatique que chez le poussin, les voies de l'influx y sont déterminées comme chez ce dernier par la structure.

Ici la structure n'est plus seulement congénitale, mais *acquise*. Il est bien certain que si chez l'enfant qui apprend à marcher, des voies multiples ouvertes à l'influx conduisent à des contractions musculaires désordonnées, il en est déjà cependant parmi elles de moindre résistance. L'expérience ne fait que les consolider et les isoler. Ainsi, dans la plaine où l'on va détourner un fleuve, la course de celui-ci est-elle déterminée par les pentes : l'action corrosive du courant ne fera que creuser le lit.

Choisissons un exemple encore plus complexe, l'action de jouer du piano, par exemple ; nous pourrons de point en point lui appliquer le même raisonnement que pour la marche : l'acte indéfiniment répété devient aussi automatique que la marche ; les vibrations nerveuses traversant sans cesse les mêmes voies, les creusent pour ainsi dire. Là point de structure congénitale traçant d'avance les voies de l'influx : celles-ci sont tout entières créées par l'exercice et l'expérience, aidées des acquisitions antérieures endiguant l'énergie nerveuse pour la coordination des mouvements.

L'acte, que nous avons pris plus haut pour exemple, se lever pour se garantir d'un rayon lumineux intempestif, peut parfaitement, en se répétant, devenir aussi automatique que les précédents.

Dans tous ces exemples, qu'il s'agisse d'un réflexe simple, d'un acte automatique instinctif, ou d'un acte révélant une intelligence cultivée, tout s'explique par des conducteurs spécialisés véhiculant l'énergie nerveuse. Entre la sensation et l'acte moteur approprié il y a un rapport analogue à celui qui existe entre le bouton d'appel d'une chambre d'hôtel, et le tableau, où, en même temps que la sonnerie résonne, apparaît le numéro de la chambre d'où part l'appel.

Si l'on admet, et il est impossible de ne pas le faire, ce mécanisme pour le réflexe simple, on doit l'admettre aussi pour l'acte intellectuel le plus subtil, car entre les deux il y a une différence de complication non de nature : de l'un à l'autre on pourrait facilement établir des termes de transition

insensible., Remarquons d'ailleurs que les actes
purement instinctifs, pour lesquels on ne refuse
guère cette explication mécaniste, sont souvent tout
aussi compliqués que ceux qui réclament l'intervention de ce qu'on a appelé l'Intelligence. Lorsque
l'oiseau fait son nid, il met en jeu un mécanisme
certainement aussi complexe que celui nécessité
par le tapotement sur un piano d'un air connu.

En résumé le système nerveux n'est, comme le
répète Pierret, que le « chemin de la force ». Toute
action centripète se réfléchit par une action centrifuge ; toute sensation a pour conséquence un mouvement (entendu dans son sens le plus large), de
même que tout mouvement a pour origine une sensation plus ou moins lointaine. Dans les plus hautes
spéculations de la pensée, comme dans l'acte physiologique le plus simple, il n'y a qu'un réflexe. Tantôt les voies de ce réflexe sont entièrement tracées
dès la naissance (clignement des paupières, la marche chez le poussin), et l'on dit qu'il s'agit d'un *acte
automatique instinctif*. Tantôt le trajet du réflexe
n'est déterminé qu'après la naissance, par l'exercice et l'expérience, après avoir été préparé soit par
la structure congénitale (action de marcher chez
l'homme) soit par des acquisitions antérieures (action de jouer du piano...) : on voit alors qu'il s'a-
git d'*actes automatiques secondaires*. Tantôt enfin il

n'y a pas de trajet nettement déterminé : l'influx se diffuse dans plusieurs directions, voies des réflexes les plus analogues (association d'idées, comparaison) puis trouvant une issue creusée par les acquisitions antérieures plus ou moins semblables (raisonnement), s'échappe et s'extériorise par un mouvement centrifuge (action dite volontaire).

Nous pouvons maintenant répondre à l'objection faite plus haut : si tel excitant aboutit à telle réaction motrice appropriée ; si l'acte volontaire est adapté à la sensation ; si dans l'exemple que nous avons donné plus haut, l'influx nerveux, parmi les innombrables voies qui s'offrent à lui, choisit précisément celles qui le conduiront à l'acte moteur approprié, c'est que ces voies ont été tracées soit par la structure congénitale, soit par les expériences et acquisitions antérieures. Point n'est besoin de faire intervenir un principe directeur plus ou moins immatériel, agissant par des moyens incompréhensibles. La direction est donnée par la structure de même que le courant d'un fleuve est déterminé par les pentes de la vallée. C'est en ce sens que peut être considérée comme un éclair de génie la parole du scholastique : « *l'âme c'est la forme du corps.* »

Après ce que nous avons dit plus haut sur l'origine et le perfectionnement progressif des êtres vivants, est-il besoin de répondre à cette objection : qu'est-ce qui a déterminé cette *structure congénitale*, cette *forme du corps?* Insoluble avant Darwin, cette objection avait embarrassé Cl. Bernard lui-même. Il est facile aujourd'hui d'y répondre. De la masse protoplasmique à peine organisée des temps primitifs jusqu'à l'homme, se sont succédées une infinité de formes transitoires. En vertu de l'hérédité, chacune de ces formes ressemblait à celle qui lui avait donné naissance, mais toujours avec quelque variation, si légère soit-elle, variation accidentelle ou plutôt déterminée, soit par l'influence réciproque des deux sujets dans la fécondation, soit par l'action du milieu sur le germe ou le soma.

De ces variations, les unes constituaient un perfectionnement, les autres, au contraire, un retour en arrière, une régression. Les premières ont été fixées par l'hérédité parce que les individus qui les ont possédées ont été plus aptes et ont triomphé dans la lutte pour l'existence; les secondes ont disparu parce que les individus qui en étaient porteurs, moins aptes, ont succombé. Ainsi a pu s'établir progressivement l'organisme si compliqué des animaux supérieurs et de l'homme. Cette horloge merveilleuse ne réclame point d'horloger, pas plus que les méandres capricieux d'un fleuve n'ont réclamé des ingénieurs ou des terrassiers. Les lois de l'évolution ont fait, dans le premier cas, ce que les lois de la pesanteur ont fait dans le second.

**

Est-il besoin après cela de discuter la question du libre arbitre? Affirmer le libre arbitre, c'est nier le principe de causalité. Dire que je puis choisir entre deux motifs, c'est dire que la résultante de deux forces peut, par un effort de sa volonté, ne pas suivre exactement la diagonale du parallélogramme construit sur les composantes. C'est admettre qu'une force peut ajouter quelque chose à elle-même; c'est nier le grand principe de la conservation des forces; c'est enfin admettre une *création permanente*, sans cesse renouvelée par les individus dits libres. Qu'on n'objecte pas qu'on n'ajoute rien à une force, qu'on la *dirige* seulement! Comme si on pouvait changer la direction d'une force sans rien n'y ajouter, sans rien n'en retrancher. Il est inconcevable qu'à notre époque le libre arbitre soit encore admis par des savants, pourtant estimés dans le coin de la science qu'ils ont cultivé avec fruit.

**

Nous venons d'examiner les phénomènes psychologiques sous leur aspect *objectif*, et nous avons démontré que, comme les autres phénomènes biologiques, ils obéissent au déterminisme le plus absolu et doivent recevoir une explication mécaniste.

Maïs ce n'est pas là tout ; reste leur aspect *subjectif*. Une partie des phénomènes de la pensée *ont quelque chose de particulier, c'est qu'ils sont conscients*. Dans l'exemple que nous avons donné plus haut, en même temps que l'influx nerveux arrive à la corticalité, le sujet a une sensation, la sensation lumineuse ; lorsque l'influx chemine à travers les diverses voies que lui ouvrent les expériences antérieures, des images, des souvenirs s'éveillent dans la conscience, des associations d'idées surgissent, des comparaisons s'établissent ; lorsqu'enfin l'influx trouve sa voie définitive, un jugement se forme, un acte dit volontaire se décide, qui s'exécutera lorsque l'énergie nerveuse s'échappera par les voies centrifuges.

Tel est l'aspect *subjectif* des phénomènes que nous avons étudiés *objectivement* plus haut. C'est la *conscience*. Entendons-nous bien, la conscience n'est pas une entité, elle n'a pas d'existence à part, ce *n'est qu'une abstraction* qui exprime la *qualité* de certains phénomènes. Il y a des phénomènes *conscients*, il n'y a pas de *conscience*, entité spéciale. Ces termes impliquent, non des phénomènes nouveaux, mais un *aspect nouveau* des mêmes phénomènes.

Pour mieux faire saisir notre pensée, qu'on nous permette d'avoir recours à une comparaison. Voici plusieurs personnes qui s'agitent dans un lieu quelconque ; une glace disposée convenablement reflète tous leurs mouvements ; un observateur placé en dehors les contemple et suit leurs mouvements à la fois directement et dans la glace.

Voilà comment se présentent à notre observation les phénomènes de la pensée, directement et objectivement, ou bien subjectivement dans le miroir de notre conscience. Mais qu'on n'aille pas croire que ce reflet a une *existence à part*, et que surtout sous le nom d'âme on ne lui attribue pas une influence directrice et dominatrice.

Le même phénomène peut d'ailleurs être tour à tour conscient ou inconscient, sans que son accomplissement soit modifié.

La conscience serait supprimée, qu'*objectivement* rien ne serait changé dans l'univers.

La notion de conscience mal comprise est la source d'un malentendu fréquent. Lorsque nous discutons avec un spiritualiste, il admet toutes nos conclusions jusqu'au moment où nous arrivons à la conscience. Devant l'impossibilité où nous sommes de lui expliquer la conscience dans le sens où il entend ce mot, c'est-à-dire comme *entité ayant une existence à part*, il triomphe et s'étonne de nous voir nier l'existence de l'âme. Le malentendu cessera le jour où l'on verra clairement que, s'il y a des phénomènes *conscients*, il n'y a pas de *cons-*

cience, entité propre, que sous ce nom il n'est pas possible de faire revivre l'âme.

Ce serait une erreur de croire que la conscience est le propre de l'homme ou même des animaux supérieurs. En réalité chacun de nous n'a la certitude absolue que de sa *propre conscience;* s'il l'attribue à ses semblables ce n'est que par un raisonnement par analogie. Le même raisonnement nous force à l'admettre pour les animaux supérieurs dont la psychologie est si proche de la nôtre. Descendant ensuite progressivement l'échelle des êtres vivants, on arrive aux organismes les plus inférieurs, sans qu'aucune raison nous permette de leur refuser la conscience.

La transition étant insensible entre le monde organique et le monde inorganique, on arrive à considérer la conscience comme une *qualité universelle* des phénomènes. Tandis que pour les phénomènes inorganiques les consciences restent *fragmentaires, atomiques*, elles s'agrègent déjà en conscience *synthétique* dans l'être vivant unicellulaire, et enfin en personnalité consciente dans l'être pluricellulaire. La personnalité consciente humaine est l'agrégat d'une multitude de consciences élémentaires, comme la personnalité physique est l'agrégat d'une multitude de cellules. La conscience élémentaire de chaque cellule est elle-même l'agrégat de multiples consciences atomiques.

Le parallélisme entre les deux aspects *objectifs* et *subjectifs* des phénomènes se continue partout et l'on pourrait décrire une évolution des consciences, comme on décrit une évolution des êtres vivants.

Il ne suffit pas de se demander d'où nous venons, et ce que nous sommes. Où allons-nous? a-t-on le droit d'interroger. Après avoir tracé depuis les origines jusqu'à nous la trajectoire de l'Univers, peut-on la suivre dans son développement futur? Depuis les temps les plus reculés, l'homme nous apparaît, avec un organisme de plus en plus compliqué, scrutant les lois du monde et de son propre développement, asservissant et domestiquant à son usage les forces éparses, affinant sa sensibilité, prenant enfin conscience de l'univers. Ce développement sera-t-il indéfini? Emporté sur les ailes de l'Imagination, on peut concevoir un surhomme ayant tout compris, tout asservi, ayant conscience enfin de la Loi primordiale unique, régissant tous les phénomènes, comme de la substance unique leur servant de substratum. Dans ce surhomme omniscient et omnipotent, nouveau Titan escaladant l'Olympe, n'a-t-on pas reconnu le Dieu des religions, non plus figé dans l'immobilité d'un éternel présent, mais en perpétuel devenir dans un éternel futur.

Retombons de ce rêve ; le développement de l'homme est borné. Il est borné d'abord par la structure de son cerveau qui ne permettra jamais qu'un nombre fini de réflexes et de combinaisons. Chacun de ces réflexes, dans la période où il s'établit, est conscient; il devient inconscient et automatique, lorsque chez l'individu il est définitivement réglé ; il devient instinctif et complètement inconscient lorsque fixé dans l'espèce il est devenu un instinct. La conscience se rétrécit d'un côté, à mesure qu'elle s'élargit de l'autre. Dans la période où l'abeille élaborait ses merveilleuses actions réflexes, actuellement fixées en instinct dans l'espèce, sa conscience était probablement plus étendue, qu'à l'heure actuelle de son presque complet développement. Le surhomme de l'avenir, abeille de l'humanité, nous apparaît comme un organisme merveilleusement compliqué, exécutant d'une façon instinctive les opérations qui actuellement réclament un cerveau de génie.

Nous avons montré comment peuvent s'ébaucher les grandes lignes d'une explication intégrale de l'univers. Est-ce à dire qu'aucune barrière ne s'offre à notre connaissance ? Nous avons vu que le pro-

blème des origines s'arrêtait à la matière *infiniment*
raréfiée. Lorsque notre pensée suit le regard plongé
dans les espaces célestes, elle s'arrête devant l'infini ; lorsqu'elle vagabonde dans le passé ou dans
le futur, elle se heurte à l'infini. Nous ne pouvons
pas ne pas admettre l'infini dans le temps et dans
l'espace, et cependant il nous est impossible, je ne
dis pas de l'expliquer, mais simplement de le concevoir.

En dehors du monde phénoménal, nous ne pouvons rien connaître. Tout phénomène est réduc-
tible à un mode de mouvement. Pour qu'il y ait
mouvement, il faut quelque chose qui se meuve.
Ce quelque chose, c'est la *substance*. Nous ne pouvons pas ne pas admettre la substance, ce substratum des phénomènes. Dépouillez ce qu'on appelle
vulgairement la matière de ses propriétés qui sont
des modes de mouvement, des phénomènes, il semble ne rester rien, et cependant il faut bien qu'il y
ait quelque chose. Ce quelque chose il nous est impossible de le concevoir.

La conscience, avons-nous dit, n'est qu'un aspect spécial, un reflet des phénomènes ou, comme
on l'a dit, un épiphénomène ; elle n'existe pas
comme chose en soi. Mais de quelle nature est ce
reflet? N'est-ce qu'une des faces du problème de
la substance ?

L'infini, la substance, la conscience, voici trois

barrières qui semblent infranchissables. Cet infini, cette substance d'autres l'appelleront Dieu, mais alors qu'ils n'en fassent pas un être agissant, dominateur, une personnalité tâtillonne, méchante, cruelle et vengeresse comme le Dieu des religions. Cette conscience, d'autres lui donneront le nom d'âme, mais qu'ils n'en fassent pas un être plus ou moins immatériel, distinct du corps, s'en servant comme d'un instrument passif, et lui survivant après la mort.

Cette querelle de mots est souvent la seule chose qui nous sépare de certains soi-disant spiritualistes, monistes et mécanistes qui s'ignorent, dont le sentiment religieux survivant à l'idée religieuse se contente d'une divinité si vague qu'on la perd dès qu'on la cherche.

***

Nous sommes loin, semble-t-il, du sujet qu'indique le titre de ce livre. C'est qu'en entreprenant cet ouvrage, notre but n'était ni de faire une monographie ni d'apporter des faits nouveaux, mais d'essayer des interprétations nouvelles de faits connus. Les manifestations de l'instinct sexuel, par leur multiplicité, leur variabilité et leur intensité permettent d'aborder tous les grands problèmes de la psychologie. Ce livre ne s'adresse pas au savant

chercheur de faits, mais au curieux d'idées générales, qu'intéressent les tentatives d'interprétations
des phénomènes de la pensée. Celui qui, sur la foi
du titre, y rechercherait des curiosités égrillardes,
sera profondément déçu, j'espère.

Au surplus, cette introduction aura suffi à le décourager.

S'il est difficile parfois de dépouiller l'héritage
ancestral des idées fausses, des théories surannées,
des religions périmées, il n'est pas moins mal aisé
de s'évader de la tyrannie des mots. Dans le cours
de cet ouvrage, nous serons forcés d'employer les
mots d'âme, de nature, de volonté, etc. Ceux qui
auront lu attentivement cette introduction com-
prendront le sens symbolique que nous leur avons
donné.

CHAPITRE Ier

BASE ORGANIQUE DE L'INSTINCT SEXUEL
BESOIN SEXUEL

A l'origine de toutes les manifestations de l'instinct sexuel, se trouve une sensation *spécifique* produite par un certain état de souffrance de l'organisme et se traduisant dans la conscience par le *besoin sexuel*. Pour désigner cette sensation spécifique, nous emploierons son équivalent le terme de besoin sexuel.

Avant d'aborder son étude sous sa forme la plus complexe, au degré le plus élevé de l'échelle des êtres, chez l'homme, jetons un coup d'œil à l'autre extrémité de la série, chez l'être unicellulaire, l'infusoire par exemple. Ces petits animalcules, composés seulement d'un noyau et d'une masse protoplasmique, nous présentent des exemples de presque tous les phénomènes biologiques, réduits à l'état rudimentaire et dont le mécanisme est ainsi plus facile à saisir. Comme de l'infusoire à l'homme des formes innombrables établissent une transition insensible, que nous assistons à une complication progressive des phénomènes, sans que leur nature change, les conclusions tirées de l'étude des êtres inférieurs peuvent être appliquées aux êtres supérieurs. C'est là une méthode couramment employée en biologie et que nous n'avons pas à justifier.

§ 1. — LE BESOIN SEXUEL CHEZ L'ÊTRE UNICELLULAIRE

Maupas (1) a étudié la reproduction de la *stylonichia pustulata*. Chez cet infusoire on peut observer les phénomènes suivants : après une recherche et un choix réciproques sur lesquels nous reviendrons, deux stylonichies se réunissent, s'accolent, semblent se fondre en un seul individu ; leurs noyaux se divisent, ils en échangent une partie, puis se séparent. L'analogie est évidente avec ce qui se passe chez les êtres supérieurs entre l'ovule et le spermatozoïde. Aussi tous les naturalistes considèrent-ils cette espèce d'accouplement comme une véritable fécondation réciproque.

Il en résulte pour chaque individu un redouble-

---

(1) MAUPAS, Recherches expérimentales sur la multiplication des infusoires ciliés (*Arch. de zoologie expérimentale*, 1888, n° 2). Le rajeunissement karyogamique chez les ciliés (*Arch. de zoologie expérimentale*, 2° série, VII, 1889, p. 412-413).

ment d'activité, un renouveau de jeunesse auquel Maupas donne le nom de rajeunissement karyoga-mique.

Chaque infusoire ainsi fécondé se multiplie rapi-dement par bipartitions successives, en se divisant en deux parties, dont chacune constitue un individu nouveau et complet. Pendant un certain temps, même placés dans des conditions favorables, ces infusoires n'ont aucune tendance à de nouveaux accouplements, le besoin sexuel n'existe pas encore.

En partant d'une stylonichie rajeunie par conju-gaison, Maupas a pu suivre ses bipartitions succes-sives jusqu'à la 316e génération sans conjugaison nouvelle. Jusqu'à la 130e génération, les styloni-chies paraissent n'avoir aucune tendance à cet ac-couplement : les générations agames continuent, les individus auxquels elles donnent naissance sont ac-tifs. A la 130e génération, apparaît le besoin sexuel.

Si les conditions sont favorables une nouvelle fécondation a lieu, qui donne naissance à des indi-vidus rajeunis, points de départ de séries nouvelles de générations agames.

Si à la 130e génération les conditions extérieures s'opposent, si l'on met obstacle à la fécondation, les bipartitions continuent néanmoins, mais la vitalité des produits diminue, leur taille s'abaisse, leur ac-tivité s'amoindrit. En même temps le besoin sexuel devient moins vif, à la 230e génération il disparaît, et l'accouplement ne se produit plus, même si les circonstances extérieures deviennent favorables. La dégénérescence s'accentue, il se produit une véritable décrépitude sénile ; à la 316ᵉ génération les bipartitions cessent, la race s'éteint. Si jamais aucun obstacle ne venait empêcher les fécondations devenues nécessaires, l'infusoire n'aboutirait jamais ni à la vieillesse, ni à la mort ; il serait immortel.

Quelle est donc la raison qui rend nécessaire ce rajeunissement karyogamique périodique ? Pourquoi sans lui survient-il un amoindrissement de la vitalité, conduisant peu à peu à la vieillesse et à la mort ? Il n'y a guère qu'une explication possible. Au moment où les deux infusoires, après s'être conjugués, et avoir échangé une partie de leur noyau, vont se séparer, il se fait un partage de la substance vitale et des matériaux nutritifs. Ce partage ne peut évidemment être mathématiquement parfait : dans l'un des infusoires prédominent certains matériaux, qui font défaut à l'autre et réciproquement. Par l'effet des bipartitions successives ce déficit ne peut que s'accentuer, et il arrive un moment où, sous peine de succomber, l'infusoire doit rechercher, pour une conjugaison nouvelle, un autre individu ayant en excès ce qui lui fait défaut.

Ceci nous explique pourquoi la conjugaison ne se fait pas au hasard entre deux individus quelconques. Il n'arrive à peu près jamais que l'accouplement se fasse entre deux infusoires provenant d'une même souche par génération agame : tous deux, en effet, manquent des mêmes matériaux.

Entre infusoires de souches différentes, la conjugaison n'est pas davantage livrée au hasard : l'infusoire, en qui est né le besoin sexuel, recherche et choisit le partenaire le plus propre à un rajeunissement meilleur.

« Un instinct supérieur, dit Balbiani, semble dominer tous ces petits êtres ; ils se recherchent, se poursuivent, vont de l'un à l'autre en se palpant à l'aide de leurs cils, s'agglutinent pendant quelques instants dans l'attitude du rapprochement sexuel, puis se quittent pour se reprendre bientôt de nouveau. Ces jeux singuliers, par lesquels ces animalcules semblent se provoquer mutuellement à l'accouplement, durent souvent plusieurs jours avant que celui-ci devienne définitif. »

Nous reviendrons plus loin sur ces phénomènes de recherche et de choix réciproque.

Le besoin sexuel est donc en résumé, chez l'infusoire, très analogue au besoin nutritif : c'est un besoin nutritif spécialisé pour la satisfaction duquel un être de la même espèce, mais présentant cependant quelque différence (1), est nécessaire.

(1) Il est difficile ici de parler de sexe : il est bien évident cependant que les individus qui s'accouplent ne sont

§ II. — LE BESOIN SEXUEL CHEZ LES ÊTRES PLURICELLULAIRES

Représentons-nous la descendance d'un infusoire jusqu'à la 130º génération ; supposons qu'aucun des individus nés par bipartitions n'ait succombé, leur nombre sera colossal (1). A ce moment tous éprouveraient le besoin sexuel, tous chercheraient à s'accoupler pour faire souche nouvelle. Un petit nombre évidemment y parviendraient, les autres périraient d'accident ou s'achemineraient vers la vieillesse et la mort. Supposons encore tous ces individus nés d'une même souche réunis en une seule masse, nous aurons un agrégat d'infusoire, équivalent *théorique* de l'être pluricellulaire.

Voyons, en effet, la descendance de l'ovule qui vient de féconder un spermatozoïde ; comme l'infusoire il se multiplie rapidement par bipartitions successives, mais, au lieu de se séparer, les cellules nouvelles ainsi formées restent accolées pour ne former qu'un seul être pluricellulaire. Toutes ces cellules ne restent pas identiques comme dans l'agrégat théorique d'infusoires supposé plus haut : elles

pas identiques ; sans cela comment pourraient-ils se rajeunir réciproquement.

(1) A la 130ᵉ génération, il formerait déjà un nombre d'environ 40 chiffres.

se spécialisent en vue de fonctions différentes. Elles se divisent tout d'abord en deux grands groupes : les unes semblables à l'un des créateurs communs sont dévolues à la conservation de l'*espèce*, ce sont les cellules génitales, ce que Weismann appelle le *plasma germinatif* ; les autres se partagent les diverses fonctions qui concourent à la conservation de l'individu, fonctions de soutien, de protection, de défense, de nutrition : c'est ce que Weismann appelle le *soma*.

Le plasma germinatif est le dépositaire des *sources* de la vie ; sans lui l'espèce s'éteindrait avec l'individu. Le *soma* est chargé d'édifier au plasma germinatif un habitat convenable, de lui créer un milieu dans lequel il puisse vivre à l'abri de toute cause nocive.

Dans ce milieu favorable, dans cet habitat, les cellules génitales se multiplient activement, mais comme pour la descendance de l'infusoire, cette puissance de multiplication n'est pas indéfinie, il arrive un moment où, sous peine de dégénérescence, la fécondation est nécessaire.

Les cellules du plasma germinatif ne peuvent trouver dans le soma qui leur sert de support les éléments de cette fécondation. De même que les infusoires issus d'une même souche ne peuvent se féconder mutuellement parce que tous souffrent du même déficit, du même besoin qui ne peut être satisfait que par un besoin complémentaire ; de même les cellules génitales, issues du même ovule, appartenant au même individu pluricellulaire, ne peuvent être fécondées que par les cellules génitales d'un autre individu pluricellulaire.

Pour l'infusoire, nous avons simplement dit « qu'il doit rechercher, pour une conjugaison nouvelle, un individu ayant en excès ce qui lui fait défaut ». Pour l'être pluricellulaire nous exprimerons la même idée, en disant que les cellules génitales mâles doivent être mises en rapport avec les cellules génitales femelles.

Pour que cette mise en rapport ait lieu, il faut qu'intervienne le soma, et c'est là l'origine de toutes les manifestations si complexes de l'instinct sexuel.

Comme chez les infusoires le besoin sexuel n'apparaît pas immédiatement, mais au bout d'un certain nombre de générations cellulaires, à la puberté. De même que dans la descendance de la stylonichie le besoin sexuel disparaît vers la 230° génération, de même, le besoin sexuel disparaît à la vieillesse de l'individu pluricellulaire. Comme l'infusoire, qui trouve à se rajeunir karyogamiquement, ne meurt pas ; les cellules génitales qui arrivent à se féconder ne périssent point. C'est pour cela qu'on peut dire avec Weissmann que le plasma germinatif est immortel. Le soma au contraire est voué nécessairement à la vieillesse et à la mort, puisque les cellules qui le composent ne peuvent être fécondées.

Non seulement le soma doit contenir, protéger, nourrir le plasma germinatif; il faut encore qu'il lui permette de se féconder. De plus comme il est mortel, il faut qu'il confie à un autre être le flambeau sacré de la vie dont il n'est que le dépositaire.

A un certain moment apparaît le besoin sexuel traduisant cette nécessité. Nous allons essayer de déterminer par quel mécanisme. A chaque besoin perçu par la conscience correspond une sensation plus ou moins spécifique apportée au cerveau par le système nerveux centripète. Au besoin sexuel correspondent aussi une ou des sensations dont il s'agit de déterminer l'origine. On ne peut faire à ce sujet que deux hypothèses : les sensations correspondant au besoin sexuel à son origine ou bien dans le plasma germinatif, ou bien dans le soma, dans les organes génitaux ou bien dans tout l'organisme.

1º L'origine du besoin sexuel doit-elle être placée dans les sensations parties des organes génitaux ?

Peu d'auteurs se sont expliqués nettement sur ce sujet. La plupart cependant font jouer un très grand rôle aux organes génitaux.

« La vie sexuelle, dit Krafft-Ebing (1), se manifeste d'abord par des sensations parties des organes sexuels en voie de développement. » Et ailleurs (2) : « Il y a chez l'individu sexuellement mûr une corrélation intime entre le fonctionnement de ses glandes génésiques et le degré de son *libido*. » Puis, après avoir cependant rappelé le cas des eunuques et des femmes restant ou devenant sensuelles après la ménopause : « L'expérience nous apprend que le *libido* a pour condition essentielle la fonction des glandes génésiques et que les faits que nous venons de citer ne constituent que des phénomènes exceptionnels. »

Beaunis (3) émet la même opinion : « Les organes de la génération et leurs annexes brusquement développés deviennent le point de départ de sensations absolument nouvelles, sensations inconnues jusque-là, qui retentissent sur tout le système nerveux et modifient profondément l'intelligence, les sentiments, les habitudes, le caractère. » Puis, après avoir donné une excellente description de ces sensations nouvelles et du besoin sexuel correspondant : « Le besoin sexuel, dit-il (4), est lié à la présence

(1) Krafft-Ebing. Psychopathia sexualis. Traduct. de Em. Laurent et Sigismond Csapo, p. 31.
(2) Krafft-Ebing, *loc. cit.*, p. 66.
(3) Beaunis, *Sensations internes*, p. 45.
(4) Beaunis, *loc. cit.*, p. 49.

des éléments séminaux, mâle et femelle, spermatozoïde et ovule. Aussi toutes les causes qui, d'une
façon ou d'une autre, suppriment la production de
ces deux éléments (castration, âge, maladies, etc.),
abolissent le besoin sexuel et en empêchent l'apparition. »

C'est encore la même thèse qui est soutenue par
Delbœuf (1), lorsqu'il admet que, dans tous les
actes se rattachant à l'instinct sexuel, le spermatozoïde ou l'ovule prennent la direction de l'individu.

Tarchanoff précise davantage encore le point de
départ du besoin sexuel et le croit lié à la *réplétion
des vésicules séminales*. Voici comment ses expériences sur la grenouille sont résumées par Beaunis (2) : « On peut, comme l'avait déjà vu Spallan-
zani, mutiler de toutes façons un mâle au moment
de l'accouplement, sans que l'accouplement cesse.
Tarchanoff a extirpé le cœur, les poumons, le testicule même avec le même résultat négatif, tandis
que l'extirpation ou la simple section des vésicules
séminales qui les vidait de leur contenu faisaient
immédiatement cesser l'accouplement ou l'empê-
chaient de se produire quand il n'avait pas été commencé. La simple dilatation des vésicules séminales
par un liquide inerte, du lait par exemple, suffi-

(1) DELBŒUF, Pourquoi mourrons-nous ? (*Rev. philosophique*, 1891, p. 257). Voy. citation plus loin.
(2) BEAUNIS, *loc. cit.*, p. 50.

sait, au contraire, pour produire un besoin sexuel artificiel. En résumé, chez la grenouille, l'excitation sensitive qui éveille le besoin sexuel partirait des vésicules séminales et se transmettrait par les nerfs de ces vésicules jusqu'aux centres nerveux. Il se produit ainsi une excitabilité spéciale de ces centres, correspondant à l'instinct sexuel et grâce à laquelle la moindre excitation provenant de la femelle en rut détermine chez le mâle les mouvements appropriés à la recherche de la femelle et à l'accouplement. »

Formulées en termes physiologiques précis, ces différentes théories peuvent se résumer de la façon suivante : lorsque les organes génitaux ont acquis leur plein développement, sont aptes à fonctionner pour la reproduction de l'espèce, ils deviennent le point de départ d'une impression nerveuse centripète. Celle-ci s'élève vers les centres, *fait éclore dans la conscience le besoin sexuel*, est le *primum movens* de tous les actes se rattachant à la vie génitale. Le besoin sexuel sous toutes ses formes, le désir brutal de l'accouplement jusqu'aux manifestations les plus délicates de l'amour, deviendrait ainsi l'analogue des besoins physiologiques les plus vulgaires. Il n'y aurait pas autre chose qu'un organe qui demande à fonctionner, des vésicules séminales qui demandent à se vider.

Cette théorie doit être discutée sérieusement : nous sommes aujourd'hui en possession d'un assez grand nombre de faits pour juger de la part de vérité qu'elle peut contenir. Elle suppose tout d'abord que le besoin sexuel ne fait son apparition qu'après le développement des organes génitaux : nous aurons donc à voir dans quel sens parlent les faits à cet égard. Si l'instinct sexuel n'a pour base qu'un besoin de fonctionnement des organes génitaux, son apparition doit être postérieure au développement de ceux-ci; il ne doit jamais apparaître lorsque ceux-ci ne sont jamais aptes à fonctionner (castration avant la puberté) ; il doit disparaître lorsque les organes génitaux sont supprimés organiquement ou fonctionnellement (castration, ménopause, maladies, etc.). Enfin, le besoin sexuel doit disparaître entièrement lorsqu'il est organiquement satisfait par le coït. Nous examinerons successivement les séries de faits correspondants.

Rapports chronologiques entre le développement de l'instinct sexuel et le développement des organes génitaux. — Il n'y a qu'un seul critérium sûr qui nous permette d'affirmer que les organes génitaux sont complètement développés : c'est le coït fécondant. Il est à peu près impossible de fixer la date précise de celui-ci chez l'homme. Les cas de maternité précoce nous serviront, au contraire, à déterminer l'âge minimum auquel les organes génitaux de la femme peuvent devenir aptes à fonctionner normalement. La menstruation serait pour cela un guide infidèle, car souvent elle n'a pas encore fait son apparition que déjà la fécondation et l'accouchement à terme sont possibles.

Les cas de maternité précoce, observés dans les pays tempérés, ont été tous relevés (1) à l'occasion d'une communication du Dr Sage (de Bordeaux) concernant une Française, fécondée à l'âge de douze ans et neuf mois, ayant conduit sa grossesse à terme, et accouchée d'un gros enfant normalement constitué. Ce serait le premier cas de maternité aussi précoce signalé en France. Parmi les cas relevés à cette occasion, nous signalerons simplement ceux de Dood (neuf ans huit mois), Roberton (douze ans trois mois), Taylor (douze ans six mois), Rowlett (dix ans), Gleaves (dix ans deux mois), Curtis (dix ans huit mois sept jours, Bousquet (douze ans huit mois) (2), etc.

En prenant ces cas *exceptionnels* comme limite minima à laquelle la fécondation est possible, nous voyons qu'avant neuf ans les organes génitaux n'ont jamais acquis leur développement. A l'état normal, cette limite est reculée au moins de cinq à six ans. Si la théorie que nous avons exposée plus haut est vraie, le besoin sexuel ne doit donc jamais apparaître avant neuf ans et ne se manifester normalement qu'après treize ou quinze ans.

(1) *Semaine médicale*, 1898, p. 59 et 119.
(2) Ces chiffres indiquent la date de l'accouchement.

Le plus souvent, en effet, l'instinct sexuel ne se manifeste guère d'une façon évidente qu'après la puberté, et c'est là une des conditions pour qu'il reste normal, ne subisse aucune déviation. Mais en est-il toujours ainsi? Les observations ne se comptent plus où l'on a signalé l'apparition extrêmement précoce du besoin sexuel. On le trouve noté dès l'âge de quatre ou cinq ans dans un très grand nombre d'observations de psychopathies sexuelles (Marc, Lombroso, Zambaco, Krafft-Ebing, Moll, Chevalier, etc.); cette précocité est très fréquente chez les dégénérés, elle est presque constante chez les idiots et les imbéciles. Krafft-Ebing est embarrassé par cet éveil prématuré, après avoir éliminé les cas où il lui paraît sous l'influence de causes périphériques (phimosis, balanites, oxyures, etc.) : « Il faut bien, dit-il, séparer de tous ces cas ceux où, sans aucune cause périphérique, mais uniquement par des processus cérébraux, l'enfant éprouve des désirs et des penchants sexuels. »

Sollier (1) a insisté sur la précocité sexuelle des idiots et des imbéciles.

« Nous avons plus d'une fois observé des idiots d'un niveau intellectuel assez inférieur, éprouver dès l'âge de quatre ou cinq ans du plaisir au contact des petites filles et des femmes. Il en est qui

(1) SOLLIER, *Psychologie de l'idiot et de l'imbécile*, p. 192.

cherchaient à violenter leur petite sœur ou à leur faire des attouchements obscènes. Tel autre que nous avons connu s'en prenait à sa mère dont il soulevait les jupons. Que de fois, dans les asiles d'idiots, n'en voit-en pas qui cherchent à faire des attouchements à leurs infirmières et qui aiment leur contact, ce qui les met du reste dans un état d'excitation générale. »

Chez les idiots complets, la masturbation précoce, bien avant le développement des organes sexuels, (qui d'ailleurs est très tardif) est très fréquente.

Ce sont là, il est vrai, des cas pathologiques ; ils ne prouvent nullement que les organes génitaux pleinement développés ne jouent aucun rôle dans l'évolution de l'instinct sexuel. Ils prouvent simplement que le besoin sexuel *peut* faire son apparition avant le développement complet des organes génitaux, et par conséquent *n'est pas sous sa dépendance unique.*

Castration chez les animaux. — Les vétérinaires nous ont apporté sur ce sujet un grand nombre de faits d'une signification très nette, qui ont été très bien exposés dans l'excellent article de M. Guinard (1). Il est fréquent d'observer des ardeurs sexuelles chez les chevaux hongres. D'après les vétérinaires de la remonte, 2 à 3 p. 100 de ceux-ci

(1) GUINARD, *Dict. de physiologie* de Richet, art. CASTRATION.

manifestent des ardeurs génésiques et exécutent le coït, sans résultats pour la fécondation (1). On emploie quelquefois la castration pour calmer les ardeurs des juments nymphomanes : souvent ce but n'est pas atteint et l'instinct sexuel persiste.

De ces recherches, Guinard conclut : « Il n'y a donc aucune raison physiologique sérieuse pour que la castration étouffe à jamais les appétits sexuels et soit un obstacle absolu à l'exécution normale de l'acte vénérien. »

Castration chez l'homme. — Il faut distinguer les cas où la castration a été pratiquée dès l'enfance de ceux où elle n'a eu lieu qu'après la puberté et l'éveil de l'instinct sexuel.

Il est difficile de savoir d'une façon précise ce qu'est l'instinct sexuel chez les eunuques. Sur ceux des harems de l'Orient, nous n'avons que des renseignements suspects ou contradictoires. Ils ne seraient pas toujours insensibles aux charmes dont ils ont la surveillance. Aussi, dans certains harems, n'admet-on que les eunuques ayant subi l'amputation totale des organes génitaux externes.

Même complètement impuissants, ils n'en conserveraient pas moins des désirs. « Le malheureux

(1) Il est bien entendu que dans ces chiffres ne sont pas comptés les chevaux incomplètement châtrés et encore capables d'un coït fécondant, ce qui est observé quelquefois dans la cavalerie.

survivant à sa nullité voit encore dans la femme, sinon le bonheur, du moins une image du bonheur ; il tourne en frémissant autour de ce fantôme, s'attache à lui ; il ne peut s'en séparer et jouit au moins de ses tentations à défaut de la véritable jouissance. » (Roussel.)

Les habitudes de pédérastie passive n'auraient pas été rares chez les chanteurs de la chapelle Sixtine. Mais il faut voir là le résultat du vice des actifs, et non de la persistance chez les passifs d'un besoin sexuel inverti.

Même pénurie de renseignements dans les cas, assez rares d'ailleurs, de castration chirurgicale. C'est que dans tous ces cas, les organes génitaux externes restent atrophiés ; le coït est impossible ; l'instinct sexuel, même s'il existe encore, ne peut se manifester normalement, et les individus le dissimulent soigneusement.

Nous avons des renseignements plus précis sur les effets de la castration après la puberté. Il est certain qu'après l'ablation des deux testicules le coït reste possible. Cette possibilité de coïter sans pouvoir féconder était très appréciée des dames romaines.

Richet, chez un de ses opérés, a noté que, trois ans après l'ablation des deux testicules, le coït était aussi facile qu'auparavant. La loi du Missouri infligeait la castration aux coupables de viol : certains d'entre eux se rendirent de nouveau coupables des mêmes attentats. Talbot et Havelock Ellis (1) rapportent un cas intéressant de perversion sexuelle congénitale chez un jeune homme. On lui enleva les deux testicules ; il continua à avoir des érections, à se masturber et à poursuivre de ses assiduités celui qu'il avait choisi pour amant : à la suite de ses refus, il finit par lui tirer deux coups de revolver.

« Chez les sujets de l'espèce humaine, dit Guinard, il est prouvé que proportionnellement la persistance du sens génital après la castration est plus fréquente que chez les animaux. »

Castration chez la femme adulte. — Les observations abondent et nous apportent des documents assez précis. La castration a été pratiquée un très grand nombre de fois depuis trente ans. A peu près tous les chirurgiens signalent la persistance fréquente de l'instinct sexuel et des sensations génitales voluptueuses. Nous nous contenterons de donner les statistiques de Glævecke et de Jayle.

D'après Glævecke (2), l'état vénérien est modifié dans les proportions suivantes :

$$
\text{Le désir sexuel}
\begin{cases}
\text{persiste} & 6 \text{ cas} = 22 \text{ p. } 100 \\
\text{est amoindri} & 10 \; - \; = 37 \; - \\
\text{est éteint} & 11 \; - \; = 41 \; -
\end{cases}
$$

(1) TALBOT et HAVELOCK ELLIS, *The Journal of mental science*, avril 1896.

(2) GLÆVECKE, *Arch. für Gyn.*, Bd. XXXV, 1889, p. 1.

Le plaisir pendant le coït	persiste	8 — = 31 —
	est amoindri	10 — = 38 —
	est éteint	8 — = 31 —

Jayle (1) a fait usage pour toutes ses opérées d'un questionnaire très complet. En ce qui concerne l'instinct sexuel, il leur a posé la question suivante : « Avez-vous des désirs vénériens ? En aviez-vous avant ? Sont-ils semblables ? Éprouvez-vous du plaisir ? En éprouviez-vous avant ? Est-ce la même chose ? »

300 malades ont été examinées de cette manière.

« 1° *Castration ovarienne.* — Sur 33 malades, les désirs vénériens sont restés les mêmes 18 fois ; ils ont été diminués 3 fois, abolis 8 fois, augmentés 3 fois. Les plaisirs sont restés les mêmes 17 fois ; ils ont été diminués 1 fois, abolis 4 fois, augmentés 5 fois ; 6 fois les rapports étaient très douloureux.

« 2° *Castration utéro-ovarienne.* — Sur 13 malades, les désirs vénériens sont restés les mêmes 3 fois ; ils ont été diminués 2 fois, abolis 1 fois, augmentés 4 fois. Les plaisirs sont restés les mêmes 6 fois ; ils ont été augmentés 1 fois ; 1 fois il existait une hyperesthésie extrême, et 1 fois les rap-

_____

(1) JAYLE, Effets physiol. de la castration chez la femme (*Rev. de gynécologie et de chirurgie abdominale*, 1897, p. 403-457).

ports étaient impossibles, parce qu'ils étaient douloureux.

« 3° *Castration utérine simple.* — Sur 11 malades,
les désirs sont restés les mêmes 5 fois ; ils ont été
diminués 3 fois, abolis 1 fois, augmentés 2 fois.
Les plaisirs sont restés les mêmes 4 fois ; ils ont été
diminués 2 fois, augmentés 2 fois ; 1 fois les rapports étaient douloureux. »

Jayle note fort bien qu' « il est fort probable que
l'auto-suggestion joue ici un grand rôle, beaucoup
de malades étant persuadées qu'après la castration
elles ne doivent plus être comme les autres femmes ».

Ménopause. — L'involution des organes génitaux
qui se produit après la ménopause doit avoir les
mêmes résultats que leur ablation. Il n'est pas besoin
de rappeler cependant que les désirs sexuels survivent souvent, s'exaspèrent quelquefois, peuvent
même ne faire leur apparition *qu'après la ménopause.* Dans ce dernier cas, l'acuité du désir est
d'autant plus grande qu'il ne peut arriver à une
satisfaction complète.

Après satisfaction du besoin sexuel. — Enfin, il
n'est pas besoin d'insister sur cette observation
banale que le coït, la satisfaction réclamée par les
organes génitaux, est loin de toujours satisfaire en
même temps le besoin sexuel ; que celui-ci existe
souvent encore alors que les organes génitaux ne
réclament plus rien.

De tous ces faits une conclusion se dégage, c'est que, tout en jouant un très grand rôle sur lequel nous aurons à revenir, les sensations parties des organes génitaux *ne sont pas indispensables* à l'éclosion du besoin sexuel. Le plasma germinatif étant supprimé, le besoin sexuel peut persister, quoique devenu sans objet et inutile. C'est donc qu'il peut avoir son origine dans le soma.

Remarquons d'ailleurs que les auteurs qui placent dans les organes génitaux l'origine des sensations correspondant au besoin sexuel, ne les font pas partir des cellules génitales elles-mêmes, mais des cellules du soma qui les environnent. Il serait assez difficile d'ailleurs que les cellules génitales *mûres* soient l'origine de telles sensations, puisqu'elles sont sans connexions nerveuses avec le soma.

2° L'origine du besoin sexuel doit-elle être placée dans tout l'organisme

Les diverses cellules du soma se sont toutes différenciées en vue d'une fonction spéciale. L'homme, par la division du travail dans ses industries, n'a fait qu'imiter la nature, en spécialisant chaque ouvrier à telle besogne qui s'en trouve mieux et plus rapidement faite. Une cellule différenciée et spécialisée en vue d'une fonction unique, n'en éprouve pas moins tous les besoins inhérents à la vie : incapable de les satisfaire seule, elle fait appel aux autres cellules de l'organisme ; le système nerveux sert d'intermédiaire.

Prenons le besoin nutritif par exemple : les éléments anatomiques trouvent leurs aliments tout préparés dans le milieu intérieur, dans la lymphe des espaces intercellulaires. Si ce milieu intérieur s'appauvrit en matériaux nutritifs, les éléments cellulaires souffrent, ils traduisent leur souffrance par une excitation des extrémités nerveuses correspondantes, les vibrations nerveuses ainsi produites s'élèvent vers les centres ; arrivées à la corticalité elles se traduisent dans la conscience par la sensation de la *faim*. Cette sensation ne cesse que lorsque le milieu intérieur est ramené à sa valeur nutritive appropriée. La sensation de la faim est le cri de notre organisme réclamant des matériaux nutritifs, lorsque le milieu intérieur s'appauvrit. Pendant longtemps, cependant, on a cru que la sensation de la faim avait sa source dans l'estomac (1), comme on croit encore actuellement que le besoin sexuel a son origine dans les organes génitaux. Il est démontré actuellement que cette sensation prend naissance dans les innombrables cellules de notre corps. Nous

(1) Voy. Dr Joanny Roux, La faim (*Société d'anthropologie*, 1897).

verrons plus loin quel rôle jouent les sensations spéciales parties de l'estomac.

Les cellules somatiques devenues impropres à la reproduction cessent-elles d'éprouver le besoin sexuel ? Cela est peu probable. Nous avons vu que chez l'infusoire le besoin sexuel avait pour origine un certain état d'appauvrissement, de sénescence. Les cellules du soma passent par le même état conduisant à la vieillesse et à la mort. Nous sommes autorisés à penser que cet état de souffrance se traduit par une excitation des extrémités nerveuses correspondantes ; les vibrations ainsi produites s'élèvent vers les centres ; arrivées à la corticalité elles se traduisent par le *besoin sexuel*.

Si nous résumons toute cette discussion nous dirons : 1° Les sensations parties des organes génitaux, malgré leur importance incontestable, ne suffisent pas à expliquer le besoin sexuel ; 2° Le besoin sexuel a sa source dans tout notre corps. C'est le cri de l'organisme, protestant contre la vieillesse commençante, essayant de soustraire sa race à la mort menaçante. Le besoin sexuel est un effort vers l'immortalité.

Essayons maintenant de faire la part des sensations parties des organes génitaux, et de celles qui ont leur origine au niveau de tous nos éléments anatomiques.

D'une façon générale nos organes éprouvent deux sortes de besoins, des besoins *spéciaux* relatifs à leurs fonctions, des besoins *généraux* relatifs à leur conservation. La cellule musculaire éprouve le besoin de se contracter ; la cellule glandulaire éprouve celui de sécréter..... voilà des besoins spéciaux relatifs à la fonction. Tous les éléments anatomiques ont besoin de matériaux nutritifs, d'oxygène..... voilà des besoins généraux.

Nous avons vu plus haut à propos de la faim et du besoin sexuel le mécanisme des besoins généraux. Les besoins spéciaux s'expliquent aussi facilement : la plupart des fonctions sont périodiques, pendant les phases de repos s'élaborent les matériaux qui seront utilisés pendant les phases d'activité. Prenons une cellule glandulaire de l'estomac par exemple ; pendant les phases de repos, lorsque l'estomac est vide, elle élabore les sucs digestifs qu'elle excrétera dès que la cavité gastrique se remplira. Si la phase de repos se prolonge au delà des limites habituelles, la cellule glandulaire, gorgée de ses produits élaborés, souffrira, éprouvera le besoin de les excréter. Cet état de souffrance aura pour résultat une excitation spéciale des extrémités nerveuses et dans la conscience, l'apparition d'une sensation spéciale qui est l'*appétit*.

Dans une étude précédente, nous nous sommes attaché à différencier *l'appétit* de la *sensation de faim* : « Nous croyons (1) que l'estomac est souvent le point de départ d'une sensation spéciale. Mais celle-ci est bien différente de la sensation de faim, que souvent d'ailleurs elle devance. La sensation de faim est une sensation *sui generis* et que, à ce titre, il est aussi difficile de définir que la sensation auditive ou visuelle ; c'est, suivant une expression favorite des malades, un « besoin de prendre ».

« La sensation d'origine stomacale se rapproche beaucoup de la sensation douloureuse dès qu'elle acquiert une certaine acuité. Ces deux sensations sont d'ailleurs tellement différentes qu'on les trouve souvent dissociées...

« Pendant la digestion, les cellules glandulaires excrètent tout leur contenu... Dans l'intervalle de repos, elles élaborent de nouveau les matériaux de ces sécrétions... Il n'y a rien d'irrationnel à supposer qu'il y ait là un point de départ pour une sensation spéciale. Après un long repos, nous éprouvons bien le besoin de faire fonctionner nos muscles. Pourquoi notre estomac ne demanderait-il pas à fonctionner !

« ... La sensation stomacale éveille dans notre esprit l'idée de manger, le souvenir de mets agréa-

(1) J. Roux, *loc. cit.*, p. 5.

bles, la perspective d'un repas savoureux ; il n'y a dans tout cela pas autre chose que ce qu'on a décoré du nom d'*appétit*.

« ... Pour nous, l'appétit n'est autre chose que le désir suggéré par un ensemble de souvenirs, qui sont eux-mêmes éveillés par une sensation stomacale spéciale... »

Distinction de la faim sexuelle et de l'appétit sexuel. — Une distinction absolument semblable peut être faite pour les fonctions de reproduction : il y a une *faim sexuelle* et un *appétit sexuel*. La *faim* sexuelle est une sensation spécifique, qui à ce titre peut être décrite, ne peut être définie. Comme la faim véritable, elle a son origine dans tout notre organisme. L'*appétit* sexuel n'est pas autre chose que le désir de la satisfaction génitale ; c'est simplement un organe qui demande à fonctionner ; son origine est dans les sensations parties des organes génitaux. Celles-ci éveillent dans notre esprit l'idée du rapprochement sexuel, le souvenir d'instants agréables, la perspective d'un frisson délicieux.

De même que l'*appétit* nutritif est satisfait par la réplétion de l'estomac, quelle que soit la valeur nutritive des aliments ingérés, l'*appétit* sexuel est satisfait par le rapprochement sexuel, quel qu'en soit l'objet.

La *faim* véritable, au contraire, ne disparaît que

lorsque l'appauvrissement du milieu nutritif est corrigé par des aliments appropriés ; de même la *faim* sexuelle n'est satisfaite que dans l'union de deux êtres qui se sont choisis en vertu d'affinités mystérieuses.

De la faim sexuelle dérive l'amour ; l'appétit sexuel ne peut engendrer que le désir.

Le rôle des sensations parties des organes génitaux ne doit donc pas être nié, il doit être restreint. Tarchanoff enlevant les vésicules séminales des grenouilles, le chirurgien ou le vétérinaire pratiquant l'ablation des organes génitaux, ne suppriment qu'un des éléments de la sexualité, nous pouvons ajouter même le moins important. La force immense, irrésistible, qui pousse les sexes l'un vers l'autre a sa source ailleurs : elle prend racine dans tout notre organisme, au plus profond de notre être. *Nous aimons avec tout notre corps.* Pas un de nos éléments anatomiques ne se désintéresse des fonctions de reproduction.

Les amoureux savent d'ailleurs très bien faire cette distinction entre la faim sexuelle et l'appétit ou désir. « C'est un besoin de l'âme », entendrez-vous dire souvent, et par là on voudra indiquer la faible part du désir de la satisfaction génitale. Pour d'autres, c'est la recherche de « l'âme sœur ». Qu'on ne s'y trompe pas cependant, l'aboutissant à peu près fatal est toujours le rapprochement des sexes.

§ 3. — POURQUOI ET COMMENT
LE BESOIN SEXUEL A-T-IL FAIT SON APPARITION
CHEZ LES ÊTRES VIVANTS ?

Le problème de l'apparition de la sexualité a souvent préoccupé les biologistes. Il faut bien savoir, en effet, que la reproduction sexuée n'est pas absolument indispensable au maintien de la vie. Un certain nombre d'espèces n'ont pas de sexe, ils se reproduisent sans fécondation. La bactéridie charbonneuse (1) se multiplie activement par bipartitions successives et indéfiniment, *pourvu que le milieu soit favorable*, retenons cette dernière condition. Elle n'a pas besoin comme l'infusoire d'un rajeunissement périodique, par fécondation réciproque. Chez certains crustacés on n'a jamais trouvé de mâles. D'autres espèces possèdent à la fois la reproduction sexuée et la reproduction asexuée : la plupart des végétaux se reproduisent par boutures, on cite toujours comme exemple la pomme de terre qui, depuis son importation en Europe, a toujours été reproduite par boutures. Un tronçon de l'hydre de mer reproduit tout l'individu.

Enfin dans certains cas il y a tour à tour génération sexuée et génération asexuée. « Pendant la

_____

(1) Petit organisme unicellulaire en forme de bâtonnet qui est la cause de la maladie le charbon.

belle saison les puces d'eau se reproduisent *exclusivement par parthénogénèse* (1) et les générations parthénogénétiques successives peuvent atteindre un nombre considérable ; pendant cette période il *n'y a pas de mâles*. A l'automne les mâles apparaissent et en même temps la parthénogénèse est remplacée par la reproduction sexuelle ordinaire, qui donne des œufs fécondés plus résistants (2). Les pucerons se comportent de même. Pendant tout l'été, les pucerons se reproduisent parthénogénétiquement ; n'ayant pas besoin de mâles, ces générations parthénogénétiques ne donnent naissance qu'à des femelles. Pendant toute cette période, par conséquent, pas de besoin sexuel, tout comme chez les infusoires, jusqu'à la 130e génération. A l'approche de l'hiver, le besoin sexuel apparaît chez les pucerons ; des mâles naissent qui fécondent les femelles ; les générations deviennent sexuées.

Tous ces exemples nous démontrent clairement que la reproduction sexuée n'était pas une nécessité inéluctable pour le maintien de la vie. Tous les êtres supérieurs se reproduisent par fécondation ; mais *nous pouvons parfaitement concevoir une humanité dans laquelle il n'y aurait eu ni sexe, ni besoin sexuel.*

(1) C'est-à-dire sans fécondation.
(2) Le Dantec, *La Sexualité*, Bibliothèque scientif., p. 50.

Le besoin sexuel n'était pas absolument nécessaire au maintien de la vie ; d'ailleurs eût-il été
indispensable, qu'il faudrait encore expliquer son
apparition, car le maintien de la vie n'était pas
nécessaire.

Prenons deux organismes unicellulaires dont l'un
ait la reproduction sexuée, l'autre la reproduction
asexuée : l'infusoire et la bactéridie charbonneuse.

Chez la bactéridie les individus sont strictement
semblables à leurs ascendants, à travers la série des
générations successives leur structure et leurs propriétés changent très peu ; les changements dépendent exclusivement du milieu, et consistent en une
augmentation ou une diminution de la vitalité, suivant que le milieu est favorable ou défavorable.

Chez l'infusoire les variations sont plus considérables : pour chaque individu en effet il y a deux
ascendants, qui ont pu combiner ou associer leurs
propriétés, et donner un troisième individu, différent de chacun d'eux. Les variations de l'infusoire
ne dépendent pas seulement du milieu, mais encore
des fécondations réciproques. De ces variations les
unes constituent un progrès, un adjuvant dans la
lutte pour l'existence : elles sont fixées par l'hérédité, et conservées dans la race, car les individus
qui les possèdent triomphent dans la lutte pour
l'existence. Pour des raisons inverses les variations
qui constituent un amoindrissement, disparaissent.

La reproduction sexuée constitue donc pour les espèces qui la possèdent un immense avantage, car elle rend possible l'acquisition de propriétés nouvelles. — Par l'acquisition de ces propriétés nouvelles, elle leur permet de s'adapter à des conditions de vie différentes, et de triompher des causes nocives.

Tandis qu'un changement de milieu amène la mort de la bactéridie charbonneuse, l'infusoire peut s'adapter à un milieu nouveau. C'est même grâce à des changements de milieu réitérés et à des adaptations successives, que la complexité des êtres s'est progressivement accrue de la masse protoplasmique primitive jusqu'à l'homme. Pour Darwin les variations accidentelles des êtres nécessaires à ces adaptations successives avaient une double origine, la reproduction sexuée, et l'influence du milieu. Pour Weissmann l'influence du milieu est nulle, car les variations qu'il crée ne sont pas héréditaires ; la reproduction sexuée seule serait capable de produire des variations héréditaires, source d'adaptations nouvelles, et de progrès incessants.

Reprenons maintenant l'infusoire ; il y a eu un moment de son existence ou de l'existence de ses ancêtres, où n'existait pas encore la reproduction sexuée ; voyons comment celle-ci a pu apparaître.

Il y a peu de différence entre l'acte de la fécondation et l'acte nutritif chez l'infusoire. Lorsque l'infusoire se trouve en face d'un aliment solide, il s'approche de lui, arrive à son contact, l'entoure de prolongements protoplasmiques, l'inclut dans sa masse, le digère, s'assimile les matériaux nutritifs, rejette les résidus. Il s'est certainement produit des circonstances, l'appauvrissement du milieu en matériaux nutritifs par exemple, dans lesquelles l'infusoire a été amené à se nourrir de son semblable, et cette nourriture, appropriée et toute préparée à l'assimilation, a dû lui donner un redoublement d'activité et de vigueur. Au début il n'a pu, pour en triompher facilement, s'attaquer qu'aux infusoires faibles et sans résistance, puis progressivement il s'est entraîné à se nourrir d'individus plus valides, plus sains et par conséquent lui apportant des matériaux nutritifs mieux appropriés. Le jour où deux individus d'égale vigueur se sont attaqués l'un à l'autre, leur digestion réciproque les a fondus l'un dans l'autre : il en est résulté un être nouveau d'un volume double, qui par suite de cette augmentation brusque de volume a dû se diviser immédiatement (1) : la fécondation était née.

Nous avons montré plus haut comment elle s'était maintenue par le processus de la sélection naturelle.

Les êtres pluricellulaires ayant tous pour ancê-

____

(1) LE DANTEC a montré qu'au-dessus d'un certain volume les êtres unicellulaires étaient obligés de se diviser, parce que les actes d'assimilation se faisaient moins bien.

tres des êtres monocellulaires, il est évident que la reproduction sexuée s'est établie de la même manière.

Les processus de fécondation nous apparaissent donc, en résumé, comme une modalité des processus de nutrition. Le besoin sexuel est l'analogue du besoin nutritif, ainsi se trouve pleinement justifiée la comparaison que nous avons établie avec la *faim*.

Nous avons vu plus haut que certaines espèces se reproduisaient indifféremment avec ou sans fécondation. Oui, mais lorsqu'il y a reproduction asexuée, les variations individuelles sont réduites au minimum, et il ne peut se produire ni adaptations nouvelles, ni progrès. Les végétaux se reproduisent par bouture ; depuis son introduction en Europe la pomme de terre est cultivée ainsi, mais l'agronome qui veut obtenir des espèces nouvelles a recours à la graine fécondée.

Chez certains crustacés la reproduction sexuée n'existe pas, mais c'est que depuis des siècles leurs conditions d'existence n'ont pas changé et qu'il n'y avait pas nécessité d'adaptations nouvelles.

Certains animaux emploient tour à tour la reproduction sexuée et la reproduction asexuée. Les pucerons se reproduisent parthénogénétiquement, c'est-à-dire sans fécondation, pendant tout l'été, c'est-à-dire tant que les conditions de milieu restent favorables, mais dès l'apparition des premiers froids de l'automne, c'est-à-dire lorsqu'il faut s'adapter à des conditions nouvelles, la reproduction sexuée apparaît. Si les pucerons sont maintenus en serre, et pourvus *d'une bonne nourriture*, les générations parthénogénétiques continuent, le besoin sexuel ne fait pas son apparition.

La reproduction sexuée n'a été, au début, qu'une modalité de la nutrition.

Elle s'est maintenue parce que c'est un facteur très important d'adaptations nouvelles et de progrès.

§ 4. — Y A-T-IL DES CENTRES SEXUELS

Nous avons vu comment naissait la sensation correspondant au besoin sexuel, comment étaient produites les vibrations nerveuses spécifiques, au niveau de nos éléments anatomiques, à la périphérie du système nerveux centripète. Ces vibrations nerveuses s'élèvent vers les centres, par les nerfs de la sensibilité générale ; *il n'y a pas de filets nerveux spécialisés* pour les conduire. Les mêmes nerfs peuvent servir de conducteurs à plusieurs sensations différentes. Les nerfs de la sensibilité générale conduisent la sensation cœnesthésique qui nous donne la conscience de notre corps, la sensation douloureuse qui nous avertit des actions nocives, la sensation de la faim qui nous fait connaître l'appauvrissement du milieu nutritif... et enfin la sensation correspondant au besoin sexuel. On peut se demander dès lors comment s'opère la distinction entre ces diverses espèces de sensations arrivant à la corticalité par les mêmes conducteurs. La distinction s'opère sans doute par la *qualité* des vibrations nerveuses.

Dans un rayon lumineux il y a plusieurs espèces de rayons colorés, se distinguant par le nombre de leurs vibrations.

Dans l'influx nerveux, il y a probablement des vibrations de rapidité et de longueur d'onde différentes. La sensation sexuelle est sans doute à la sensation de la faim, ce qu'est la lumière rouge à la lumière verte ; chacune d'elles est peut-être à la sensation cœnesthésique ce que sont les couleurs élémentaires à la couleur blanche. Insister davantage serait sortir de notre sujet (1) ; nous avons suffisamment fait comprendre que point n'était besoin de conducteurs spéciaux.

De l'absence de conducteurs spéciaux découle naturellement l'*absence d'un centre spécial* de perception du besoin sexuel. Le besoin sexuel est perçu dans la zone où les conducteurs de la sensibilité générale abordent la corticalité. Cette zone est très

(1) Il y a peut-être là cependant une notion d'importance capitale sur laquelle nous reviendrons ailleurs.

étendue; elle comprend les circonvolutions centrales rolandiques, qui sont en même temps motrices, le pied des trois circonvolutions frontales, le lobule pariétal supérieur, le lobule pariétal inférieur. Dans cette vaste zone, qui tient en même temps, sous sa dépendance la motilité, se forme la conscience que nous avons de notre propre corps, la conscience de notre personnalité physique. C'est dans cette conscience qu'apparaissent tous les besoins généraux de l'organisme, et en particulier le besoin sexuel.

Les besoins *spéciaux* à chaque organe, l'appétit des aliments, l'appétit sexuel par exemple, ont aussi leur siège dans cette même zone, mais ne l'envahissent pas tout entière. Ils restent cantonnés dans la zone d'innervation de l'organe en question. Nos connaissances sont encore trop peu précises sur la localisation de ces zones.

Il n'y a donc pas à parler de centres sexuels, aussi ne dirons-nous qu'un mot, à cause de leur intérêt historique, des tentatives qui ont été faites dans ce sens.

Le premier essai de localisation a été fait par Gall lorsqu'il plaça le siège du sens génésique dans le cervelet, et fit de l'hypertrophie de cet organe un signe du penchant aux plaisirs de l'amour : ses arguments nous paraissent aujourd'hui enfantins. Le centre que Budge a localisé dans la moelle lombaire ne tient sous sa dépendance que l'érection et l'éjaculation. Lorsque Luys fait remonter du centre génito-spinal au bulbe les sensations parties des organes génitaux, il n'a sans doute en vue que les sensations voluptueuses. Tarchanoff fait jouer un rôle aux tubercules quadrijumeaux ; leur excitation provoque l'accouplement chez la grenouille. Albertoni observe le même fait pour les couches optiques chez la tortue. Ces expériences ne viseraient que le mécanisme de l'accouplement.

Magnan (1) distingue trois centres superposés hiérarchiquement, et dont le fonctionnement harmonique donne l'instinct sexuel normal. Si, par suite du déséquilibre, un de ces centres devient prédominant, on a des aberrations et perversions sexuelles qui peuvent se diviser en quatre groupes :

« Les *spinaux*, qui forment le premier groupe, sont réduits au réflexe simple, leur domaine se trouve limité à la moelle, au centre génito-spinal de Budge. C'est l'onanisme chez l'idiot complet.

« Pour les seconds, les *spinaux cérébraux postérieurs*, le réflexe part de l'écorce cérébrale postérieure et aboutit à la moelle. La vue seule, l'image d'un sujet de sexe différent, quelles que soient ses qualités, qu'il soit beau ou laid, jeune ou vieux,

(1) MAGNAN, Communication à l'Académie de médecine, 13 janvier 1885. *Ann. médico-psychologiques,* mai 1886, p. 447-472.

provoque l'orgasme vénérien. C'est l'acte instinctif purement brutal.

« Un troisième groupe comprend les *spinaux cérébraux antérieurs*. Le point de départ du réflexe
est dans l'écorce cérébrale antérieure ; c'est une influence psychique, comme dans l'état normal, qui
agit sur le centre génito-spinal ; mais l'idée, le sentiment ou le penchant sont ici pervertis...

« Enfin les *cérébraux antérieurs* ou *psychiques*
sont des extatiques, des érotomanes... »

D'autres auteurs enfin, se basant sur l'importance
des sensations olfactives (1) dans les phénomènes
sexuels, ont placé le centre sexuel près du centre
olfactif.

Toutes ces localisations ne peuvent plus être
conservées actuellement ; il n'y a plus personne
pour les défendre.

De ce qu'il n'y a pas de centres sexuels, il ne
faudrait pas conclure qu'il n'y a pas des *éléments
anatomiques spéciaux* pour la perception du besoin
sexuel. Dans la vaste région où aboutissent les nerfs
de la sensibilité générale, se trouvent un grand
nombre d'espèces cellulaires différentes, ayant par
conséquent des fonctions différentes. Il est rationnel de penser qu'à chaque sensation correspond une
espèce cellulaire spéciale. Dans cette hypothèse, la

(1) Voy. plus loin, p. 80 et 81.

sensation de la faim serait perçue par une espèce cellulaire, la sensation sexuelle par une autre espèce et ainsi pour les autres besoins organiques.

Ce qui rend probable cette hypothèse, c'est que nous connaissons des faits analogues.

Les diverses sensations lumineuses sont apportées au lobe occipital par les mêmes conducteurs. C'est dans l'écorce du lobe occipital que se fait la différenciation entre les diverses colorations. Il est à peu près démontré que la perception de chaque couleur élémentaire se fait dans des espèces cellulaires différentes, réparties en plusieurs couches.

La pathologie réalise parfois, à ce sujet, une véritable expérience de physiologie. On sait que la destruction complète de l'écorce du lobe occipital à sa face interne et inférieure donne de l'hémianopsie, c'est-à-dire l'abolition complète de la vision dans la moitié opposée du champ visuel. La lésion du lobe occipital gauche abolit la vision dans la moitié droite du champ visuel, c'est-à-dire que tous les objets situés à droite du sujet ne sont pas vus. Or il est des cas de lésion incomplète (troubles circulatoires, intoxications...) où la vision n'est pas totalement abolie; certaines colorations sont encore perçues alors que d'autres colorations ne le sont plus, on dit alors qu'il y a hémiachromatopsie. Ces faits ne peuvent guère s'expliquer que par la perception des couleurs différentes dans des espèces cellulaires différentes.

Des faits presque analogues s'observent pour les besoins organiques. Dans la paralysie générale, il est fréquent, tout à fait au début, d'observer une exaltation du besoin sexuel, exaltation certainement pathologique, s'accompagnant souvent d'aberrations et conduisant fréquemment à des délits. Or les lésions de la paralysie générale débutent ordinairement dans les couches les plus superficielles : d'abord simplement irritatives, elles excitent les éléments cellulaires correspondants puis les détruisent. A l'exaltation du besoin sexuel fait en effet suite toujours son amoindrissement puis sa disparition complète.

A une période plus avancée de la paralysie générale, souvent à sa période terminale, on observe une exaltation du besoin nutritif : les malades mangent énormément, avec avidité et gloutonnerie. A ce moment les lésions ont gagné en profondeur.

On voit immédiatement l'analogie avec ce qui se passe au niveau du centre visuel.

Nous croyons donc qu'il existe des espèces cellulaires différentes pour la perception des divers besoins organiques. L'espèce cellulaire chargée de percevoir le besoin sexuel est probablement située à la superficie de l'écorce, au moins par rapport à la sensation de la faim qui paraît plus profonde.

Aux localisations *anatomiques* des anciens auteurs, nous substituons une localisation *histologique*.

Remarquons qu'en tout cela nous n'avons en vue que le besoin sexuel et non les manifestations complexes de l'amour. Nous verrons au chapitre suivant comment le besoin sexuel s'associe aux autres sensations. Par le fait de ces associations, la zone où se font les phénomènes sexuels s'élargit et envahit toute la corticalité. Il n'y a plus de localisation. Il y a cependant encore un point maximum d'innervation sexuelle corticale, quelque chose d'analogue à ce qu'est le centre de gravité d'un objet solide défini ; ou bien encore à ce qu'est le moment d'un système de forces. Ce point d'innervation maximum est essentiellement variable suivant les individus, et suivant les circonstances chez le même individu : plus rapproché du pôle occipital chez les visuels, du lobe temporal chez les auditifs..... il se dirige souvent vers les circonvolutions olfactives, à cause de l'importance de l'odorat dans les phénomènes de l'instinct sexuel.

§ 5. — LA SENSATION CONSCIENTE
OBSERVATION INTERNE

Voyez cette jeune fille élevée dans l'ignorance absolue des choses de l'amour : hier encore vive, gaie, souriante, espiègle, s'amusant d'un rien, elle s'éveillait en chantant, s'endormait dans un sourire :

vivre était sa seule fonction. Mais voici qu'une sensation nouvelle s'est fait jour dans sa conscience, d'abord obscure et vague, elle a grandi rapidement, s'est imposée à l'attention, a rempli la conscience en chassant toute autre préoccupation. Ce qui n'était d'abord qu'une sorte d'inquiétude, de malaise non sans charmes, de désir obscur d'une chose inconnue, a bientôt acquis toute la force d'une obsession.

Aux chants, aux gambades, aux jeux puérils ont succédé de longues rêveries, des promenades solitaires, des pleurs soudains et sans motif, des insomnies rêveuses. C'est la méditation de l'espèce préparant sa perpétuation.

Et cependant, cette jeune fille n'a encore aucun soupçon sur la nature du trouble auquel elle s'abandonne. Elle ne trouve pas sans charmes cette sensation inconnue qui la prend tout entière, assez forte pour la détacher de ce qui faisait toute sa vie, pas assez claire encore pour lui montrer sa voie nouvelle.

Il est bien difficile de ne voir là que le résultat de sensations parties des organes génitaux : ceux-ci ne tiennent encore aucune place dans l'esprit de notre jeune fille. Elle éprouve un besoin *qu'elle ne localise pas* ; c'est son organisme tout entier qui souffre et réclame une satisfaction dont elle n'a encore aucune idée. Elle ne vit plus pour elle seule ; c'est par elle que l'espèce va poursuivre ses voies.

Une fonction nouvelle va se développer, à la satisfaction de laquelle la sensation qui vient de l'envahir la poussera invinciblement.

Moins évidents chez l'homme, mieux renseigné, les phénomènes psychologiques du début de la vie sexuelle sont cependant les mêmes. « J'étais, dit Rousseau (1), inquiet, distrait, rêveur ; je pleurais, je soupirais, je désirais un bonheur dont je n'avais pas d'idée et dont je sentais pourtant la privation... »

A l'origine, le besoin sexuel a donc tous les caractères d'un *besoin général de tout l'organisme*. C'est comme une sève, puisée dans toutes les cellules de notre économie par les radicules du système nerveux sensitif, et conduite aux centres, où elle provoque une végétation vigoureuse de sentiments nouveaux. C'est une force nouvelle qui galvanise l'individu et peut lui faire accomplir les plus grandes choses, à moins qu'elle ne le sacrifie entièrement à l'espèce.

Les sensations génitales ne paraissent guère intervenir que pour montrer la voie nouvelle, indiquer le but à atteindre, faire désirer la satisfaction attendue.

***

(1) ROUSSEAU, *Confessions*.

Cet état nouveau qui bouleverse l'individu et submerge sa personnalité sous une vague puissante de vibrations nerveuses, est-ce plus qu'une sensation, est-ce moins qu'un sentiment ? On peut dire en tout cas qu'à son apparition c'est un *état affectif pur* et élémentaire ; il ne s'y mêle aucune de ces représentations et de ces associations émotives, dont nous verrons plus loin le mécanisme et qui font de l'amour un sentiment si complexe.

Les états affectifs purs et élémentaires ne sont pas très nombreux : c'est l'*excitation* simple dans laquelle, avec un grand sentiment de bien-être, nous nous sentons alerte, fort, vigoureux, puissant ; c'est la *dépression simple* dans laquelle un sentiment de malaise indéfinissable, de souffrance morale, et d'angoisse, envahit notre conscience, en même temps qu'une sensation de lourdeur, de faiblesse, d'impuissance ; c'est enfin les états affectifs qui traduisent une tendance spéciale de l'organisme, le besoin sexuel entre autre. Ces états affectifs restent rarement purs, comme à leur origine ; l'excitation devient facilement la joie, la dépression se transforme en tristesse, le besoin sexuel donne naissance à l'amour.

Les nerfs de la sensibilité générale apportent sans cesse à la corticalité des vibrations ayant pris

naissance au niveau de tous nos éléments anatomiques : c'est par elles que se forme la conscience
que nous avons de notre corps, de notre personnalité physique. Fortes, nombreuses, harmoniques,
elles nous donnent sans doute l'état affectif que
nous avons appelé excitation. Affaiblies, diminuées,
troublées, elles engendrent la dépression. Le besoin
sexuel ne dépend plus ni de leur nombre ni de leur
force, mais de leur *tonalité* spéciale, correspondant
probablement à une rapidité ou à une longueur
d'onde spéciale.

L'excitation peut être comparée à une clarté
blanche lumineuse ; la dépression à une obscurité
relative, le besoin sexuel à une coloration spéciale.

Il est difficile de dire si le besoin sexuel doit être
rangé dans les sensations agréables ou désagréa-
bles. Tant qu'il ne dépasse une certaine intensité,
il n'est pas sans charmes, il s'accompagne d'un léger état d'excitation, qui prédispose aux émotions
agréables et colore la vie en rose. Lorsque son intensité s'accroît, lorsque toute satisfaction lui est
refusée, il produit un état d'éréthisme, un sentiment
de tension douloureuse, un état obsédant et angoissant extrêmement pénible. C'est dans la vie des
saints qu'on trouverait le mieux la description des

tortures qu'il peut engendrer. Sans aller aussi loin
qui n'a pas ressenti ce que Loti appelle les *échardes
cuisantes de l'amour*.

Le besoin sexuel devient douloureux lorsque la
marée montante de l'influx nerveux correspondant,
ne trouvant aucune issue à son écoulement, acquiert
une tension effroyable et submerge tout.

Il faut une issue, soit par la satisfaction physiologique réclamée, soit par un dérivatif quelconque.

Ce n'est pas toujours le plaisir qu'on recherche
dans l'amour, c'est souvent l'apaisement, « le besoin
de rejeter et de dépouiller l'excitation sexuelle »
(Rafalowich).

Le savant qui se laisse entraîner par un amour
indigne de lui ne recherche pas le plaisir physique,
l'instant de volupté, dont il connaît la vanité. Ce ne
sont pas ses organes génitaux qui demandent à
fonctionner, trop souvent même il déplore que ce
soit le contraire ! C'est l'impression plus forte, que
nous avons décrite, qui le pousse, qui l'obsède, qui
le rend incapable de travailler. Lorsqu'il se laisse
aller, ce n'est pas le plaisir qu'il recherche, c'est la
quiétude physique qui suivra.

Nous avons plus haut distingué le besoin sexuel
de l'appétit sexuel, l'observation interne fait encore
mieux cette distinction.

Dans le besoin sexuel n'entre souvent que pour une part infime le désir de la satisfaction génitale, du frisson voluptueux. C'est un désir beaucoup plus vague et beaucoup plus vaste. C'est le besoin d'aimer, de se donner, de se consacrer à un être préféré, de s'occuper de lui, de tourner vers lui toutes ses pensées. C'est pour l'homme le besoin d'une *intimité féminine*. Le besoin sexuel est souvent beaucoup mieux satisfait par une délicate amitié féminine, à peine teintée d'une nuance amoureuse, que par la brutale satisfaction sexuelle. C'est le sentiment qui domine dans le délicat amour de Cyrano pour Roxane, c'est lui qui met dans sa bouche cette pensée nuancée d'une mélancolique gratitude :

Grâce à vous une robe a passé dans ma vie.

L'appétit sexuel peut aussi acquérir une intensité pénible, presque douloureuse mais jamais au même degré que la *faim* sexuelle ; il a rarement le même caractère obsédant. Il faut dire aussi qu'il est beaucoup plus facilement satisfait. Le besoin d'aimer ne trouve sa satisfaction que par la possession dans l'amour ; pour l'appétit sexuel la possession suffit. Dans la continence prolongée, les possessions imaginaires des rêveries nocturnes peuvent, jusqu'à certain point, suppléer à la possession réelle. La possession sans amour est, par la non satisfaction du besoin d'aimer, l'origine d'un amer sentiment de tristesse, d'un cuisant déplaisir, et souvent d'une sorte d'horreur et de répulsion pour le sujet possédé.

Lorsqu'au besoin d'aimer se joint l'appétit sexuel, le trouble est porté à son comble; il met obstacle à toute activité intellectuelle, il peut rendre presque complètement irresponsable. L'importance relative du besoin sexuel, et du simple appétit n'est pas la même chez les différents individus. Il en est qui n'ont jamais éprouvé que le dernier: faut-il les féliciter de ce qu'ils n'éprouveront jamais les tourments du besoin d'aimer, ou les plaindre d'être incapables de ressentir les délices de l'amour ? Plus rarement le besoin sexuel existe sans l'appétit; ce sont les platoniques et les mystiques. Les individus de la première catégorie sont plus fréquemment du sexe masculin ; ceux de la seconde sont le plus souvent du sexe féminin.

CHAPITRE II

L'AMOUR PHYSIQUE
ASSOCIATION DU BESOIN SEXUEL AVEC
LES AUTRES SENSATIONS

§ 1. — COMMENT SE FAIT L'ASSOCIATION DE
DEUX SENSATIONS QUELCONQUES

Lorsqu'une sensation arrive à la corticalité, elle envahit d'abord un certain nombre d'éléments nerveux, qui donnent la perception consciente, puis elle s'étend comme un liquide versé sur une surface plane, comme une tache d'huile sur un papier buvard.

Lorsque deux sensations arrivent ensemble à la corticalité : par l'extension de chacune d'elles, elles arrivent en contact, c'est-à-dire que les vibrations nerveuses correspondantes envahissent des neurones communs. Cette association est déterminée d'une part par la structure du cerveau et les connexions qui préexistent entre les centres de chacune des sensations ; d'autre part par l'intensité des sensations, et leur puissance d'extension, et d'envahissement des territoires voisins. Si cette association entre deux sensations déterminées se répète, elle devient de plus en plus facile, c'est qu'en effet les vibrations nerveuses tracent leur chemin comme un cours d'eau son lit.

On commence à saisir par quel mécanisme le passage à travers les éléments nerveux, de vibrations nerveuses déterminées, rend plus facile le passage des vibrations suivantes. Voici deux neurones en rapport : les éléments transmetteurs (cylindraxe) de l'un, sont en présence des éléments récepteurs (prolongements protoplasmiques) de l'autre ; une certaine distance les sépare. Des vibrations nerveuses envahissent le premier neurone ; pour franchir la distance qui le sépare du second, il faut que ces vibrations acquièrent une certaine intensité ; pour qu'entre les deux éléments nerveux jaillisse l'étincelle nerveuse, il faut une certaine tension, de même qu'il faut une certaine tension électrique pour que jaillisse l'étincelle électrique entre les deux pôles d'une pile. Mais il est à peu près démontré (Tanzi) que le passage répété des vibrations détermine une croissance du prolongement des neurones. Par suite de cette croissance (1) la dis-

(1) Qu'il ne faut pas confondre avec les mouvements passagers d'adaptation étudiés par Lépine, Duval, etc.

tance diminue entre les deux neurones considérés ; la résistance est moindre aux passages des vibrations nerveuses, elle devient presque nulle lorsque le cylindraxe de l'un vient en contact avec les prolongements protoplasmiques de l'autre. Tel est le mécanisme d'association entre deux groupes d'éléments nerveux, dont chacun représente le substratum anatomique d'une sensation donnée.

Lorsque deux sensations sont ainsi associées d'une façon solide, la production de l'une amène immédiatement la réapparition de l'image de l'autre ; les vibrations de la première ont envahi le territoire de la seconde.

Deux sensations associées peuvent être comparées à deux vases communicants : au début la communication se fait au voisinage du sommet des vases, il faut qu'une certaine quantité de liquide soit versée dans l'un pour qu'il en passe dans l'autre ; il faut que l'une des sensations acquière une certaine intensité pour que l'autre soit évoquée. A mesure que les associations se répètent, la communication *se creuse* ; il faut une quantité de liquide moindre ; la sensation évocatrice n'a plus besoin d'une intensité aussi grande. Lorsque la communication atteint le fond des deux vases, on ne peut plus verser de liquide dans l'un à l'exclusion de l'autre ; on ne peut plus provoquer une des sensations, sans évoquer l'autre.

§ 2. — QUELLES SONT LES SENSATIONS QUI S'ASSOCIENT AVEC LE BESOIN SEXUEL?

Toutes les sensations sont susceptibles de s'associer avec le besoin sexuel ; mais il en est avec lesquelles l'association est particulièrement facile, et d'autres où elle est très difficile. Nous avons comparé la sensation à une goutte d'eau mise sur une surface plane. Mais cette surface n'est pas absolument polie, elle est creusée de dépressions et de rigoles, suivant lesquelles s'étale le liquide qui y est déposé. Le cerveau est de par sa structure congénitale et de par les modifications qu'il a subies dans les expériences précédentes, creusé de dépressions et de rigoles qui dirigent jusqu'à un certain point les associations de sensations. C'est pour cela d'ailleurs que chez les individus d'une même race, les asssociations ne diffèrent pas beaucoup malgré les différences de milieu, d'éducation et de rencontres fortuites.

Association du besoin sexuel et des sensations génitales. — Les sensations parties des organes génitaux sont probablement les premières, et en tout cas les plus importantes qui s'associent avec le besoin sexuel. C'est grâce à cette association que Daphnis finit par savoir vers quoi le pousse ce trouble adorable qui l'envahit en présence de Chloé.

L'initiatrice Lycénion trouve dès lors un terrain tout préparé ; son intervention ne serait d'ailleurs pas indispensable.

Si cette association ne se produit pas, l'instinct sexuel peut être complètement dévié. Voilà pourquoi dans toutes les observations de psychopathies sexuelles nous trouvons un besoin sexuel extrêmement précoce. Celui-ci apparaissant bien avant les organes génitaux, les associations normales ne peuvent se produire ; il se fait des associations anormales. De même chez l'eunuque le besoin sexuel existe, mais il ne peut s'associer avec des sensations absentes.

Plus tard, le besoin sexuel s'associe non plus seulement avec les sensations cœnesthésiques, mais avec les sensations fonctionnelles, voluptueuses, du coït. Dès lors, ce besoin n'est plus un état purement affectif, il s'y mêle la représentation du plaisir.

Chez l'adulte, le besoin sexuel s'accompagne presque toujours de l'image de la volupté physique, et réciproquement l'image de la volupté physique vient renforcer le besoin sexuel. Suivant la prédominance de l'un ou de l'autre, nous aurons ce que nous avons appelé la *faim* et l'*appétit* sexuels. Ces formes de la génitalité peuvent exister tour à tour chez le même individu, suivant son état physiologique ou les circonstances. Il est banal de faire observer que le désir ne suppose pas l'amour. Quel-

ques-uns prétendent aussi que l'amour ne suppose
pas nécessairement le désir, ce qui est bien douteux. La prédominance de l'un ou de l'autre est
variable suivant les individus, et l'on pourrait à
cet égard distinguer deux types : les uns n'ayant
guère éprouvé que le désir de la satisfaction génitale, *l'appétit sexuel*, les autres sujets à tous les
entraînements de l'amour, de la *faim sexuelle*.

**Association du besoin sexuel et des sensations
olfactives.** — L'association du besoin sexuel avec
les sensations olfactives est aussi d'une importance
de premier ordre, surtout quand on la considère,
non plus seulement chez l'homme, mais dans la série animale. Il y a longtemps qu'on a fait remarquer
que dans la recherche de la femelle par le mâle ou
réciproquement, les sensations olfactives servent
souvent de guides. Le développement de certaines
glandes à sécrétion musquée n'a pas d'autres causes. Et si l'homme lui-même est influencé par ces
sécrétions, fait dont la parfumerie et la coquetterie
féminine savent tirer le plus grand parti, c'est que
chez l'homme aussi les sensations olfactives ont
conservé une grande importance au point de vue
génital.

Dans l'ordre phylogénique, dans l'histoire des
ancêtres de l'homme, les sensations olfactives sont
certainement les premières qui se sont associées
au besoin sexuel, car ce sont les premières qui se

sont différenciées de la sensibilité générale. Ce stade
de l'évolution s'est maintenu chez les reptiles et les
amphibiens. Leur écorce cérébrale, en effet, est
presque toute entière une écorce olfactive. Phylo-
géniquement, c'est le sens de l'odorat qui est apparu le premier. « La pensée a commencé dans la
série animale par l'élaboration des perceptions olfactives » [J. Soury (1)]. De cette apparition primordiale des sensations olfactives, on a voulu
chercher la raison uniquement dans la nécessité de
l'instinct de conservation de l'individu. Ces sensations, dit-on, ont servi à chercher la nourriture, à
reconnaître et à fuir l'ennemi. Sans doute il y a là
une part de vérité, mais pour cet usage le sens de
la vue n'est-il pas préférable?

Peut-être, le développement primordial des sensations olfactives a-t-il eu pour cause aussi les nécessités de l'instinct de reproduction, de conservation
de l'*Espèce?* Ce qui le prouve, c'est que, dans le
développement ultérieur des êtres vivants, les sensations olfactives, dépossédées en partie de leur
rôle dans l'instinct de conservation de l'individu,
l'ont conservé dans l'instinct de reproduction.

Chez l'homme lui-même, ce rôle est encore très
grand. « Le doux parfum d'un cabinet de toilette,
dit J.-J. Rousseau, n'est pas un piège aussi faible

(1) J. Soury, *Dict. de phys.* de Richet, art. Cerveau, p. 788.

qu'on pense, et je ne sais s'il faut féliciter ou plaindre l'homme sage que l'odeur des fleurs que sa
maîtresse a sur le sein ne fit jamais palpiter. » On
a signalé un grand nombre de fois l'influence
qu'exerce l'odeur de la sueur, des parties génitales,
des aisselles. » Alexandre était aimé des dames
plus que les autres princes parce que sa sueur était
plus odoriférante (1). » Henri III devint amoureux
fou de Marie de Clèves après s'être essuyé la figure
avec la chemise (!) de celle-ci (2). Feré (3) rapporte
plusieurs observations analogues. Une dame, citée
par Mantegazza (4) disait : « J'éprouve tant de
plaisir à sentir une fleur qu'il me semble que je
commets un péché. » « Les rapports étroits, dit
Krafft-Ebing (5), qui existent entre la vie sexuelle
et le sens olfactif font supposer que la sphère sexuelle
et la sphère olfactive se trouvent à la périphérie
du cerveau, très près l'une de l'autre, ou du moins
qu'il existe entre elles des liens puissants d'association.

Bien plus, il y aurait un lien entre les états pathologiques de la muqueuse pituitaire et des orga-

---

(1) Jacques Ferrand, *Traité et guérison de l'amour*, Tou-
louse, 1712, p. 49.
(2) Voy. Krafft-Ebing, *loc. cit.*, p. 36.
(3) Feré, *Path. des émotions*.
(4) Mantegazza, *Phys. de l'amour*, p. 151.
(5) Krafft-Ebing, *loc. cit.*

nes génitaux. Romberg, cité par Feré, a observé
un jeune homme qui éternuait chaque fois qu'il
avait une pensée érotique. Mackensie, cité par
Krafft-Ebing, a vu la congestion de la pituitaire et
l'enchifrènement accompagner la menstruation, ou
bien se produire avec des éternuements à l'occasion
d'une émotion sexuelle. Réciproquement, les lésions
du nez retentiraient sur la vie sexuelle. Un malade
de Feré avait de l'excitation génitale permanente, à
chaque coryza. Mackensie signale aussi l'excitation
génitale à la suite de maladies du nez ; beaucoup de
masturbateurs seraient atteints d'affections nasales.

Sur le terrain pathologique, il faut encore signaler la fréquence des hallucinations olfactives dans
les psychoses érotiques, ou même simplement dans
les troubles nerveux de la ménopause.

Tous ces faits prouvent surabondamment l'importance des associations olfactives dans la vie sexuelle.

**Association du besoin sexuel et des sensations vi-
suelles.** — Si les sensations visuelles ont fait dans
la série animale une apparition plus tardive, elles
ont rapidement acquis une importance de premier
ordre. Chez l'homme, elles ont détrôné en partie
les sensations olfactives, non seulement au point
de vue de la conservation de l'individu, mais aussi
en ce qui regarde l'instinct de reproduction. C'est
là un sujet qu'il est à peine besoin de développer.

C'est la vue du jeune homme, distingué entre tous, qui fait battre le cœur de la jeune fille, augmente son émoi, lui fait deviner la nature du trouble qui l'a envahie. C'est la vue de Daphnis au bain, dans la caverne des Nymphes, qui éveille l'amour de Chloë. « Chloë le regardait et lors elle s'avisa que Daphnis était beau. » Plus tard, c'est presque toujours par les impressions visuelles qu'est renforcé le besoin sexuel; c'est sur elles surtout que se base le *choix*.

La conception de la beauté chez l'homme ou chez la femme a pour base presque exclusive les sensations visuelles dans leur rapport avec la sexualité. Qu'on enlève à l'homme le besoin sexuel et les sensations visuelles qui s'y associent, la moitié des œuvres d'art n'auront plus leur raison d'être : une simple promenade dans n'importe quel salon de peinture et de sculpture suffit pour nous en convaincre. Chez l'homme fait, le besoin sexuel se traduit avant tout par des représentations d'ordre visuel.

Association du besoin sexuel et des sensations auditives. — Quoique d'une importance beaucoup moindre chez l'homme, les sensations auditives jouent néanmoins un rôle dans la vie sexuelle.

Chez certains animaux, ce rôle est capital. « Qui ne connaît le chant des sauterelles et des grillons ? Lorsqu'on se promène par une belle soirée à travers les champs, peut-être le long d'un ruisseau, il ne se passe guère de temps qu'on n'entende, en un endroit ou à un autre, un son long, égal, doux et agréable... Si l'on s'approche avec précaution de l'endroit d'où vient le chant, on voit, devant l'ouverture d'un trou dans le sol, un gryllo-talpa en apparence sans mouvement. Ce n'est qu'en y regardant de plus près qu'on s'aperçoit que les courtes élytres de ses ailes font un mouvement de rapide friction, et c'est là ce qui produit le chant... Il est clair que cette faculté de produire des sons musicaux ne peut être d'aucune utilité aux animaux dans la lutte pour la vie... La formation d'un appareil musical peut s'expliquer d'une façon simple par l'émulation dans la recherche des femelles par les mâles. S'il nous est permis de supposer que ces derniers trouvent un certain plaisir à entendre le chant du mâle — et cela est prouvé — nous pouvons très bien nous expliquer la genèse d'un appareil musical... » [Weissmann (1)].

Les mêmes remarques s'appliquent entièrement au chant des oiseaux. « La sélection sexuelle nous offre donc la possibilité d'expliquer d'une façon suffisante le développement du chant chez les insectes et les oiseaux » [Weissmann (2)].

(1) Weissmann, La musique chez les animaux et chez l'homme, essais sur l'hérédité, p. 472 ; traduction Henri de Varigny, Paris, 1892.
(2) Weissmann, loc. cit., p. 473.

Pour le chant de l'homme, la question est plus discutée ; Darwin lui assigne une origine semblable, il croit qu'il s'est développé par sélection sexuelle, et n'a donné naissance que secondairement au langage. Pour J.-J. Rousseau, Schweibe, Herbert Spencer, au contraire, le langage est le premier en date, et la musique n'a fait son apparition qu'ensuite. Weissmann considère le sens musical comme un produit complémentaire du développement de notre organe auditif, sans relations nécessaires avec la vie sexuelle.

A ne considérer que ce qui se passe chez l'homme, sans même faire appel à la psychologie comparée, il est bien difficile de refuser un rôle aux associations auditives. Le seul timbre d'une voix féminine peut, à certains moments, exaspérer l'éréthisme sexuel. Par contre, chacun connaît l'impression désagréable, pénible, que fait une voix rauque, éraillée, cassée, sortant d'une jolie bouche. Dans l'énumération des perfections de sa maîtresse, le poète n'oublie jamais le charme de sa voix. *Les paroles d'amour ont une caresse indépendante des sentiments exprimés.* Enfin, la sexualité tient dans la musique comme dans les autres arts la plus grande part. Dans les chants populaires, dans ceux des troubadours, comme dans les opéras modernes, comme dans la musique religieuse elle-même, c'est l'amour que vous trouverez le plus souvent exprimé. Entrez dans une église, comme dans un théâtre, comme dans un music-hall, vous y trouverez des chants d'amour, s'adressant à l'instinct sexuel, depuis ses formes les plus élevées jusqu'à ses manifestations les plus basses.

Association du besoin sexuel et des sensations tactiles. — Les sensations tactiles donnent aussi leur note dans ce concert sexuel. Les frôlements, les pressions de main, le premier baiser sont les aliments qui entretiennent et montent au paroxysme la première passion. Plus tard, ce sont des étreintes plus longues, des baisers plus ardents, des caresses plus hardies et plus savantes, une fusion plus complète de deux êtres à la recherche du bonheur infini par lequel se perpétue l'espèce, se conserve l'immortalité du plasma germinatif. Dès lors, le besoin sexuel éveille fatalement le souvenir de cès sensations ; réciproquement, l'une d'elles peut suffire à renforcer le besoin sexuel.

Association du besoin sexuel et des sensations gustatives. — Leur rôle est certainement très restreint, cependant il serait imprudent de le nier. C'est sans métaphore qu'on trouve parfois un *goût délicieux* au baiser.

Les sensations tactiles ne sont peut-être pas seules en jeu, dans certaines pratiques, auxquelles il suffit de faire allusion sans avoir besoin d'une précision de termes en vérité un peu choquante, et qu'on s'est peut-être trop pressé de condamner d'une façon absolue, en les qualifiant d'aberrations. Ces mêmes pratiques, en effet, n'existent-elles pas à l'état normal chez les animaux ; ne sont-elles pas chez l'homme de tous les peuples et de tous les temps, enfin n'est-elle pas des représentants les plus autorisés de l'Eglise, parfois si sévère en pareille matière, ici cependant si tolérante, cette parole : *licet in os muliebris membrum...* on connaît le reste de la phrase.

§ 3. — SYNTHÈSE DE CES DIVERSES ASSOCIATIONS. COMMENT SE FORME LE PORTRAIT PHYSIQUE DE L'ÈTRE QUI SERA AIMÉ ?

Au début le besoin sexuel est, avons-nous dit, un état affectif qui ne s'accompagne d'aucune représentation. Nous allons voir comment, par suite des associations étudiées dans le paragraphe précédent, ce sentiment se précise, comment cette aspiration vers un but inconnu découvre peu à peu son objet, comment ce désir vague prend un corps, comment, enfin s'élabore la claire notion des qualités nécessaires à l'être que l'on appelle, comment en un mot se forme le portrait physique de celui qui sera aimé.

Les sensations génitales indiquent d'abord quel

sera son sexe, c'est par elles que l'homme est entraîné vers la femme et réciproquement.

***

Les particularités anatomiques et physiologiques qui différencient les sexes ont reçu le nom de caractères sexuels; on les distingue en caractères sexuels *primaires*, et caractères sexuels *secondaires*. Ce qui constitue les caractères primaires, c'est la conformation génitale adéquate à la fécondation. Les caractères secondaires sont les nombreuses particularités qui dans chaque partie du corps différencient l'homme de la femme.

On pouvait se demander à quel moment de l'évolution de l'être, et comment se faisait la différenciation des sexes; le problème est actuellement résolu. On avait depuis longtemps remarqué que la castration empêchait l'apparition de la plupart des caractères sexuels secondaires. Mais au moment où la castration peut être effectuée, c'est-à-dire après la naissance, les caractères sexuels primaires existent déjà. Longtemps on a cru que le sexe d'un individu était déterminé dès l'ovule fécondé. Il n'en est rien; au début l'embryon possède les deux sexes en puissance; il renferme des cellules germinatives qui peuvent évoluer soit dans le sens de l'ovule, soit dans le sens du spermatozoïde. A un moment donné, sous une influence encore obscure, le plasma germinatif évolue soit dans un sens, soit dans un autre ; si c'est dans le sens de l'ovule, les éléments cellulaires mâles s'atrophient, et réciproquement. C'est à ce moment seulement que le sexe du soma commence à se dessiner, que commencent à apparaître les caractères sexuels. Il était intéressant de savoir ce que deviendrait le sexe du soma, si *tous* les éléments germinatifs étaient détruits à la fois, si la castration était réalisée dès l'embryon avant l'apparition de tout caractère sexuel. Ce que ne pouvait faire l'expérimentation, la pathologie l'a réalisé. A. Giard a étudié des cas où les éléments germinatifs étaient détruits par un parasite (1), où était réalisée une véritable castration parasitaire chez l'embryon.

« La castration parasitaire, dit Giard, peut amener l'arrêt du développement des caractères sexuels secondaires de l'un et de l'autre sexe, et dans ce cas, son étude jette quelque lumière sur la question du dimorphisme sexuel ; elle peut produire, chez un animal d'un sexe déterminé, des caractères sexuels secondaires du sexe opposé. Dans le cas où il y a production d'un état stérile parfait, la castration parasitaire peut amener dans l'un et l'autre

_____

(1) On donne le nom de *parasite gonotome* au parasite qui produit la castration de son hôte.

sexe une *forme moyenne*. » La castration parasitaire est quelquefois opérée dès l'âge le plus tendre, ce qui est impossible à la castration expérimentale ; et alors, on constate que *tous les individus paraissent être du même sexe, quant aux caractères somatiques*. Enfin, l'étude des crustacés présente un intérêt particulier à cause des *mues* qui autorisent un changement de forme squelettique même chez l'adulte ; c'est ainsi que de vrais mâles bien développés, puis châtrés, peuvent, après quelques mues, acquérir un soma absolument femelle ; pour le *Stenorhynchus*, espèce de crabe dont le dimorphisme sexuel est des plus accentués, Giard écrit : « Un dessin de ces mâles châtrés par le parasite est absolument inutile. Il se confondrait avec les figures classiques données pour le sexe femelle. » La conclusion de cette étude s'impose :

1° Les éléments histologiques du soma n'ont pas de sexe.

2° Le dimorphisme sexuel du soma est uniquement le *résultat de l'influence* du tissu génital dans la corrélation générale (1). »

Par quel mécanisme le plasma germinatif arrive-t-il à modeler le soma, et à donner ainsi à chaque sexe précisément les caractères qui exercent un attrait sur l'autre ? Deux explications sont pos-

(1) Le Dantec, *La Sexualité*, p. 40.

sibles : la sécrétion interne, et l'action nerveuse.

Le plasma germinatif peut agir par sécrétion interne, en produisant une substance qui, répandue dans tout l'organisme, agisse sur la nutrition du soma. Cette sécrétion interne existe, depuis Brown-Séquard on l'a souvent étudiée, on a voulu même lui faire jouer un rôle dans la pathogénie du besoin sexuel. Cette théorie fit naître des espérances trompeuses ; il ne semble pas qu'elles aient été justifiées : la nouvelle fontaine de Jouvence s'est bientôt tarie. Les quelques résultats passagers obtenus doivent probablement être attribués à la suggestion : on sait combien en cette matière la confiance en soi a d'influence, quels sont, au contraire, les résultats désastreux de la défiance en ses forces. En tout cas jamais on ne vit les caractères sexuels faire leur apparition, à la suite d'injection de suc testiculaire, chez ceux qui en étaient dépourvus.

Un fait permet par contre de démontrer le rôle du système nerveux ; certains papillons peuvent être hermaphrodites accidentellement ; ils sont alors d'un côté un ovaire, de l'autre un testicule, et « chose merveilleuse les caractères sexuels sont alors mâles d'un côté et femelles de l'autre » (1).

Comme, sous le pouce du modeleur, du bloc d'argile surgit la perfection d'une statue, sous la pres-

_____

(1) LE DANTEC, *loc. cit.*, p. 41.

sion des sensations génitales se modèle l'admirable corps féminin qui nous charme.

⁎

Les sensations génitales font mieux encore que de modeler le corps, en lui donnant les charmes qui attirent le sexe opposé ; elles modèlent le cerveau de ce sexe opposé pour le rendre sensible à ces charmes. Chez l'homme, par exemple, non seulement les sensations génitales feront apparaître les attributs de la beauté masculine (haute stature, larges épaules, muscles vigoureux, barbe, etc., etc.....), elles agiront sur la conformation du cerveau, sur les connexions nerveuses, qui préparent et rendent plus faciles les associations en vertu desquelles le portrait de l'être qui sera aimé possédera les charmes féminins. *Cette conformation cérébrale favorisant certaines associations, à l'exclusion des autres, devient ainsi elle-même un caractère sexuel secondaire.*

Le sculpteur de génie qui modèle le corps féminin est aussi le professeur d'esthétique qui enseigne les perfections de son œuvre.

⁎

Nous n'entrerons pas dans le détail du rôle joué

par les autres sensations, nous en avons assez dit au paragraphe précédent. Chaque groupe de sensations dote le portrait de l'être qui sera aimé, de qualités dont l'ensemble s'exprime par un seul mot : *la beauté*.

Les sensations de la vue sont évidemment ici de beaucoup les plus importantes, mais on conçoit que les autres sensations puissent et doivent aussi jouer un rôle dans la production de ce charme puissant qui donne l'émotion sexuelle, d'où découle l'émotion esthétique.

§ 4. — LA BEAUTÉ HUMAINE, SES RAPPORTS AVEC L'INSTINCT SEXUEL

Nous n'avons pas évidemment l'intention d'étudier les attributs de la beauté en eux-mêmes, mais seulement de montrer d'une part comment ces attributs se sont développés, et d'autre part pourquoi ils sont considérés comme beaux, quel est le mécanisme de leur apparition et la raison du charme qu'ils opèrent. Nous ne dirons pas quelle forme doit avoir un corps féminin pour être beau, mais nous essaierons de déterminer *comment s'est développée la forme généralement considérée comme belle, et pourquoi elle est regardée comme telle.*

Cette double explication nous la trouverons dans

les phénomènes de l'instinct sexuel, et dans la théorie évolutionniste.

« Il n'y a pas de meilleure occasion, dit Herbert Spencer (1), de remarquer que ce que nous appelons la beauté dans le monde organique dépend pour la plupart et en quelque façon de la relation sexuelle. Il n'en est pas seulement ainsi quand il s'agit des fleurs et des odeurs. Il en est ainsi aussi quand il s'agit du brillant plumage des oiseaux et de leur chant ; résultats l'un et l'autre, selon M. Darwin, de la sélection sexuelle, et il est probable que les couleurs des insectes les plus visibles ont en partie la même cause. Ce qu'il y a de remarquable, c'est que ces caractères qui ont pris naissance parce qu'ils facilitaient la production du meilleur rejeton, en même temps qu'ils sont naturellement entre tous ceux qui rendent attrayants les uns pour les autres les organismes qui les possèdent, directement ou indirectement, sont aussi les plus attrayants pour nous. Sans eux, les champs et les bois perdraient tout leur charme. *Il est curieux de remarquer que la conception de la beauté humaine tire en grande partie son origine de la même cause.* C'est une observation rebattue, que l'élément de beauté qui se dégage de la relation sexuelle est prépondérant dans les produits esthétiques, la musi-

(1) HERBERT SPENCER, *Principes de biologie*, traduction française, t. II, p. 219, Paris, Alcan.

que, le drame, la fiction, la poésie ; mais cette observation prend un sens nouveau, dès qu'on voit à quelle profondeur dans la nature inorganique ses racines s'étendent. »

Les attributs de la beauté dans chacun des sexes peuvent être distingués en deux catégories. Les uns expriment une conformation évidemment utile soit à l'individu, soit à l'espèce : telle est par exemple la force musculaire, chez l'homme ; l'ampleur du bassin chez la femme. Les autres n'expriment rien de semblable, en apparence tout au moins ; il est difficile de justifier par leur utilité la barbe de l'homme, la longue chevelure de la femme.

Il est facile de comprendre comment les premiers se sont développés à la fois par la sélection naturelle, la survivance du plus apte, et par la sélection sexuelle, le choix du plus beau. Mais comment expliquer l'apparition des caractères sexuels qui n'ont pas d'autre utilité que de charmer les représentants de l'autre sexe.

Darwin fait intervenir uniquement la sélection sexuelle : les fleurs ont des couleurs éclatantes, ou des odeurs suaves parce qu'elles attirent mieux les insectes qui transportent le pollen fécondateur ; le brillant coloris de certains plumages, les chants, les parures, les danses même se sont progressivement développés, parce que les individus qui excel-

laient dans ces divers genres exerçaient un attrait particulier sur le sexe opposé, trouvaient plus
facilement à se reproduire et transmettaient leurs
qualités à leurs descendants. Cela est très bien,
mais à la condition de démontrer pourquoi ces divers attributs exercent un attrait sur le sexe opposé : parce qu'ils sont beaux, dira-t-on, mais nous
avons vu plus haut avec Spencer, qu'ils sont considérés comme beaux précisément à cause de leur
attrait sexuel : le cercle vicieux est évident.

Il faut donc rechercher leur origine ailleurs, et
dans un caractère quelconque d'*utilité*, car la sélection ne développe rien que d'utile. L'utilité de certains de ces caractères sexuels n'est pas difficile à
trouver.

Le coloris des fleurs et de certains plumages,
avant de charmer les regards, les *attire* et fixe
l'attention. Les chants, avant de réjouir l'oreille
des auditeurs, signalent la présence du chanteur ;
et c'est là leur utilité. Il en est de même pour les
odeurs.

Mais il est des caractères sexuels auxquels il semble impossible de trouver une utilité quelconque :
la barbe de l'homme, la crête du coq, etc.

Ils en ont cependant, ne fût-ce que pour *indiquer
la maturité sexuelle* de celui qui en est porteur. Les
unions entre individus trop jeunes ne donnent que
de mauvais résultats.

J. Roux. L'Instinct d'amour.

7

Nous voyons donc en définitive que la notion de *beau* n'est pas séparable de celle d'*utile*. Les attributs de la beauté se sont développés soit en raison de leur utilité pour l'individu, soit en raison de leur utilité pour l'espèce. Dans le premier cas, ils rendaient plus aptes dans la lutte pour l'existence. Dans le second cas ils constituaient une supériorité dans la lutte pour la conquête du plaisir sexuel. Ceux qui étaient dépourvus de ces attributs ou bien succombaient dans la lutte, ou bien ne trouvaient pas à se reproduire.

C'est donc encore dans la théorie évolutionniste qu'il faut rechercher l'origine à la fois des attributs de la beauté, et de son corrélatif le sentiment du beau.

Résumons en deux propositions cette discussion que notre désir d'être bref a peut-être rendue un peu obscure.

1° Les caractères morphologiques qui, dans chacun des deux sexes, sont considérés comme les attributs de la beauté, se sont développés en raison de leur *utilité*.

Cette utilité s'est manifestée :

a) Soit dans la lutte pour la vie, et alors ces caractères se sont développés par le mécanisme de la sélection naturelle, la survivance du plus apte.

b) Soit dans la recherche et la conjonction des sexes (odeurs, couleurs, chants).

c) Soit dans la lutte pour la conquête du plaisir sexuel (armes de combats, parures, chants…).

d) Soit dans le développement physiologique de l'embryon et du nouveau-né (conformation du bassin, volume des seins…).

e) Soit simplement en entravant l'union des sexes avant la maturité sexuelle.

Dans ces quatre derniers cas, les caractères morphologiques ou physiologiques se sont développés par le mécanisme de la sélection sexuelle, la reproduction du plus apte, le choix du plus beau.

2° Ces caractères sont considérés comme les attributs de la beauté, parce que seuls se sont reproduits dans de bonnes conditions pour leur descendance, les individus qui, en leur présence, ont éprouvé l'émotion attractive qu'on appelle le sentiment du beau.

Les individus qui, en présence des attributs de la beauté, n'éprouvent pas cette émotion attractive, qui, en leur absence ou en présence de caractères opposés, n'éprouvent pas l'émotion répulsive qu'on appelle le sentiment du laid, se sont reproduits dans de mauvaises conditions, et leur descendance s'est éteinte.

§ V. — LES VARIATIONS INDIVIDUELLES DE LA BEAUTÉ ET DU SENTIMENT DU BEAU

Le beau absolu n'existe pas ; en ce qui concerne le corps humain, les caractères objectifs de la beauté et le sentiment du beau sont essentiellement variables avec les races, les peuples et les individus.

Pour les races et les peuples il faut faire intervenir les conditions de milieu nécessitant des adaptations différentes.

Pour les individus il faut invoquer surtout l'éducation et les associations fortuites de sensations.

Pour chaque race et chaque peuple il y a un type de beauté généralement admis, *représentant les conditions les meilleures d'adaptation* au milieu. Chaque individu, dans la conception qu'il se fait du beau, par conséquent dans l'élaboration du portrait de l'être qui sera aimé, s'écarte plus ou moins de ce type, suivant les influences qui agissent sur lui. Tel homme se passionnera pour les chevelures blondes, parce que son besoin sexuel s'est fréquemment associé avec la vision d'une femme à chevelure blonde (1).

(1) Les variations individuelles des sentiments du beau ne dépendent pas uniquement de ces associations fortuites, déterminées par le milieu. Elles dépendent aussi de la *structure de chacun*. Nous reviendrons plus loin sur ce sujet. V. p. 121-123.

Ainsi pourraient se justifier tous les goûts individuels. Ces variations ont peu d'importance tant qu'elles s'éloignent peu du type général de l'espèce et de la race. Elles peuvent même être la source de progrès et d'adaptations nouvelles, par la production de caractères nouveaux.

Il n'en est pas de même lorsque les goûts individuels s'écartent par trop de la normale ; elles nuisent à la conservation du type général de l'espèce, considéré comme le mieux adapté.

Pour que l'élaboration du besoin sexuel se fasse dans les meilleures conditions possibles, pour que le portrait de l'être qui sera aimé soit autant que possible conforme à celui de l'espèce, il faut que toutes les sensations y prennent part, il faut que nous puissions juger avec tous nos sens. Le grand danger est l'association avec un seul groupe de sensations : nous reviendrons sur ce sujet à l'occasion des cas pathologiques.

Il faut déplorer *à ce point de vue* les entraves qu'a mises la civilisation à l'élaboration du besoin sexuel.

Comment, en effet, l'adolescent se fera-t-il une idée de la perfection des formes, avec le vêtement moderne qui cache, dissimule, ajoute ou comprime, réforme, déforme et modèle suivant une esthétique souvent des plus contestables. Comment connaîtra-t-il la femme dont on l'éloigne le plus possible, à une période où il devrait s'imprégner de sa présence? Et la jeune fille, comment s'y reconnaîtra-t-elle au milieu de tous ces mannequins uniformes que lui préparent les tailleurs ? Sans demander qu'on rétablisse les jeux olympiques, sans vouloir abolir toute pudeur qui, nous le verrons, a son utilité, ne peut-on souhaiter qu'elle soit moins rigoriste, et surtout moins hypocrite. Et pourquoi l'imposer à un âge où elle est le moins naturelle, alors que plus tard on en relâche volontiers les liens. Ce n'est pas en l'élevant dans l'ignorance des choses de l'amour qu'on cuirassera l'adolescent contre ses entraînements. On ne fera souvent que dévier fâcheusement ses instincts les plus naturels. Je voudrais que la période où s'élabore le besoin sexuel soit celle où on initie le jeune homme et la jeune fille aux perfections du corps humain. Je voudrais leur voir professer des cours dans nos musées, ces conservatoires de la beauté. Je les verrais avec plaisir mêler davantage leurs jeux, faire assaut de souplesse et de force, d'élégance et d'agilité. Ainsi peut-être verrait-on moins se réaliser d'unions que la morale naturelle réprouve et considère comme autant de crimes à l'égard de l'espèce. Peut-être alors ne suffirait-il pas, pour se considérer comme quitte envers cette morale, d'avoir passé devant M. le Maire et devant l'autel.

CHAPITRE III

L'AMOUR PHYSIQUE — LE CHOIX
LA SYSTÉMATISATION DU BESOIN SEXUEL
NAISSANCE DU SENTIMENT DE L'AMOUR
THÉORIE ÉVOLUTIVE DE L'AMOUR

Le besoin sexuel, même avec son cortège de sensations diverses, n'est pas l'amour, ce n'est que la *préparation à l'amour*. Le sentiment de l'amour suppose un objet. Dans le chapitre précédent nous avons vu comment cet objet était présenté, deviné, attendu ; nous allons voir comment il est élu, comment vers lui tendent toutes les forces du besoin sexuel, comment, naissant de la vague immense des sensations multiples associées, apparaîtra l'amour.

§ 1. — LE CHOIX DE L'OBJET AIMÉ

1° Mécanisme du choix chez les êtres inférieurs.

Pour bien comprendre le mécanisme et la signification du *choix* en amour, il faut d'abord l'étudier

au plus bas degré de la série animale. « Un instinct
supérieur semble dominer tous ces petits êtres,
avons-nous dit plus haut (1) avec Balbiani, en par-
lant des infusoires ; ils se recherchent, se poursuivent, vont de l'un à l'autre en se palpant à l'aide
de leurs cils, s'agglutinent pendant quelques instants dans l'attitude du rapprochement sexuel, puis
se quittent pour se reprendre bientôt de nouveau.
Ces jeux singuliers, par lesquels ces animalcules
semblent se provoquer mutuellement à l'accouplement, durent souvent plusieurs jours avant que celui-ci devienne définitif. » Les infusoires, en résumé, cherchent le partenaire qui leur convient le
mieux, *font un choix* ; le mécanisme de ce choix
est aujourd'hui assez bien élucidé. Pour bien faire
comprendre notre pensée, qu'on nous permette de
rappeler des phénomènes analogues, quoique d'un
autre ordre.

Stahl prend un plasmodium, l'*œthalum septicum*,
le place sur les parois d'un verre humide, puis verse
dans ce verre de l'infusion d'écorce de chêne : la
cellule végétale se dirige vers elle. Si, au contraire,
on la fait baigner en partie dans une solution de

(1) Voy. p. 30.

glucose, elle s'éloigne rapidement. Que s'est-il passé?

L'infusion d'écorce de chêne a, dans le premier cas, impressionné le plasmodium à distance, par son odeur, ses vapeurs, etc. Cette impression a provoqué dans la cellule végétale des mouvements amiboïdes, absolument comme chez l'homme la percussion du tendon rotulien provoque l'extension brusque de la jambe. Ces mouvements amiboïdes ont eu pour résultat de rapprocher le plasmodium de l'infusion. Dans le second cas, au contraire, les mouvements amiboïdes, provoqués par un mécanisme absolument semblable, ont eu pour résultat l'éloignement de la cellule. Pourquoi cette différence de réaction! C'est que l'écorce de chêne est favorable et la solution de glucose défavorable à la vie du plasmodium. On dit alors que celui-ci est doué d'un chimiotropisme positif pour l'écorce de chêne, négatif pour la solution de glucose. L'œthalum septicum a hérité de ses ancêtres la faculté de réagir ainsi au mieux de ses intérêts. Cette faculté, en effet, constitue pour l'individu une supériorité dans la lutte pour l'existence, puisqu'elle lui permet de rechercher les choses utiles et de fuir les nuisibles. Les individus qui l'ont possédée se sont donc mieux conservés, ont pu se reproduire dans de meilleures conditions et ont transmis leurs qualités à leur descendance. C'est là une application stricte des lois de l'évolution. Là donc où il semblait y avoir un *choix intelligent*, une détermination libre, il n'y a que des actions physico-chimiques soumises à un déterminisme absolu.

Revenons maintenant à l'accouplement des infusoires : ils s'impressionnent mutuellement à distance ou par contact ; de ces impressions résultent des mouvements qui les rapprochent ou les éloignent ; il y a, suivant les individus en présence, un *tropisme* positif ou négatif. Lorsque l'attraction positive a atteint le degré suffisant, l'accouplement a lieu. Mais pourquoi le tropisme est-il négatif entre certains individus, positif entre d'autres. On doit admettre que l'attraction est positive lorsque les deux individus en présence sont capables d'un accouplement *fécond*. En effet, lorsqu'il en est ainsi, les individus se reproduisent dans les meilleures conditions et transmettent leurs qualités à leurs descendants : ceux-ci n'auront également un tropisme positif que pour les individus avec lesquels ils seront susceptibles de donner un accouplement fécond. Au contraire, l'infusoire qui serait capable d'être attiré vers un autre infusoire non propre à un accouplement fécond, ne se reproduira pas, sa race s'éteindra. Ainsi s'est développée chez l'infusoire une propriété physico-chimique donnant naissance à des phénomènes qui, à un examen superficiel, paraissent supposer un choix *intelligent et libre*.

Les mêmes phénomènes d'attraction existent d'ailleurs dans la fécondation de l'ovule par le spermatozoïde. L'ovule est immobile, le spermatozoïde est au contraire doué de mouvements très vifs. Si l'on observe ce qui se passe lorsqu'on place un ovule en présence de spermatozoïdes, on voit aussitôt ceux-ci, dont les mouvements n'avaient auparavant aucune direction déterminée, se précipiter vers l'ovule. Celui-ci n'a pu signaler sa présence que par une substance émanant de lui et se diffusant dans le milieu, allant impressionner le spermatozoïde et provoquant des mouvements réflexes. On a pu d'ailleurs réaliser une attraction analogue à celle de l'ovule : une solution d'acide lactique attire l'anthérozoïde des fougères.

L'action attractive est réciproque, quoique moins évidente sur l'ovule immobile. Cependant au moment où le spermatozoïde s'approche de l'ovule, on voit se produire à la surface de celui-ci un soulèvement qui happe la tête du spermatozoïde.

*   *
*

Franchissons plusieurs degrés dans l'échelle animale.

Par une belle soirée d'été, la femelle du Gryllo-
talpa est sortie de sa tanière ; son organe auditif
est frappé agréablement par la musique que les
mâles environnants lui jouent sur leurs élytres (1).
Au bout d'un instant, elle se dirige vers l'un de ceux-
ci qu'elle *semble* choisir. Pourquoi vers celui-ci plutôt que vers un autre ? En vertu des associations que
nous avons décrites, le besoin du mâle est excité chez
elle par les sons musicaux. Ceux-ci viennent-ils de
deux directions différentes ; à moins qu'ils ne soient
absolument semblables, l'excitation produite par les
uns est plus forte que celle produite par les autres ;
l'attention se dirige de ce côté, elle constitue un
premier rapprochement, une tendance, un mouvement dans cette direction. De ce fait l'excitation
croît, l'attention, la tendance de ce côté s'accuse,
etc. Le résultat final est le rapprochement, l'accouplement.

2º Mécanisme du choix chez l'homme.

Voici maintenant un jeune homme en pleine période génitale, éprouvant le besoin sexuel. Les
femmes avec lesquelles il se trouve en rapport renforcent plus ou moins ce besoin, l'une par son
odeur capiteuse, celle-ci par la beauté de son visage, une troisième par des caresses provocantes ;

(1) Voy. p. 85.

nous avons vu plus haut par quel mécanisme. Jusqu'ici, aucune n'a eu une influence prédominante ;
mais bientôt une d'elles se rencontre d'où émanent
précisément toutes les excitations auxquelles est
sensible notre sujet : son besoin sexuel acquiert une
intensité qu'il ne connaissait pas encore et... tout
se termine comme dans le cas du Gryllo-talpa ou
de l'infusoire. Si, chez ces derniers, il n'y a eu
qu'une série d'actions physico-chimiques, nous devons en conclure qu'il n'y a pas autre chose non
plus chez l'homme et que la *liberté* du choix n'est
qu'une illusion.

Il est vrai qu'il y a une autre façon de raisonner :
au lieu de remonter la série animale, on peut la descendre. En partant de l'homme, on peut donner
comme preuve de la *liberté* du choix notre *croyance
invincible à cette liberté*, croyance que nous avons
traitée d'illusion. Dès lors, descendant la série, on
sera forcé d'attribuer la liberté du choix au Gryllo-
talpa et à l'infusoire. Mais comme on peut descendre
encore, et qu'il est impossible d'assigner une limite
exacte entre le monde organique et le monde minéral, il n'y aura aucune raison pour refuser cette
même liberté du choix au cristal, qui, plongé
dans une solution sursaturée de plusieurs sels, *choisit* l'un d'eux pour s'en recouvrir de couches successives. S'il était doué de la conscience, le morceau
d'acier placé entre deux aimants et se dirigeant vers

le plus fort ou le plus proche croirait aussi le *choisir librement*.

En somme, la différence qui sépare essentiellement ces deux façons de raisonner tient au point de départ. Dans la doctrine déterministe, que nous soutenons, le point de départ est la *loi de causalité* sous ses différentes formes : pas d'effet sans cause ; rien ne se perd, rien ne se crée ; loi de transformation des forces, etc. Dans la deuxième façon de raisonner, le point de départ est celui-ci : *nous sentons que nous sommes libres, donc nous le sommes.*

A chacun de choisir le principe qui paraît lui offrir le plus de certitude ; pour nous, il n'y a pas d'hésitation possible.

3° Naissance de l'amour.

L'objet élu, celui sur lequel va se systématiser le besoin sexuel est, avons-nous dit, celui « d'où émanent précisément toutes les excitations auxquelles est sensible le sujet amoureux ». C'est en d'autres termes celui qui se rapproche le plus du portrait dont nous avons montré l'élaboration.

Parfois la ressemblance est parfaite ; le jeune homme voit tout à coup, présente devant lui, en chair et en os, la femme idéale qu'il avait entrevue dans ses rêves ; rien n'y manque, c'est l'identification parfaite. Dès lors l'amour est né, c'est le *coup de foudre* portant d'emblée à son paroxysme le sentiment de l'amour.

Le *coup de foudre* est rare, il n'est pas bien sûr qu'il puisse exister chez l'individu parfaitement normal, aux sens bien équilibrés. Nous avons vu en effet que, dans l'élaboration du portrait de l'être qui sera aimé, intervenaient un grand nombre de sensations et d'impressions différentes. Et encore jusqu'ici n'avons-nous étudié que l'amour physique ; la complexité sera encore bien plus grande lorsque nous examinerons les formes supérieures de l'amour. Comment dès lors pouvons-nous admettre que l'identification soit si rapidement établie avec un objet réel. Pour se superposer au portrait idéal, cet objet doit impressionner tous nos sens, puisque tous nos sens interviennent dans l'élaboration de ce portrait. Lorsque le coup de foudre se produit, ce ne peut guère être que chez les individus, un peu déséquilibrés, qui, dans les associations d'ordre sexuel, dans l'élaboration de leur idéal, n'ont fait usage que d'une sensation ou d'un groupe de sensation. Tel s'est pris de passion pour les chevelures d'une teinte spéciale, tel autre est attiré irrésistiblement par la grâce d'une attitude, l'élégance d'une démarche..... Les yeux, la bouche, les oreilles, la taille, le pied, la main..... toutes les parties du corps ont leurs admirateurs spécialisés. Tout candidat au coup de foudre est peu ou prou fétichiste.

La qualité de l'amour ainsi provoqué est variable suivant le caractère qui l'a inspiré. Banal et fréquent il n'inspirera qu'un amour banal, facilement lassé, rapidement remplacé. Rare et précieux il peut emplir une vie d'un amour unique.

Le coup de foudre, l'éclosion subite de l'amour est rare, mais il est fréquent que l'amour soit *pressenti* dès la première rencontre entre deux êtres que la passion entraînera plus tard irrésistiblement l'un vers l'autre. En cette première rencontre le sentiment qui domine alors, c'est le plus souvent une timidité soudaine, un embarras inattendu, un malaise délicieux, qui font se troubler au moins l'un des êtres que l'amour appelle. Ce trouble inconnu est souvent pris pour de l'aversion et de l'antipathie, par celui-là même qui en est oppressé. En vain alors s'éloigne-t-il et se donne-t-il les meilleures raisons pour détester ; bientôt le cœur s'est donné tout entier déjà, que la bouche prononce encore des paroles d'antipathie. On s'étonne parfois de retrouver amants ceux que la veille on avait laissés ennemis. C'est qu'on n'avait pas vu l'amour germer et bientôt fleurir magnifiquement sous la haine, comme l'edelweiss sous la neige. Ce ne sont pas là les amours les moins violentes.

Ce n'est pas toujours une atmosphère aussi hostile qui fait éclore la fleur éclatante de l'amour. Ce trouble délicieux, ce malaise adorable qui saisis-

sent deux futurs amants à leur premier contact, ont
souvent la caresse d'un doux printemps. Ils ont en
eux l'allégresse de l'amour qui va naître, et ne savent pas encore qu'ils seront amoureux. Plus tard
ils aimeront à se rappeler ces doux instants pendant lesquels le baiser de leur cœur pressentait
le baiser de leurs lèvres, en dépit de la raison leur
criant l'impossibilité d'un tel amour.

Qu'il fulgure comme un éclair, qu'il couve sous
la cendre d'une antipathie apparente, qu'il s'en-
flamme d'une sympathie irrésistible, on peut dire
que, presque toujours, l'amour naît de l'étincelle du
premier contact. Deux êtres qui, pendant longtemps,
ont été indifférents, ou simplement amis, ne deviendront jamais amants réels. Qui n'a éprouvé l'impossibilité de devenir vraiment amoureux d'une
amie, alors même qu'on lui reconnaît toutes les
qualités d'une précieuse amante? Si parfois il paraît en être autrement c'est que sous l'indifférence
ou la simple amitié existait déjà l'amour, comme la
fleur en son bourgeon près d'éclore.

En cette première rencontre le futur amant jux-
tapose au portrait idéal qu'il s'était créé, la vision
réelle qui s'offre à lui.

L'identification est rarement parfaite, il n'y a
d'abord qu'une ressemblance plus ou moins vague :
elle est suffisante pour jeter le trouble dans son
cœur. Ces deux images, l'une idéale, l'autre réelle,

J. Roux. L'Instinct d'amour.   8

vont bientôt devenir identiques sous la retouche
de deux peintres prestigieux, l'*imagination* et l'*illusion*.

C'est l'imagination qui avait créé le portrait idéal
de l'être aimé, c'est par elle que peu à peu ce portrait prend les traits de celle que l'amour appelle,
pendant que dans la vision de l'aimée l'illusion voile
les dissemblances trop grandes, parfait des ressemblances. Bientôt l'amant aveugle ne sait plus quel
était le portrait idéal, quel est le portrait réel, il
n'y a plus que l'amante adorée, vue à travers le
prisme de l'amour.

« Que de conditions qui sans doute ne pourraient
se trouver réunies que par prodige, s'il n'était des
accommodements avec le cœur qui a soif d'aimer !
Mais ce cœur facile, ce cœur, peut-être volontairement, consciemment dupe, au lieu de vérifier ce
qui en est, ne demande qu'un signe vague pour
croire tout de suite que l'objet qu'on lui propose
est justement celui qu'une loi préétablie le destine
à désirer. Alors il travaille lui-même à revêtir de
son propre idéal, comme d'un déguisement cet objet fortuit, et l'amour dure tant que le déguisement
n'est pas trop tombé en loques et ne laisse pas
trop voir l'être réel par ses trous (1). »

(1) ABEL HERMANT, *Confession d'un enfant d'hier*, p. 35.

Résumons les phases de cet enfantement de l'amour. C'est d'abord le *besoin sexuel organique*, la sensation primordiale, spécifique, partie de nos éléments anatomiques. Nous avons vu des sensations multiples associées se grouper autour de ce besoin sexuel. Il en est résulté un sentiment complexe, ayant toujours ses racines profondes organiques, mais chargé d'une riche floraison.

D'abord vague, sans objet déterminé, ce sentiment *se cristallise* bientôt sous une forme plus ou moins définitive, les associations deviennent stables, le désir prend un corps, la femme idéale est entrevue en rêve : elle existera bientôt en os et en chair. C'est alors que se produit le *choix* par le mécanisme que nous avons indiqué : le besoin sexuel s'est *systématisé* sur un objet qu'il voit à travers son rêve, qu'il pare de son idéal : l'amour est né. Dès lors, toutes les associations convergent vers un seul point : une excitation physique quelconque vient-elle réveiller le besoin sexuel, c'est l'image de l'aimée qui apparaît. Inversement, la présence de celle-ci, tout ce qui émane d'elle, le simple souvenir portent le besoin sexuel à son paroxysme. Ainsi se fortifient de plus en plus les associations ; la systématisation devient absolue.

Dans l'histoire de n'importe quel amour, on pourrait trouver ces trois phases de *besoin vague*, de *cristallisation*, de *systématisation* sur un objet déterminé. Les deux premières demandent toujours un certain temps, la troisième peut être extrêmement brève : c'est alors le *coup de foudre* des littérateurs.

Dans la phase de cristallisation se prépare le choix. L'homme se forge à lui-même un idéal, qu'il poursuivra sans trêve à travers le monde, dans des expériences multiples, souvent malheureuses, toujours renouvelées.

Malheureusement le choix est limité : tout en s'en rapprochant *le plus*, l'objet aimé peut être fort loin de cet idéal. L'homme est ainsi conduit d'expériences en expériences. « A-t-il le choix parmi beaucoup d'individus, il élit avec une sûreté infaillible celui qui se rapproche le plus de son idéal organique, définitivement élaboré au moment de la maturité sexuelle. N'a-t-il pas le choix, il se contente du premier individu venu, pourvu que celui-ci ne soit pas différent ni éloigné de son idéal, au point de ne plus pouvoir exciter son centre sexuel, et d'affecter aussi peu ce dernier que pourraient le faire un individu de son propre sexe, un animal ou un objet inanimé. » (Nordau.) Chaque expérience malheureuse est suivie d'une immense déception. « La constatation que l'on s'est trompé laisse ensuite derrière elle une confusion et une humiliation qui se changent en haine contre l'individu qui les a occasionnées, et est un des plus aigus sentiments de déplaisir dont l'homme soit capable » (Max Nordau). Il n'avait probablement fait que des expériences malheureuses, celui qui nous a laissé le vieil adage : *Post coïtum animal triste.*

Lorsque la systématisation est absolue, l'émotion sexuelle est portée à son plus haut degré : elle envahit presque entièrement la conscience. C'est en vain qu'en face se dresse l'image des intérêts individuels : il y a un nouvel être qui veut faire son entrée dans la vie ; tout lui est sacrifié.

Deux éléments contribuent à donner au sentiment de l'amour cette violence irrésistible.

C'est d'abord l'intensité du *besoin sexuel* qui, comme tous les besoins organiques, est susceptible d'acquérir toute la force d'une véritable mise en demeure. C'est ensuite la systématisation sur un seul objet. L'amour c'est le besoin sexuel systématisé, c'est une force immense canalisée dans une direction unique.

***

Vous avez sans doute admiré quelquefois l'art qui préside à l'endiguement des grands fleuves. De solides pilotis sont d'abord jetés, qui serviront de soutien à des monceaux de pierres accumulées. La vase amenée par le courant viendra cimenter le tout ; des graines seront apportées, une riche végétation s'élèvera, dont les racines profondes uniront en un tout inébranlable la barrière offerte à la violence des eaux. Ainsi en est-il de l'amour. Sur le pilotis des associations héréditaires ou individuelles viennent s'appuyer des masses de sensations physiques intenses, sans cesse consolidées par le ciment du contact journalier. Une exubérante floraison de sentiments plus ou moins délicats et élevés vient compléter la digue, qui s'oppose à la dispersion du besoin sexuel. La systématisation de l'amour, c'est l'endiguement du besoin sexuel.

Le fleuve, au cours lent et majestueux, inondant du flot des sensations d'ordre sexuel le cerveau encore vierge de l'adolescent, est devenu chez l'adulte amoureux un torrent irrésistible se précipitant avec fracas entre des rives escarpées.

L'ingénieur qui calcule la force d'une chute d'eau, cette houille blanche, se préoccupe de deux choses, la *quantité d'eau*, la *pression* sous laquelle elle arrivera.

Le psychologue qui voudrait mesurer la force d'un amour aurait à tenir compte de la *quantité* du besoin sexuel organique, de sa *tension*, résultant d'une systématisation plus ou moins absolue.

***

L'aboutissant de l'amour c'est la possession ; la

possession c'est la pierre de touche de l'amour. L'assoiffé d'amour qui poursuit son rêve, et sans trêve cherche son idéal, roule souvent de déception en déception dans cette course au bonheur qui est aussi une course à l'abîme. S'il ne rencontre l'élue de son cœur, impatient de conquérir, brûlant de se donner, le voile de l'illusion sur les yeux, accrochant son désir à toutes les jupes, il va, dans le désert de sa vie, ébloui par de fugitifs et décevants mirages, pour retomber sans cesse dans son affreuse solitude d'âme.

Oh ! l'horrible tristesse qui suit ces possessions sans amour, au plutôt ces possessions où l'on croyait trouver le ciel de félicités sublimes, et où l'on découvre l'enfer d'une affreuse désillusion.

Jusqu'à la possession l'illusion se maintient grâce au désir qui en impose pour de l'amour vrai ; à peine effleuré par cette pierre de touche cet amour illusoire s'effondre.

L'amour ne résiste pas à la possession dans deux cas, lorsque par un choix trop limité le besoin sexuel s'est égaré trop loin de l'idéal préformé, et lorsqu'une possession hâtive n'a permis qu'une systématisation imparfaite. Celui que dévorent d'impérieux désirs ne sait pas toujours se garder pour celle, absente encore, qui le possédera tout entier. Même s'il a rencontré son idéal ou presque son idéal, malheur à lui si une conquête trop facile ne laisse pas à l'imagination et l'illusion le temps de faire leur œuvre.

Il est fortement trempé l'amour qui sans faillir traverse cette délicate épreuve. N'est vraiment amoureux que celui qui à peine sorti des bras de sa maîtresse brûle de s'y blottir de nouveau.

Il faut reconnaître cependant, que, même affaiblie, la flamme d'un amour imparfait, si elle n'est pas complètement éteinte par la possession, peut lui survivre, s'enflammer de nouveau, et même plus tard brûler d'un vif éclat.

4° Théorie évolutive de l'amour.

Nous avons vu au chapitre précédent que ce que l'on est convenu d'appeler *la beauté* consiste essentiellement dans un certain nombre de caractères morphologiques qui traduisent une adaptation aussi parfaite que possible de l'homme au milieu dans lequel il vit et aux fonctions qu'il doit remplir. Si la beauté est un excitant sexuel, c'est qu'elle est le *signe* des qualités qui sont nécessaires à la perpétuation de l'Espèce dans les meilleures conditions possibles. L'homme qui dans sa compagne recherche de lourdes mamelles et de larges flancs, la femme qui est séduite par de robustes épaules et des muscles solides agissent tous deux inconsciemment dans l'intérêt de leur progéniture. Cette façon d'agir est devenue instinctive, innée comme dirait l'école, parce qu'elle a été fixée par l'hérédité. Ceux qui se sont comportés ainsi se sont reproduits dans les meilleures conditions ; leur race, avec leur façon de se comporter, s'est perpétuée, tandis que disparaissait la descendance de ceux guidés par d'autres tendances.

Supposons, le fait existe, est classé, un homme se sentant invinciblement attiré vers l'homme, sans *nulle* tendance vers la femme ; il ne se reproduira pas, ne transmettra pas ses qualités. L'être seul qui est attiré vers un sexe différent du sien perpétue sa race. Les lois de l'évolution nous expliquent clairement pourquoi l'homme est attiré vers la femme. Elles vont aussi nous dire pourquoi il est poussé vers telle femme plutôt que vers telle autre.

Voici un jeune homme au milieu d'un groupe de femmes toutes aussi belles les unes que les autres, quoique différentes. L'une l'attire invinciblement tandis que les autres le laissent indifférent. Pourquoi cette préférence ? Sans doute elle est belle, c'est-à-dire présente une heureuse réunion des caractères les plus utiles à la conservation de l'Espèce ; mais les autres aussi. Si le choix se porte exclusivement sur elle, c'est d'abord, comme nous l'avons montré, qu'elle ressemble au portrait idéal préformé par les associations antérieures. C'est aussi parce qu'elle possède précisément les qualités, qui par leur combinaison avec celles de l'amant, seront les plus fécondes en résultats utiles pour l'espèce. Il ne faut pas oublier en effet que dans la propagation de l'Espèce les deux partenaires jouent un rôle, chacun transmet une part de ses qualités ; le résultat est une combinaison sinon une moyenne. Prenons un homme quelconque avec ses qualités inégales et ses défauts ; ce n'est pas avec la femme idéale possédant toutes les perfections au degré voulu, harmonique, que cet homme sera susceptible de donner les meilleurs rejetons. Il lui faudra au contraire une femme compensant ici un déficit par une exagération, là une exagération par un déficit. Voilà pourquoi une femme idéalement belle ne serait séduisante au suprême degré que pour un homme idéalement beau. Voilà pourquoi la conception de la beauté varie avec chaque individu dans d'assez larges limites ; et celles-ci seraient encore plus larges si elles n'étaient, dans une certaine mesure, corrigées par l'éducation qui tend à nous faire admettre un type de beauté, qui est le type moyen, le type de l'Espèce, mais non toujours le type qui convient à chacun de nous.

Qu'on nous permette de rappeler certaines locutions triviales mais caractéristiques à cet égard : « cette femme est très jolie, mais ce n'est pas mon type », « voilà une très belle femme, mais elle n'est pas excitante », « cette femme est plutôt laide, mais elle a je ne sais quoi de capiteux... », « elle a la beauté du diable... », etc. Voilà autant de locutions qui peuvent se ramener à la phrase suivante : « Il y a un type de beauté, que j'admets, parce que l'ensemble de mes concitoyens en juge ainsi, mais quant à moi ce qui m'attire, ce qui excite mon besoin sexuel est un peu différent... » ; suivrait, selon le tempérament individuel, l'énumération des modifications que chacun de nous voudrait voir faire à ce type.

Dans l'élaboration du portrait idéal de l'être aimé dans les variations individuelles du sentiment du beau, nous avions fait intervenir les associations fortuites de sensations diverses avec le besoin sexuel. Il faut y ajouter peut-être des tendances organiques spéciales, en vertu desquelles l'être aimé est doué de qualités complémentaires de celles de l'être aimant.

« Il me restait, dit Abel Hermant (1) à connaître la beauté, *ma* beauté : je veux dire ce qui est la beauté pour moi, car chaque homme en a une idée à soi. Son esthétique lui est imposée par le génie utilitaire et pour l'avenir meilleur de la race, il n'est susceptible d'admirer que ce qui le complète, et ce qu'il aura pourrait se déduire de ce qu'il est. »

Nous voyons donc que ce qui nous guide dans

(1) *Confession d'un enfant d'hier*, p. 34.

notre choix, c'est toujours, quoique d'une façon
inconsciente, l'intérêt de l'espèce, et cela toujours
en vertu de la même loi. Ceux qui se sont comportés ainsi se sont reproduits dans les meilleures conditions et ont transmis leurs tendances à leurs descendants.

***

Cette théorie évolutive de l'amour se trouve
presque en entier dans Schopenhauer, qui est le
premier auteur qui ait parlé scientifiquement sur
ce sujet. Le premier, il a bien montré que les manifestations de l'amour se réduisent à des manifestations de l'instinct sexuel, et que celui-ci n'a qu'un
but, la perpétuation de l'espèce. *Ce n'est qu'en
vertu d'une illusion que l'individu croit rechercher
le plaisir.* Illusion encore lorsqu'il croit choisir
librement : là aussi c'est l'espèce qui se sert de lui
pour arriver à ses fins. Toute la métaphysique de
l'amour tient dans ces deux lois : « 1° Chaque individu exerce un attrait sexuel d'autant plus grand
qu'il représente avec plus de perfection au moral et
au physique l'idéal de l'espèce ; 2° l'attrait sexuel
qu'un individu inspire à l'autre est d'autant plus
énergique que les défauts de l'un annulent les défauts opposés de l'autre et que l'union des deux
promet un enfant plus entièrement conforme au
type de l'espèce. »

Il y a dans la fin de cette dernière proposition une petite erreur : les meilleures unions ne sont pas celles qui donnent un « enfant plus entièrement conforme au type de l'espèce », mais bien celles qui donnent un enfant aussi bien adapté que possible au milieu dans lequel il doit vivre, aussi bien taillé que possible pour la lutte pour l'existence et pour des fécondations futures. Cet enfant peut s'écarter du « type de l'espèce ». C'est là le plus grand facteur du progrès, ce serait même le seul, d'après Weissmann (1).

On peut reprocher encore à Schopenhauer de trop s'inspirer de la doctrine kantienne des causes finales. Ce n'est que métaphoriquement qu'on peut dire que l'espèce se sert de l'individu pour arriver à ses fins, guide son choix, etc. Il est si facile de substituer à ce langage métaphysique une langue plus positive : aux deux lois de Schopenhauer, il suffit d'en ajouter une troisième : *Ceux qui se comportent ainsi perpétuent leur race, avec leurs tendances, dans les meilleures conditions ; ceux qui se comportent autrement ne se perpétuent pas, ou se*

---

(1) « L'accroissement de force d'un organe au cours des générations dépend non de la sommation, de l'addition des effets de l'exercice au cours des vies individuelles, mais de la sommation des *prédispositions favorables des germes* » (WEISSMANN, *loc. cit.*, p. 139).

perpétuent dans de mauvaises conditions ; leur race disparaît avec leurs tendances (1).

Et dès lors point n'est besoin de se torturer l'esprit, comme le fait Schopenhauer, pour expliquer l'inversion sexuelle. Celle-ci, d'après Schopenhauer, est le moyen qu'emploie la nature pour « prévenir des générations malheureuses », et pour cela elle détourne ces individus de la procréation. « Elle choisit le mauvais pour éviter le pire : elle induit en erreur l'instinct sexuel pour déjouer ses conséquences ruineuses. » D'une façon moins métaphysique, on peut dire : l'inversion sexuelle est rare parce qu'elle détourne les individus de la procréation, les empêche de se reproduire ; elle existe néanmoins, parce qu'elle n'est pas toujours complète, est encore souvent compatible avec la procréation. Ce n'est pas un accident, c'est une tendance qui s'élimine d'elle-même, à cause de son action fâcheuse au point de vue de la procréation de l'espèce.

Schopenhauer a surtout en vue l'amour physique,

_____

(1) On substitue ainsi une explication mécanique (causa efficiens) à l'explication étiologique (causa finalis). Le temps a marché depuis l'époque où Kant prétendait que les phénomènes *organiques* n'étaient pas explicables par le seul mécanisme. Nous disons aujourd'hui que le seul mécanisme doit expliquer même les phénomènes psychologiques.

tel que nous l'avons décrit jusque-là. Cependant, il fait déjà remarquer que les qualités du cœur et du caractère jouent un rôle dans le choix. « On peut regretter, dit Ribot (1), qu'il n'ait rien dit de l'évolution ascendante de l'amour, qu'il n'ait pas montré comment les deux faces de l'amour, l'une organique, l'autre psychologique, sont en corrélation variable : si bien qu'au plus bas degré il n'y a guère qu'un instinct brut, plus haut une harmonie parfaite entre ce qui est physique et mental ; plus haut encore un effacement progressif, quoique jamais complet, du physique (Pétrarque, Dante, l'amour platonique), jusqu'à ce point où il est *presque* juste de dire avec Proudhon : « Chez les âmes d'élite, l'amour n'a pas d'organes. » Nous essaierons plus loin de combler cette lacune.

Ribot a montré que Schopenhauer a eu un prédécesseur dans Chamfort, comme le prouve la citation suivante : « La nature ne songe qu'au maintien de l'espèce ; et pour la perpétuer, elle n'a que faire de notre sottise... A ne consulter que la raison, quel est l'homme qui voudrait être père et se préparer tant de soucis pour un long avenir ? Quelle femme, pour une épilepsie de quelques minutes, se donnerait une maladie d'une année entière (2) ? »

---

(1) Ribot, *La philosophie de Schopenhauer*, 1893, p. 132.
(2) M. Ribot, *loc. cit.*, p. 126.

Il a eu un disciple et un continuateur dans Hartmann (1), qui a développé la même théorie, sans
rien y ajouter d'essentiel, et en exagérant un peu
le rôle des phénomènes inconscients.

Delbœuf doit être rangé parmi les continuateurs
de Schopenhauer et Hartmann ; sous une forme très
littéraire, il a bien montré comment les nécessités
de la propagation de l'espèce dirigent le choix en
amour.

« Voici, d'un côté (2), des milliers de jeunes gens
en quête d'une femme, de l'autre des milliers de
jeunes filles en quête d'un mari. Ils se coudoient
dans la rue, ils se pressent dans les salons, s'enla-
cent dans les bals, et de toús ces contacts que le
hasard amène, un seul réussit à les enflammer.
Pourquoi ? Que sont la sympathie et l'antipathie ?
Qu'est-ce qui sollicite cette jeune fille à attirer ce
jeune homme et qu'est-ce qui le précipite vers elle ?
De même que le peintre est inspiré par son œil, le
musicien par son oreille, de même ce jeune homme,
cette jeune fille obéissent à la volonté, chez l'un et
l'autre obscure, d'un spermatozoïde, d'un ovule.
Mais tenez-le pour certain, cette volonté n'est pas
obscure dans le spermatozoïde ni dans l'ovule. Ils
savent tous deux ce qui leur manque et ils le re-

_____

(1) HARTMANN, *Philosophie de l'Inconscient*.
(2) DELBŒUF, *loc. cit.*, p. 257.

cherchent. A cet effet, ils donnent leurs ordres à leur cerveau respectif par l'intermédiaire du cœur, et le cerveau obéit sans savoir pourquoi. Quelquefois il se figure avoir raisonné, il s'explique à lui-même son choix. Au fond, il n'a été qu'un instrument inconscient dans la main d'un imperceptible ouvrier qui savait ce qu'il voulait et ce qu'il faisait. Une société dont les mœurs ou les lois entravent par trop le choix intelligent dicté par le spermatozoïde et l'ovule est vouée à la dépopulation et à la mort. »

Comme Schopenhauer, Delbœuf nous indique *le pourquoi* du choix; comme Hartmann, il fait ressortir le rôle des phénomènes inconscients. Ce qu'il n'explique pas suffisamment, c'est *le comment* de ces choix, ce que nous avons essayé de faire. Enfin, le gros reproche qu'on peut lui faire, c'est d'avoir prêté au spermatozoïde la *liberté* et l'*intelligence* du choix qu'il refuse à l'homme. Nous nous sommes expliqué suffisamment plus haut sur la nature de cette erreur. On peut, comme nous l'avons fait quelquefois, être anthropomorphique *en langage*, mais il faut que ce soit bien entendu qu'il n'y a là qu'une comparaison. Ce n'est pas le cas de Delbœuf (1), qui a pris soin de s'expliquer au sujet de l'anthropomorphisme. « Je sens bien, dit-il, qu'en cette lon-

(1) DELBŒUF, *loc. cit.*, p. 256.

J. ROUX. L'Instinct d'amour.   9

gue série de déductions j'ai suivi les vieilles ornières
de l'anthropomorphisme; « je sais qu'il ne doit
plus être permis, « dans l'état actuel de la science »,
de parler de choix, de liberté et d'intelligence; je
sais encore que, pour être à la hauteur du positi-
visme à la mode, je dois faire usage de mots en tropisme. Aujourd'hui, en effet, il ne faut plus dire
faim et soif, mais trophotropisme ou hydrotropisme;
ni parler d'amour ou désir, mais de gonotropisme
ou d'anthrotropisme et de gynécotropisme. Banni le
terme de sensibilité! il faut le remplacer par celui
d'excitabilité ou d'irritabilité, comme l'enseignait
l'illustre Schwann, qui, sous l'empire de ses convictions religieuses, déniait la sensibilité et l'intelligence aux animaux. Mais je crois bien que je ne me
ferai jamais à ce langage moderne infiniment plus
mystique que celui qu'il veut déposséder, parce que,
malgré que nous en ayons, quelque défiance que
nous montrions contre l'anthropomorphisme, nous
ne connaissons que nous-mêmes et ne nous expli-
quons les choses qu'en les rapportant à nous-mêmes,
en les jugeant semblables ou dissemblables; et
quand nous les jugeons dissemblables, nous émet-
tons un jugement négatif, rien de plus. Dire d'un
corps qu'il ne sent pas, c'est affirmer de lui une
pure négation, c'est n'en rien dire, et trophotropisme au lieu de faim n'a pour lui que la préciosité
scientifique; ou il ne dit rien, ou il dit la même

chose. J'aime mieux l'alimenticité de Gall ou la vertu dormitive d'Argan. »

Il y aurait beaucoup à dire sur ce sujet ; ce n'en est pas le lieu. Je ferai simplement remarquer qu'il n'y a pas que la question de *conscience* qui soit en jeu ici, il y a aussi celle de la *liberté*. Or, s'il n'y a aucune importance à ce qu'on accorde la conscience à tout le monde organique, aux mondes minéraux, à l'atome lui-même (1), il n'en est pas de même pour la *liberté*. Celle-ci n'existe nulle part, pas plus chez l'homme que chez l'animal ou chez le minéral. Prendre son existence chez l'homme comme point de départ, c'est en cela surtout que consiste l'erreur anthropomorphique.

Objections à la théorie évolutive de l'amour. — On peut faire à la théorie évolutive de l'amour plusieurs objections que nous allons essayer de réfuter. Nous en avons suffisamment dit au sujet de l'inversion sexuelle ; nous avons montré que ce qu'il fallait expliquer, c'est non pas son existence, mais sa rareté, car au fond, *à priori*, il n'y a pas plus de raison pour que nous soyons attirés vers un sexe plutôt que vers un autre. La doctrine évolutive nous rend compte de cette rareté.

(1) Voy. *Introduction*.

On a dit que si, dans l'amour, nous recherchons
une partenaire qui annule nos défauts, il doit en
résulter qu'un homme mal conformé, laid, ne devrait
aimer qu'une femme laide, mal conformée, *en sens
inverse*, ce que l'expérience dément. « Il s'ensui-
vrait, dit Gaston Danville (1), de l'application rigoureuse de ces formules, qu'un homme, par exemple laid, mal construit physiquement, ne devra, suivant la première loi (loi de Schopenhauer), n'exercer
qu'un attrait sexuel médiocre, tandis qu'en raison
de la seconde, s'il rencontre un type de femme
exactement opposé, c'est-à-dire un individu de
l'autre sexe dont les qualités contrebalancent précisément ses défauts, il représentera aux yeux de
cette femme l'homme le plus capable de lui inspirer
de l'amour, car leur union sera féconde en résultats
utiles pour l'espèce ». Il faudrait pour cela que dans
les transmissions héréditaires il se produise une
balance exacte, une moyenne rigoureuse ; or, cela
n'est pas. De plus, des conformations très diverses
peuvent révéler un même vice fondamental. Il n'y
a aucune raison pour qu'un rachitique à *genu val-
gum* aime une rachitique à *genu varum*, car leur
union ne donnera naissance qu'à des rachitiques
encore plus mal conformés ; elle ne sera pas « féconde

_____

(1) Gaston DANVILLE, *La Psychologie de l'amour*, 1894,
p. 37.

en résultats utiles pour l'espèce. » Tant que les lois de l'hérédité ne nous seront pas mieux connues, on ne pourra tirer d'aucun fait de ce genre aucune conclusion contre la théorie évolutive de l'amour.

Une objection plus forte est tirée de la fréquence de l'amour non partagé. Un jeune homme est pris d'amour violent pour une jeune fille : c'est, dit la théorie évolutive, que son union avec elle doit être « féconde en résultats utiles pour l'Espèce ». Mais alors, cette jeune fille devrait éprouver le même amour pour ce jeune homme. Or, « l'expérience banale (1) nous apprend qu'un individu peut parfois inspirer une réelle passion, provoquer souvent un amour atteignant jusqu'à l'extrême violence, sans que lui-même éprouve la moindre inclinaison pour celui ou celle qui l'aime ainsi. Dans ce cas, qui a tort?... Si l'individu de l'autre sexe demeure réfractaire à tout penchant amoureux, cela tient évidemment à ce que le premier sujet n'est pas celui qui réaliserait avec elle ce produit idéal. » Il y a ici une confusion facile à mettre en évidence. Le premier sujet, le jeune homme amoureux, a bien trouvé dans la jeune fille qu'il aime la partenaire avec laquelle il donnera le meilleur *produit dont il est capable*. Mais cela ne veut pas dire que celle-ci ne soit pas capable, avec un autre jeune homme,

(1) DANVILLE, *loc. cit.*, p. 41.

d'une union plus féconde encore « en résultats utiles pour l'Espèce ». Voilà pourquoi elle ne partage pas forcément l'amour qu'elle inspire.

Danville oppose encore à la théorie évolutive de l'amour les nombreux suicides par amour. Nous verrons au contraire dans un instant qu'ils en sont une confirmation.

Cette théorie évolutive de l'amour nous montre l'individu et l'Espèce en lutte constante.

5° L'Individu et l'Espèce.

Toujours, mais à des degrés divers, l'Individu est sacrifié à l'Espèce. Constamment, dans la série animale, l'Individu n'existe qu'autant qu'il sert à la propagation de l'Espèce. Son existence devient-elle inutile après la fécondation, il disparaît aussitôt. *Il ne survit que si les nécessités d'autres fécondations ou des soins donnés à la progéniture l'exigent.* Après avoir fécondé la reine, le mâle, devenu inutile, meurt ou est tué. Chez les cousins, le mâle n'a pas même d'appareil digestif : il est né pour l'amour et le plaisir, et quand il a aimé et joui, il meurt » (Delbœuf).

Le mâle ne survit à la fécondation que s'il est destiné à féconder de nouveau, ou si ses soins sont nécessaires soit à la femelle fécondée, soit à la progéniture. Tel est le cas chez le plus grand nombre des animaux et chez l'homme. L'instinct de conservation s'est développé chez eux parallèlement à l'instinct de reproduction, parce que, pour arriver à ses fins, l'Espèce est intéressée non seulement à créer de nouveaux individus, mais à conserver un certain temps ceux qui existent.

Weissmann (1) a bien démontré que la durée de la vie individuelle dépend uniquement de l'intérêt de l'Espèce. « Aussitôt que l'Individu a fourni sa quote-part dans ce remplacement (la procréation d'êtres nouveaux), il peut se reposer, il a fait son devoir. Il ne continue à intéresser l'Espèce que dans le cas où il doit couver, et lorsque les parents ne se contentent pas de mettre leurs rejetons simplement au monde, mais qu'ils continuent pendant quelque temps à pourvoir à leurs besoins, soit qu'ils les protègent seulement, soit qu'ils les nourrissent en même temps, etc. » De plus, en raison des accidents qui suppriment un certain nombre d'individus, chaque être doit donner *plusieurs* rejetons. Dans chaque espèce, la durée de la vie est donc déterminée par deux facteurs : 1° le temps nécessaire pour donner lieu à une génération ; 2° le nombre de générations que doit donner chaque individu. L'abeille et le cousin mâle ne survivent pas à la fécondation, parce que : 1° leurs soins ne sont pas nécessaires à

(1) WEISSMANN, *La Durée de la vie*, *loc. cit.*, p. 4.

la nouvelle génération; 2° ils ne doivent pas féconder de nouveau.

Comme c'est l'instinct de conservation individuelle qui veille à la durée de la vie, on peut dire que celui-ci est toujours subordonné à l'instinct de reproduction. Les exemples que nous avons donnés plus haut nous montrent que le degré de cette subordination est très variable suivant l'espèce animale considérée.

Chez l'homme, on pourrait croire que cette subordination n'existe pas. Allez dire à ce jeune homme qui vient de vous faire part d'un nouvel amour, que c'est l'intérêt de l'Espèce qui le guide : il vous répondra certainement : « L'intérêt de l'Espèce, voilà qui m'est bien indifférent ! Mon plaisir, c'est tout ce que je recherche. » Et pour vous convaincre, il vous confiera d'un air triomphant les précautions malthusiennes dont sa maîtresse est coutumière. Cette erreur est bien excusable, puisqu'elle a été celle de presque toute la philosophie ancienne, qui avait pris pour le *but* ce qui n'est que le *moyen*. Le plaisir n'est que le moyen dont l'Espèce se sert pour arriver à ses fins, le bandeau qu'elle met sur les yeux de l'individu pour le forcer à se sacrifier. « L'attrait physique, dit excellemment Hugues Le Roux (1), est un piège que l'Espèce

(1) Hugues Le Roux, *Nos filles*, p. 88.

tend à l'individu avec la volonté de le conduire à ses fins sans qu'il s'en doute. » Qui aime se dévoue, le plaisir est sa récompense.

Il serait superflu de montrer par des exemples que les manifestations de la vie sexuelle sont toujours contraires à nos intérêts individuels, diminuent toujours dans une certaine mesure soit notre personnalité physique, soit nos personnalités intellectuelles, morales, sociales, etc.

Malgré la brillante argumentation de Schopenhauer, on a paru n'accepter qu'avec répugnance cette doctrine qui fait de l'amour un dévouement complet, un sacrifice total de l'Individu à l'Espèce. A un examen superficiel, en effet, l'amour paraît un sentiment tellement égoïste, nous croyons si fermement ne rechercher que notre plaisir, nous désintéresser complètement de notre descendance future, que la plupart se refusent à admettre qu'ils sont encore guidés par l'instinct de reproduction, pour le plus grand bien de l'Espèce. Nous prenons l'amour pour le but alors qu'il n'est qu'un moyen. Cette erreur repose sur une illusion très analogue à celle qui nous fait croire à notre *liberté* avec la même force invincible. La femme qui, après avoir sacrifié à Vénus, obéit à Malthus, est guidée *tour à tour* par deux instincts différents. L'Espèce, par l'illusion du plaisir, l'a poussée invinciblement au geste qui perpétue l'humanité : à cet instant, peu lui importe les conséquences fâcheuses à l'Individu. « A ne consulter que la raison, cependant,... quelle femme, pour une épilepsie de quelques minutes, se donnerait une maladie d'une année entière ? » (Chamfort.) Mais à peine l'Espèce vient-elle de triompher, que se dressent les intérêts individuels, trop facilement satisfaits par l'onde rafraîchissante et mortelle.

Telle est la revanche de l'Individu contre l'Espèce : l'humanité a le triste honneur de l'avoir inventée.

———

CHAPITRE IV

L'AMOUR — EMOTION — SENTIMENT
PASSION

§ 1. — LEURS DÉFINITIONS

Emotion, sentiment, passion, ces trois mots si souvent employés l'un pour l'autre expriment pourtant des choses un peu différentes. Toutes trois sous leur aspect *objectif* indiquent un mouvement, une tendance, soit attractive, soit répulsive, sous leur aspect *subjectif* un état de conscience, soit agréable, soit désagréable.

L'*émotion* c'est l'état affectif passager, soit pur, dépouillé de toute représentation, soit intellectualisé, accompagné de représentations multiples. Nous avons vu l'émotion de l'amour d'abord état affectif pur, sous la forme du besoin sexuel organique, se compliquer peu à peu de représentations sensorielles multiples.

Le *sentiment* c'est la trace laissée par une émotion qui se répète. Son substratum physiologique ce sont les associations multiples causées par les sensations provocatives de l'émotion. C'est aussi par conséquent la faculté d'éprouver plus facilement cette même émotion. Le sentiment est dans l'ordre affectif ce que la mémoire est dans l'ordre intellectuel.

La *passion* c'est l'émotion figée, elle « est dans l'ordre affectif ce que l'idée fixe est dans l'ordre intellectuel ». A l'état normal une foule d'idées s'associent, se succèdent, se remplacent ; l'*idée fixe* existe seule dans la conscience. « Pareillement l'état affectif normal c'est la succession des plaisirs, peines, désirs, caprices, etc., qui dans leur forme modérée et souvent émoussée par la répétition constituent le train prosaïque de la vie ordinaire. A un moment donné des circonstances quelconques suscitent un choc, c'est l'émotion. Une tendance annihile toutes les autres, confisque momentanément toute l'activité à son profit : ce qui est l'équivalent de l'attention. A l'ordinaire cette réduction des mouvements à une direction unique ne dure pas, mais qu'au lieu de disparaître l'émotion reste fixe ou qu'elle se répète incessamment toujours la même avec les légères modifications qu'exige le passage de l'état aigu à l'état chronique : c'est la passion, qui est l'*émotion en permanence* (1). »

(1) RIBOT, *Psychologie des sentiments*, p. 21.

Ce trouble adorable, cet émoi délicieux qui saisissent deux futurs amants à leur premier contact, puis à chaque rencontre ; *voilà l'émotion de l'amour.*

Cette orientation affective, en vertu de laquelle l'émotion amoureuse apparaît de plus en plus facile et intense en présence d'un objet déterminé ; *voilà le sentiment de l'amour.*

Cette tendance invincible vers l'objet aimé, cette obsession constante par son image, l'accaparement complet de la conscience submergée ; *voilà la passion de l'amour.*

§ 2. — LEURS MANIFESTATIONS OBJECTIVES

L'émotion amoureuse n'est pas seulement un fait de conscience, elle a son retentissement dans tout l'organisme comme elle y a sa source. Ses effets sont multiples, variables, protéiformes.

L'amour *transi* qui n'ose s'avouer, se méconnaît encore lui-même, a les yeux baissés, la rougeur sur le visage, des perles de sueur au front ; ses lèvres balbutient, ses mains tremblent, ses jambes flageolent, on dirait vraiment qu'il a peur ; son cœur ébranle sa poitrine à coups sourds douloureux, sa gorge se serre, sa respiration s'angoisse, en vérité ne va-t-il pas se trouver mal !

L'amour *joyeux*, qu'aucune crainte ne trouble, qui espère, attend l'aimée, devine son approche, entend

ses pas, a les yeux vifs, brillants, mouillés, les ailes
du nez frémissantes, la figure rayonnante, les lèvres entr'ouvertes, est-ce pour un sourire, est-ce
pour le baiser ? Ses muscles plus alertes soulèvent
son corps plus léger, ses bras se tendent pour l'em-
brassement, tout son corps frissonne d'enlacer ; dans
sa poitrine son cœur sonne son carillon joyeux ;
quel plus doux émoi pour un amant que la vue
d'une poitrine aimée, qui sous la vague puissante
de l'amour se soulève et retombe !

L'amour *qui se donne* est transfiguré : l'intensité
de l'émotion barre son front comme d'un pli de
souffrance, rapproche ses sourcils comme d'une angoisse ; ses yeux à demi fermés se devinent mouillés, ardemment convulsés ; la bouche entr'ouverte
découvrant la nacre des dents, se retrousse au coin
des lèvres, exhalant son âme dans un souffle ou
criant son abandon ; le corps tout entier s'agite du
frisson adorable qui perpétue la race, puis retombe
dans un doux anéantissement. Minute délicieuse
où se joue un drame sublime, quand ce n'est pas
une odieuse parodie !

L'amour qui *se souvient* est inerte, tous les muscles relâchés, la vie comme suspendue, les membres à l'abandon, la respiration légère, le cœur
alangui. Mais sur toute la physionomie une allégresse
inexprimable, dans les yeux une reconnaissance at-
tendrie, sur les lèvres gonflées de baisers le rayon-

nement d'un sourire heureux et l'espoir de caresses
nouvelles, tout dans l'anéantissement de sa maîtresse crie son triomphe à l'amant.

Le *sentiment* de l'amour se manifeste moins clairement. Il s'exprime surtout d'une façon épisodique
par les émotions amoureuses, sans cesse renouvelées, toujours plus faciles, plus intenses, plus nettement associées à un seul objet. La présence de
l'aimée n'est pas forcément nécessaire à l'apparition
de l'état émotif; son image est toujours prête à surgir dans la mémoire, son souvenir s'accroche à tous
les objets qui l'ont approchée. Les amoureux connaissent bien ces fétiches de l'amour, fleurs qu'on
laisse prendre, mouchoirs qu'on oublie, gant que
l'on abandonne, portrait glissé sous l'oreiller, lettres
serrées sur le sein... gages précieux de l'amour,
manœuvres habiles de la tactique amoureuse.

Celui qu'envahit le sentiment de l'amour ne se
borne pas à subir les émotions amoureuses qui l'as-
saillent, il les recherche avidement. Ses occupa-
tions lui laissent-elles un instant de répit, vite sa
pensée vagabonde vers l'aimée, ses regards se dirigent du côté où ils pourraient l'entrevoir, ses pas
l'entraînent vers elle. Dans la rue à chaque instant
il croit l'apercevoir, il se précipite sur les traces

d'inconnues dont la silhouette a trompé son cœur ; il s'hypnotise devant les fenêtres qui lui cachent l'objet aimé.

Il est encore capable cependant de remplir ses obligations professionnelles ; ses fonctions organiques ne souffrent point. son intelligence est libre, sa sociabilité n'est pas modifiée. Sa personnalité amoureuse se dresse à côté de ses personnalités physiques, intellectuelles, professionnelles, sociales, dont l'effort est simplement orienté vers la poursuite de l'aimée, sa conquête vaillamment entreprise, sa possession ardemment souhaitée.

$$*^*_*$$

Il n'en est pas de même dans la passion de l'amour. L'émotion amoureuse installée en permanence submerge la volonté, annihile à son profit toutes les énergies de l'organisme. Se dressant solitaire dans la conscience envahie, l'image de l'aimée, tyrannique, obsédante et angoissante, ne laisse aucune place à la représentation des besoins physiques, des préoccupations intellectuelles, des obligations professionnelles, des intérêts sociaux. Toute activité cesse, qui ne tend pas immédiatement vers le but unique.

C'est dans la pathologie mentale seule qu'on peut trouver des exemples d'états analogues. Constituée

également par un état émotif plus ou moins permanent, l'*obsession*, telle qu'on la décrit en psychiâ-
trie, revêt tous les traits de la passion amoureuse.
Comme elle, elle s'empare de toutes les puissances
de l'être, trouble les fonctions nutritives, obscurcit
l'intelligence et lui impose les idées les plus sau-
grenues, modifie le caractère, provoque des réactions inattendues, de soudaines, extrêmes autant
que déraisonnables déterminations. L'amoureux
que tourmente la passion est semblable à l'érotomane qu'un mot, le plus souvent ordurier, obsède,
qui l'a sur la langue, qui ne peut plus songer à autre chose, qui ne retrouvera sa quiétude qu'après
l'avoir prononcé, fût-ce au risque de se déconsi-
dérer.

On a souvent discuté la question de savoir si
l'amour-passion devait être rangé parmi les manifestations pathologiques. Cette discussion pourrait
paraître oiseuse, car il faudrait d'abord établir une
démarcation entre le normal et le pathologique.
Tous les fous ne sont pas dans les asiles, nous en
coudoyons à chaque instant ; qui peut se vanter de
ne l'être point par quelque endroit ? Dans la zone
frontière de la folie, dans les cas limites, il est souvent impossible de se prononcer, une ligne de séparation nette n'existant pas, le critérium faisant
défaut. Nous l'avons ce critérium, en ce qui concerne les manifestations de l'amour, il nous est donné

par sa fin nettement déterminée, la *propagation de l'espèce dans les meilleures conditions possibles.* Qui oserait soutenir que ce soit le cas pour ce mannequin secoué par tous les vents, cette épave ballottée par tous les flots, qu'est l'obsédé d'amour? Pour nous nul doute n'est possible, l'amour-passion est un amour pathologique.

Qu'est-ce d'ailleurs que la folie dans l'immense majorité des cas, sinon l'exagération morbide des phénomènes normaux, comme la passion amoureuse est l'exagération morbide du sentiment de l'amour. Il est des cas où l'évolution de la folie semble calquée sur l'évolution du sentiment amoureux.

Certains délires de persécution, ceux que l'on observe chez les dégénérés, débutent par une sensation vague d'hostilité générale des personnes et des choses. Il leur semble que toutes les personnes qui les entourent leur sont malveillantes, que les éléments mêmes leur sont hostiles, que toute la nature les menace. Au sentiment de malaise, de méfiance qu'ils éprouvent fait bientôt suite une sourde rancune, une colère prête à éclater; ils interprètent dans un sens agressif les paroles les plus banales, les gestes les plus innocents. Ils se renferment en eux-mêmes et méditent déjà des projets de vengeance contre un ennemi imaginaire qu'ils ne connaissent pas encore. Bientôt cet adversaire se précise; il se trouve un individu qui leur semble plus particulièrement acharné à leur poursuite, c'est leur *persécuteur* qu'ils fuient d'abord, dont ils ne tarderont pas à tirer vengeance. A des attaques imaginaires, ils répondent d'abord par la défensive, et la fuite ; bientôt ils attaquent à leur tour, de persécutés ils deviennent persécuteurs. Pendant cette lente évolution qui dure des années, leur vie est empoisonnée, l'idée obsédante grandit peu à peu, finit par les dominer entièrement.

Dans cette courte description n'a-t-on pas reconnu les diverses phases de *sensation vague*, indéterminée, de *cristallisation*, de *systématisation*, puis de *réaction* souvent violente. Le parallélisme est complet avec l'évolution du sentiment puis de la passion de l'amour.

Le délire de persécution arrivé à la phase de systématisation, c'est le sentiment d'hostilité et de haine dirigé sur un objet unique, comme l'amour est le besoin sexuel systématisé sur la personne aimée. Le délire de persécution est toujours pathologique parce que sa base est un sentiment antisocial ; l'amour ne devient pathologique que par son exagération : le mécanisme de production est identique dans les deux cas ; le point de départ et la finalité suffisent à les séparer, faisant de l'un le plus sublime des sentiments, lorsqu'il n'est pas la plus malheureuse des passions, de l'autre une triste aberration toujours.

§ 3. — LE CRIME ET LE SUICIDE PAR AMOUR

Cela paraît inconcevable que l'amour dont le rôle est de perpétuer la vie puisse la supprimer. Et cependant les crimes et les suicides par amour deviennent d'une fréquence extrême; leurs relations emplissent la troisième page des journaux.

Chez l'obsédé d'amour, rien ne subsiste que la passion qui l'entraîne. Obligations professionnelles les plus urgentes, intérêts les plus chers, besoins les plus pressants, devoirs les plus sacrés, instincts les plus dominateurs, tout cède, tout s'éclipse devant l'obsession unique, dissolvante, tyrannique. Un seul but, une seule tendance, la possession sans entraves, entière, absolue, l'anéantissement dans le nirvana d'un amour exclusif de tout autre sentiment. Une telle passion ne peut être satisfaite que par une passion identique, par la fusion mystique des âmes, dans l'étreinte passionnée des corps. C'est alors l'extase divine, le bonheur infini que les religions promettent à leurs fidèles.

Lorsque la passion de l'amant ne sait pas rencontrer le chemin du cœur de l'aimée, lorsque ses paroles d'amour n'éveillent qu'un écho affaibli, c'est l'enfer d'un désespoir immense. Si c'est un fort, si son âme est vigoureusement trempée, son élan sera immense vers le but qui l'hypnotise, et dans la dissolution complète de ses sentiments moraux, rien ne l'arrêtera, pas même le crime. Si c'est un faible, si un cœur sans énergie bat dans sa poitrine, il ne saura, loque physique et morale, tourmentée d'une douleur incommensurable, que rechercher dans la mort l'anéantissement et l'oubli.

Le crime d'amour et le suicide d'amour ont la même cause : le fort tue, le faible se tue. Tous deux sont le produit d'une obsession unique dans un organisme taré. Dans l'organisme bien équilibré l'émotion amoureuse ne devient pas unique, ne reste pas permanente : en face d'elle, à côté d'elle, la contrebalançant, lui succédant, alternant avec elle, se dressent d'une part les sentiments moraux, barrière infranchissable au crime, d'autre part l'instinct de conservation, sauvegarde de l'individu.

Naturellement cette dissolution des sentiments moraux se fait d'autant plus facilement que le sens moral est moins développé, cette désagrégation atteint d'autant plus rapidement l'instinct de conservation qu'il est moins vivace. La passion d'amour supposant, nous l'avons vu, un terrain pathologique, trouve trop facilement l'une ou l'autre de ces conditions, quelquefois les deux. L'amour conduit encore au crime par d'autres voies, nous le verrons en étudiant le sadisme.

**

Dans le double suicide, lorsque deux amants cherchent ensemble l'oubli éternel, il y a crime et suicide : dans la suggestion réciproque qui les mène au néant, chacun d'eux est responsable de la mort de l'autre (1). Le suicide à deux se comprend d'autant plus difficilement qu'il suppose précisément cet accord passionnel, cet unisson d'âmes que nous avons vu conduire à l'extase amoureuse, avec son bonheur infini. C'est qu'une telle félicité ne peut être de longue durée. Toute sensation, toute émotion qui se prolonge s'épuise, car la loi de périodicité domine le cerveau comme les autres organes : un élément nerveux qu'une activité prolongée a épuisé doit se régénérer dans l'inactivité. La félicité céleste que la religion promet à ses croyants dans la contemplation de Dieu, deviendrait bientôt une immense lassitude, un incurable ennui.

Dans le sentiment amoureux, l'extase existe aussi ; sa durée n'est heureusement qu'éphémère ; d'autres émotions lui succèdent et grâce à cette alternance écartant toute lassitude, la vie peut se ja-

---

(1) La loi anglaise a si bien compris cela que lorsqu'un des deux suicidés survit, elle le condamne à mort comme homicide. L'ironie n'est qu'apparente, à pendre quelqu'un pour le punir d'avoir voulu se donner la mort ; car on sait avec quelle énergie le survivant se rattache habituellement à la vie.

lonner de précieux instants de bonheur, impatiemment attendus, toujours renouvelés.

Dans la passion amoureuse, il n'y a pas d'issue : non satisfaite elle conduit au crime ou au suicide. Satisfaite, ayant atteint les cimes du bonheur, elle ne peut que glisser sur la pente d'une lassitude profonde, ou rouler dans l'abîme des résolutions désespérées, lassitude si nul incident ne vient troubler l'extase, résolutions désespérées au moindre obstacle à surmonter.

On est étonné parfois de la futilité apparente des causes qui conduisent deux amants à la mort. Voici un jeune homme et une jeune fille qui s'aiment, ils ont échangé les plus doux serments, ils se sont donnés l'un à l'autre. Les parents s'opposent à leur mariage ; les amants savent bien que ce refus n'est pas définitif, avec un peu d'énergie, beaucoup de persévérance, ils arracheraient le consentement espéré ; au pis quelques années leur permettraient de s'en passer. En attendant ils pourraient goûter les délices de savoir leur amour partagé, savourer les menues joies que la surveillance la plus étroite ne saurait leur empêcher de dérober, se griser du plaisir de lutter pour la conquête du bonheur. Mais non délibérément, désespérément ils entrent dans le néant, le plus souvent après avoir fait une dernière fois au seuil de la mort le geste de vie. Solitaire ou à deux, le suicide par amour est ordinairement le propre des faibles; comme la passion amoureuse qui le provoque, c'est l'indice d'une tare pathologique.

Parfois cependant c'est dans une âme forte que grandit et s'impose l'idée de la mort. Ce n'est plus alors la recherche de l'apaisement dans le néant. C'est une manifestation directe de l'amour. En étudiant ses formes supérieures, nous verrons s'associer au sentiment de l'amour un immense désir de possession totale, absolue, une joie intense de se donner tout entier. Le suicide à deux réalise pour l'éternité dans la mort cet infini dans la possession et dans l'abandon. Pour les deux amants qui meurent enlacés, le néant n'a plus cet effroi invincible qui glace les plus forts, mais cet attrait divin du sommeil côte à côte.

Le suicide par amour n'est pas toujours l'acte d'absolu désespoir ou d'espérance infinie que nous venons d'envisager. Il y entre parfois une part de suggestion, une certaine dose de cabotinage le plus souvent inconscient.

Voici une amoureuse que l'abandon de l'amant a jetée dans les larmes : elle avait mis dans son amour une dose modérée de sentiment, pas mal de libertinage, pas du tout de passion. Son chagrin, évidemment réel cependant, serait peut-être modéré si son amant était mort. Mais quoi il l'a abandonnée, il ne veut plus d'elle, il ne l'aime plus, cuisante blessure d'amour-propre plus que d'amour ! Peut-être en aime-t-il quelque autre ? amère souffrance de vanité blessée ! Il y a huit jours, elle l'aurait peut-être quitté sans beaucoup de regrets, mais souffrir qu'on la quitte ! douleur sans pareille ! Evidemment elle ne fait pas elle même cette analyse de ses sentiments, elle souffre et croit fermement que c'est par amour ; elle en ressent même une certaine considération pour sa personne. Pensez donc, être une héroïne d'amour ? Que vais-je faire, s'interroge-t-elle ? Et devant elle défilent les héroïnes d'amour, de ses romans favoris, quand ce n'est pas celles des faits divers. Mourir par amour, la belle attitude ! Elle se voit étendue toute blanche, toute pâle sur son lit jonché de fleurs, son amant revenu se désespère et s'angoisse, l'appelle des plus doux noms, veut la suivre dans la tombe ; ses belles amies dans les coins chuchotent son histoire, vantent son courage, admirent son beau geste de désespoir amoureux, l'envient secrètement sans doute. Il y a bien ce fâcheux instinct de conservation qui proteste, le néant l'angoisse bien un peu, et puis qu'y a-t-il au delà ? Si on pouvait se suicider sans mourir ! Oui, c'est cela ! Il arrive à chaque instant qu'on se rate. Cette pensée ne fait que l'effleurer, car elle veut être sincère avec elle-même, la pensée qu'elle joue une comédie lui gâterait son bonheur. C'est bien un vrai suicide qu'elle veut. Pourtant, tenace la pensée revient, si elle se ratait cependant, si elle survivait! Elle se voit convalescente, doucement dolente, son amant reconquis à ses pieds, car il ne pourrait manquer d'être touché par cette preuve d'amour.

Et c'est ainsi qu'une pauvre femme, victime de ses nerfs, proie de son imagination, glisse sur la pente fatale d'une folle détermination. Heureusement que refoulé dans l'inconscient l'instinct de la conservation veille encore, et neuf fois sur dix..... la tentative rate. Lorsqu'on a à soigner de telles suicidées, on est étonné de l'empressement avec lequel elles acceptent les soins qui doivent les ramener à cette vie qu'une seconde auparavant elles voulaient quitter. Rien ne se réalise d'ailleurs de ce que leur imagination avait rêvé ; le médecin, bourru bienfaisant, les rudoie pour leur plus grand bien, leurs bonnes amies se moquent d'elles, leur amant excédé, furieux, les abandonne pour toujours. Pauvres petites femmes aux nerfs trop tendus, à l'imagination trop prompte, renoncez à ce suicide théâtral..... tous vos effets rateront, sans compter que parfois le suicide lui, contre toutes prévisions... ne rate pas.

Ce n'est pas seulement la femme d'ailleurs, qui, dans les manœuvres de sa tactique amoureuse, joue du suicide. L'homme lui emprunte souvent ce moyen. Tandis que la femme y met une certaine sincérité, allant jusqu'à se faire illusion à elle-même, et risquant sa vie après tout, l'homme plus prudent est plus cynique. Ne craignez rien, madame, ce revolver qu'à tout propos on brandit n'est peut-être pas chargé, la baguette de sûreté en est soigneusement mise probablement, en tout cas sous le désordre de ses gestes votre amant cache sûrement une prudence bien en éveil : un accident est chose tout à fait improbable. Ayez soin cependant de paraître effrayée, car la vanité blessée, le dépit honteux de se voir deviné, pourrait rendre réelles les menaces illusoires d'un transport amoureux simulé.

Solitaire ou à deux, fuite dans l'anéantissement d'une souffrance intolérable, ou recherche dans un repos éternel d'un bonheur infini, suggestion néfaste d'une imagination déréglée ou enfantillage d'une tactique naïve, le suicide est toujours une manifestation pathologique, car il va directement à l'encontre du but de l'amour, la perpétuation de la vie.

§ 4. — MÉCANISME PHYSIOLOGIQUE DES MANIFESTATIONS DE L'AMOUR

On peut les diviser en trois groupes :

a) Manifestations médullaires et bulbaires ;

b) Manifestations sous-corticales ;

c) Manifestations corticales.

a) Nous serons bref sur les manifestations *médullaires et bulbaires*; elles consistent surtout dans les modifications de l'innervation vaso-motrice, préparant la sphère génitale à l'acte de vie. Leur mécanisme est un réflexe dont le point de départ est une sensation quelconque, odorat, vue et surtout contact, le point de réflexion au niveau du centre génito-spinal dans la moelle lombaire, le trajet centrifuge dans les nerfs des organes génitaux. Par les centres bulbaires le cœur et la respiration sont modifiés semblablement.

b) Les manifestations *sous-corticales* nous arrêteront un peu plus longtemps ; elles comprennent toutes, les modifications de la physionomie, de l'attitude, des mouvements que nous avons vues accompagner les diverses formes de l'émotion amoureuse dans l'amour transi, l'amour joyeux, l'amour qui se donne, l'amour qui se souvient.....

On commence à saisir un peu quel est le mécanisme de l'expression des émotions en général. On a
pu en particulier localiser le centre du rire et des
pleurs. Brissaud et Bechterew l'ont placé à la partie
antérieure du thalamus et des corps striés ; là se
trouveraient des groupes cellulaires dont les connexions sont telles, que leur mise en activité produit les
phénomènes moteurs, vaso-moteurs et sécrétoires
soit du rire, soit du pleurer. Ce centre peut être
mis en activité de deux façons : soit par une influence
venue de la corticalité (rire ou pleurer provoqués
par une idée), soit par une action d'origine périphérique (rire produit par un chatouillement, une
parole.....). Dans le premier cas le rire ou le pleurer sont dits volontaires, dans le second cas réflexes.

La corticalité qui peut mettre en activité les centres du rire ou du pleurer peut aussi arrêter leur
fonctionnement, elle commande la fin d'un rire
comme son début.

On observe souvent en clinique des malades chez
lesquels une lésion (hémorrhagie, ramollissement)
a supprimé les fibres nerveuses allant du cortex aux
noyaux gris sous-corticaux : dans ce cas une idée,
une image soit gaie, soit triste ne provoquent plus
ni le rire, ni le pleurer ; la physionomie prend un
masque figé, sans expression. Mais alors le rire ou
le pleurer dits réflexes peuvent encore être provo-
bués par une action périphérique, et une fois dé-

clanchée l'activité du centre ne peut plus être ré-
frénée par la corticalité : le rire ou le pleurer
continue malgré la volonté du malade qui s'efforce
d'y mettre fin. C'est ce que Brissaud et Bechterew
ont appelé le rire et le pleurer spasmodique. L'expression du rire et celle du pleurer se succèdent
alors souvent avec une très grande mobilité ; elles
peuvent même coïncider, une partie du visage riant,
l'autre pleurant, sans que d'ailleurs le malade
éprouve aucune émotion correspondante.

Il existe d'autres faits où l'expression d'une émotion apparaît, sans que le sujet éprouve cette émotion. Tout récemment Dupré (1) rapportait l'histoire
d'un malade qui présentait tous les signes objectifs de la peur, sans pourtant ressentir cette émotion.

De telles observations deviendront sans doute de
plus en plus fréquentes à mesure que l'on connaîtra mieux les expressions variées des diverses émotions.

Le rire et le pleurer sont les seules manifestations
émotives que l'on ait pu localiser d'une façon précise. Par analogie on est autorisé à penser que toutes
les émotions ont leur centre principal d'expression
au niveau des noyaux sous-corticaux, des corps
opto-striés.

(1) DUPRÉ, *Revue Neurologique*, 1903, p. 449.

c) Les manifestations corticales sont encore infiniment plus variées : elles comprennent tous les actes dont le mobile est l'amour. Nous avons étudié seulement les plus violentes d'entre elles, le crime et le suicide par amour.

Résumons par une figure schématique très simple les diverses phases de ces réflexes successifs.

A la périphérie (*a*) prend naissance le besoin sexuel organique et aussi les sensations diverses associées qui le provoquent et le renforcent. Par le neurone sensitif *b*, l'influx nerveux s'élève vers les centres. Dans la moelle, au niveau du centre génito-spinal (M) il subit une première réflexion vers les organes génitaux (1) ; seconde réflexion au niveau du bulbe (B), vers le cœur par exemple (2). Continuant sa marche ascendante, l'influx arrive au thalamus (th.) où se trouve le centre de l'expression des émotions (phénomènes moteurs (3) sécrétoires (4)...). Enfin il aborde la corticalité (CO), se réfléchit sur les centres de l'expression (th.), les centres bulbaires (B), les centres médullaires (M) pour les mettre en activité. Puis il se diffuse dans la corticalité, suivant les voies tracées par les associations étudiées au chapitre II. Enfin il s'extériorise en (P) par tous les actes dont le mobile est l'amour (1).

(1) Il peut paraître chimérique de vouloir représenter par un schéma des phénomènes aussi complexes que ceux de l'amour. Cependant rien n'est plus utile qu'un schéma,

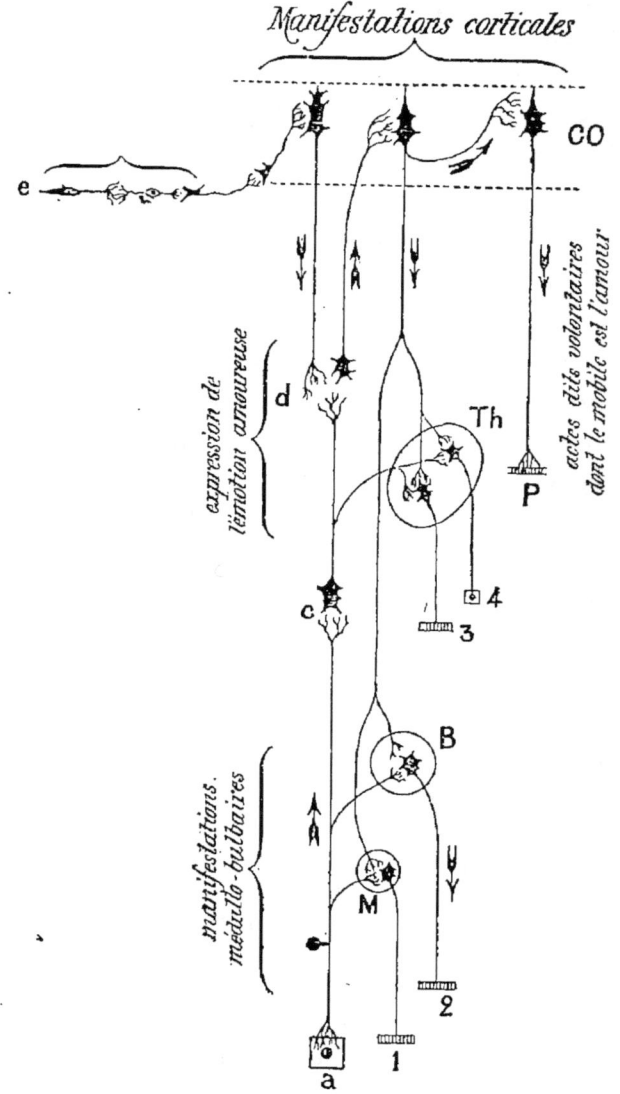

Dans l'amour *considéré objectivement* comme dans toutes manifestations psychologiques, il n'y a rien autre que des réflexes plus ou moins compliqués.

Les sensations correspondant au besoin sexuel n'arrivent pas toujours jusqu'à la corticalité. Les conducteurs sensitifs qui les véhiculent subissent deux relais, au niveau du bulbe en (c) et du thalamus en (d). Au niveau de ces deux points, la communication peut être coupée, la circulation nerveuse interrompue. Chez l'homme au cœur froid que l'amour ne trouble point, les sensations restent bloquées au niveau du thalamus en (d), elles n'atteignent pas la corticalité, n'éveillent point le besoin d'aimer. Chez celui qu'un sentiment modéré travaille, la communication se rétablit seulement aux instants d'émotion amoureuse. Enfin la communication établie d'une façon permanente laisse les

même faux, car il sert à matérialiser, à objectiver les idées, à les délivrer de la tyrannie des mots. C'est le meilleur moyen d'éviter le danger que nous avons signalé, de transformer en entités des abstractions. Celui qui s'efforce de schématiser les phénomènes intellectuels ne prendra jamais l'intelligence pour une *faculté* de l'âme. En psychologie comme en physiologie il faut s'efforcer de penser *anatomiquement*, c'est-à-dire avoir toujours présent à l'esprit le substratum des phénomènes.

J. Roux. L'Instinct d'amour.   11

sensations d'ordre sexuel inonder constamment le cerveau de celui que la passion tourmente.

Les communications coupées peuvent se rétablir de deux façons, soit par l'accroissement du besoin sexuel, soit par l'intervention d'une sensation associée. Lorsqu'il n'y a pas de dérivatifs, le besoin sexuel tend constamment à s'accroître, comme la tension électrique d'une machine statique en mouvement : il arrive un moment où l'étincelle amoureuse, jaillissant malgré l'obstacle, rétablit les contacts.

Nous avons vu (p. 77) que lorsque une sensation s'est associée au besoin sexuel, elle suffit à le provoquer.

On peut schématiser de la façon suivante le mécanisme par lequel la vue de l'aimée fait surgir l'émotion amoureuse. La sensation visuelle partie de la rétine (*e*), arrivée à la corticalité CO se réfléchit par le filet nerveux *f* jusqu'au thalamus où elle rétablit les communications en (*d*), lâchant sur l'écorce cérébrale les écluses du besoin sexuel (1).

_____

(1) Nous avons étudié ailleurs le mécanisme suivant lequel une action nerveuse réflexe peut servir à rétablir ou à perfectionner les communications entre deux éléments nerveux. Voy. *Psychologie de l'attention*, Arch. de Neurologie, 1898, n° 36.

Dans toute cette étude nous avons conservé l'ancienne conception du neurone. Nous n'ignorons pas les attaques qu'elle a subies. La nouvelle conception caténaire qu'on est en train de lui substituer ne changera rien à nos hypothèses.

Les images, les souvenirs remplissent le même rôle que les sensations actuelles, comme d'ailleurs aussi les idées, ces images synthétiques.

§ 5. — LE FAIT INTERNE — L'ETAT SUBJECTIF DE CONSCIENCE — SES RAPPORTS AVEC LES PHÉNOMÈNES OBJECTIFS

Que devient dans tout cela le fait de conscience, l'émotion perçue par le sujet amoureux ? Après avoir considéré l'amour sous son aspect objectif, nous devons l'examiner sous son aspect subjectif.

Jusqu'à ces dernières années les modifications organiques objectives accompagnant les émotions étaient considérées comme l'effet de celles-ci. On sériait les phénomènes de la façon suivante : « 1° un état intellectuel, perception ou idée, comme point de départ (une mauvaise nouvelle, une apparition terrifiante, une injure reçue) ; 2° un état affectif, émotion, tristesse, peur, colère ; 3° les états organiques et les mouvements résultant de cette émotion (1). »

L'émotion était considérée comme la cause des modifications organiques l'accompagnant. On s'expliquait peu, d'ailleurs, sur la nature de cette émotion ; c'était l'époque ou l'*âme et ses facultés* suf-

(1) Ribot, *loc. cit.*, p. 95.

fisaient à tout expliquer. On s'attardait à l'étude stérile du fait de conscience, par l'observation interne. C'est à peine si dans le chapitre de l'influence du moral sur le physique, on accordait quelques pages aux phénomènes objectifs. C'est en étudiant ces phénomènes objectifs que Lange fut amené à formuler une théorie nouvelle des émotions.

« D'accord avec la psychologie courante, dit-il (1), je m'étais d'abord posé la question : « Quelle influence les émotions exercent-elles sur les fonctions du corps? » Mais à peine avais-je commencé à m'occuper de ce problème, je compris que non seulement il présentait de grosses difficultés, mais encore qu'il était insoluble, simplement parce qu'il était posé à l'envers. » Et aussitôt il renverse les termes des propositions courantes. L'homme que la vue d'un revolver effraye, tremble parce qu'il a peur, disait la psychologie classique. L'homme que la vue d'un revolver fait trembler a peur, parce qu'il tremble, rectifie Lange. Ce n'est pas l'émotion de la peur qui produit le tremblement, c'est le tremblement et les autres modifications organiques analogues qui produisent l'émotion de la peur.

A la vue d'un danger le timide frissonne, ses muscles se relâchent, ses mains tremblent, ses jambes

_____

(1) LANGE, *Les Émotions*, traduit par G. Dumas (Bibl. de philosophie contemporaine), p. 22.

vacillent, les muscles lisses de ses artérioles pâlissent
son visage, son intestin fonctionne d'une façon fâcheuse, une sueur froide couvre son corps : toutes
ces manifestations organiques ne sont pas les effets
de l'émotion de peur, mais sa cause. L'émotion de
peur c'est la *conscience des modifications organiques objectives produites directement par la vue du
danger.*

Lange applique sa théorie à la tristesse, la joie,
la peur, la colère, étudie les manifestations organiques correspondantes, montre qu'un petit nombre d'états organiques groupés de différentes façons
suffisent à expliquer les diverses variétés d'émotions. Il synthétise sa théorie dans le tableau suivant :

```
Diminution de l'innervation volontaire.................. Désappointement.
              id.              + constriction vasculaire... Tristesse.
              id.              +        id.        + spasme des
                                       muscles organiques........ Peur.
              id.              + incoordination.......... Embarras.
Augmentation  \ + spasme des muscles organiques.......... Impatience.
de l'innervation { + dilatation vasculaire...................... Joie.
volontaire    / +        id.        + incoordination........ Colère.
```

La théorie de Lange avait été exposée presque en
même temps par James (1). Elle eut un retentissement considérable, surtout après que G. Dumas eut
présenté (1895), en France la traduction du livre

(1) JAMES, *Mind 1884 et Principles of Psychology*, 1890.

de Lange. Son principal mérite fut d'attirer l'attention et les études sur les phénomènes objectifs des émotions. Adoptée par Ribot et son école, accueillie favorablement par les médecins psychiâtres, qui pensèrent y trouver l'explication de quelques phénomènes morbides, elle fut aussi l'objet de vives critiques. L'homme a peur parce qu'il tremble, avait dit Lange ; c'est comme si on disait : il pleut parce que ce promeneur ouvre son parapluie, raillèrent ses contradicteurs.

La théorie était justiciable d'un contrôle expérimental, elle n'y résista pas. La psychophysique peut situer dans le temps ces trois faits : cause d'une émotion — l'état de conscience — les manifestations objectives. Or des expériences bien faites vinrent montrer qu'entre la cause de l'émotion et les manifestations objectives s'écoule un temps assez long, tandis que l'observation interne montre que l'état de conscience apparaît très rapidement. *Pour les faits qui ont été expérimentés* il n'est pas permis de dire que l'état affectif est la conscience des modifications organiques, car il existe avant celles-ci.

Nous ne reproduirons pas tous les arguments qui ont été donnés pour ou contre la théorie de Lange : cette discussion a été souvent faite. Il nous suffira de montrer que Lange a aussi mal posé le problème que ses devanciers. L'état de conscience et les manifestations objectives ne peuvent avoir de relations de cause à effet en aucun sens, puisqu'*il s'agit du même phénomène vu sous deux aspects différents.* C'est tout comme si on admettait que les deux faces d'une médaille sont le produit l'une de l'autre (1). L'état affectif conscient et les modifications organiques qui l'accompagnent sont tous deux le produit d'un certain *état cérébral* dont nous avons étudié le mécanisme de production au paragraphe précédent.

La psychologie classique avait sérié les phénomènes de la façon suivante : cause de l'émotion — émotion — manifestations organiques de l'émotion.

Lange et ses successeurs renversèrent les termes : cause de l'émotion — manifestations organiques de l'émotion — émotion.

Notre formule est la suivante :

Action nerveuse centripète, cause de l'émotion — état cérébral, trajet de l'influx à travers l'écorce — action nerveuse centrifuge, manifestations de l'émotion.

L'état de conscience, c'est l'épiphénomène accompagnant le trajet de l'influx à travers l'écorce : c'est l'état cérébral vu *du dedans*, par l'observation interne.

(1) Voir introduction, p. 18.

On peut admettre en ce sens que c'est la *conscience de l'état organique*, mais qu'on ne dise pas que la conscience est provoquée par cet état organique, qu'elle est son effet, puisque c'est *cet état organique vu sous l'une de ses faces*.

CHAPITRE V

L'EMOTION DANS SES RAPPORTS
AVEC LA SENSATION, LE MOUVEMENT, L'IDÉE

§ 1. — L'ÉMOTION ET LA SENSATION

1° La sensation provoque l'émotion.

Les innombrables ramifications du système nerveux centripète apportent au cerveau des sensations de deux ordres : les *sensations internes* ayant leur point de départ dans tous nos éléments anatomiques ; les *sensations externes* prenant naissance au niveau des organes des sens.

Les premières nous renseignent sur notre propre corps, les secondes sur le milieu extérieur : du choc des unes et des autres naît la distinction du moi et du non moi, avec la notion nette de notre personnalité. Les sensations internes, aussi appelées sensations *cœnesthésiques*, sont la base de tous nos besoins organiques ; les sensations externes nous indiquent la façon de les satisfaire. Nous avons vu comment naissait le besoin sexuel organique, comment les sensations associées lui faisaient pressentir puis élire sa satisfaction.

Nous pouvons nous rendre compte maintenant de la part respective que prennent dans la pathogénie des manifestations de l'amour, d'une part les sensations internes et le besoin sexuel organique, d'autre part les sensations externes associées. Le besoin sexuel fournit l'influx nerveux en quantité suffisante, les sensations associées le dirigent ; le besoin sexuel produit la force, les images sensorielles donnent la direction ; le besoin sexuel, c'est la dynamo dispensatrice du courant nerveux ; les sensations associées tournent les commutateurs.

L'émotion sexuelle ne se provoque plus que difficilement lorsque la maladie ou l'âge ont ralenti la marche de la dynamo amoureuse. Elle n'apparaît pas lorsque d'autres préoccupations ont fermé les commutateurs. La dynamo s'affole, les commutateurs ne fonctionnent plus dans la passion de l'amour.

***

Ces considérations ne s'appliquent pas seulement à l'amour, mais à tous les sentiments. L'émotion, les sentiments, les passions, ne doivent leur force qu'aux besoins organiques qui leur servent de base.

La machine humaine peut être comparée à une pile immense : ses éléments sont les innombrables cellules de notre corps, produisant l'influx nerveux par des réactions physico-chimiques analogues à celles qui donnent naissance au fluide électrique. Le courant nerveux centralisé à divers étages dans la moelle, le bulbe, le cervelet, les noyaux sous-corticaux, le cortex est toujours prêt à être lancé dans telle direction qui sera utile. L'agent qui établira le contact approprié sera tantôt une sensation, tantôt une image, tantôt une idée. Cette sensation, cette image, cette idée n'auraient par elles-mêmes aucune action sans l'énergie ainsi mise à leur disposition. Cette énergie resterait inutilisée et deviendrait bientôt nuisible par son intensité et sa tension, si la sensation, l'image ou l'idée ne venaient la dériver plus ou moins utilement.

2° L'émotion évoque la sensation, l'image.

La sensation provoque l'émotion, est évoquée par elle. La vue de l'aimée suscite l'émotion d'amour; son image remplit les rêveries amoureuses. Le mécanisme de cette action réciproque est facile à saisir. Nous avons vu comment une sensation appropriée, vision, odeur, contact... ouvrant par les filets nerveux correspondants les écluses des noyaux gris sous-corticaux, déversait sur la corticalité le torrent du besoin sexuel un instant endigué. Inversement ce flot de vibrations nerveuses, envahissant l'écorce suivant les voies tracées par les associations antérieures, fait vibrer les systèmes de neurones, substratum anatomique des sensations associées. Le besoin d'aimer fait surgir l'image de l'aimée.

3° L'émotion déforme la sensation.

Les émotions, les sentiments, les passions à leur tour, modifient notre façon de sentir, altèrent nos sensations. Nous ne voyons pas toujours les choses telles qu'elles sont, mais telles que nous les désirons. Nous avons montré par quelles retouches l'illusion rendait le portrait de l'aimé identique au portrait idéal préconisé. Il en est de même pour nos autres émotions : elles colorent, grandissent, rapetissent ou déforment. Le monde extérieur nous apparaît à travers l'optique de nos sentiments. Le prisme de nos passions rehausse ou rabaisse les choses et les êtres.

Une sensation quelconque a provoqué un état émotif ; cette émotion, à son tour, évoque des images plus ou moins analogues. Ces images de sensations anciennes rappelées, se superposent à la sensation actuelle. Il en résulte une image complexe, analogue aux photographies composites. Ainsi, sous l'influence de l'émotion se déforment nos sensations.

§ 2. — L'ÉMOTION ET LE MOUVEMENT

Toute image évoquée contient en germe un mouvement. C'est d'abord une tendance vague, soit attractive, soit répulsive. Se souvenir de l'être adoré, c'est tendre vers lui de toutes ses forces. Bientôt la tendance s'accuse, la représentation du mouvement qui nous rapprochera surgit, l'image motrice se précise ; si d'autres représentations ne viennent l'annihiler, le mouvement s'exécutera. Deux amants en présence brûlent de se jeter dans les bras l'un de l'autre : la présence d'un tiers, des considérations de morale, de pudeur ou de prudence éveillent des représentations opposées qui annihilent les images motrices suscitées par l'amour. Ces images motrices peuvent devenir tellement obsédantes et impulsives qu'aucune considération n'empêchera le mouvement de s'exécuter.

Lorsqu'on dit qu'une représentation en annihile une autre, il faut entendre qu'elle dérive à son profit l'influx nerveux correspondant. Chaque représentation a pour substratum un système donné de neurones associés, envahi par des vibrations nerveuses. Chaque représentation tend à s'affirmer par un mouvement : les vibrations nerveuses tendent à s'écouler vers la périphérie. La représentation qui l'emporte dérive à son profit, pour et par son affirmation, les énergies de l'organisme représentées par le torrent des sensations internes.

Ces sensations internes, base de toute notre activité, peuvent être comparées à un immense réservoir dont les robinets sont nos innombrables modes d'activité. Lorsqu'une action extérieure, par l'intermédiaire plus ou moins complexe de la sensation, de l'image, de l'idée, vient déterminer une activité d'un certain mode, ouvrir tel robinet, nous disons que telle représentation (sensation, image, idée) l'a emporté, que ce motif a entraîné notre détermination ; nous avons l'illusion d'avoir choisi, d'avoir *voulu* librement.

Si l'émotion provoque le mouvement, celui-ci, à son tour, réagit sur l'émotion. C'est un fait bien connu que simuler l'émotion la fait parfois apparaître. On se laisse prendre souvent à son propre piège. Simuler des transports amoureux peut conduire à l'amour. Par simple jeu on fait la cour à une femme ; un flirt s'ébauche par désœuvrement, comme distraction futile et charmante ; on implore par politesse galante des faveurs qu'on serait marri de se voir accorder, dont le refus cependant provoque un certain dépit. On se pique au jeu, voici qu'on veut réellement ce qu'on feignait de vouloir ; on souffre de ne pas avoir ce qu'on aurait été désolé d'obtenir. Le désir commence à poindre, l'amour germe : il dépend de l'habileté féminine de le transformer en sentiment solide et durable. Le jeu de l'amour est toujours dangereux avec une coquette habile.

Pour que l'expression d'une émotion agisse ainsi comme cause provocatrice de l'émotion, il faut cependant que nous y mettions un peu de nous-même. Il est rare dans la vie qu'une émotion simulée ne contienne pas quelque chose de réel, un petit coin de vérité. Pour qu'on ait l'idée d'un flirt, il faut qu'il y ait un embryon de désir. C'est ce quelque chose de réel, ce petit coin de vérité, cet embryon de désir qui grandit, devient l'émotion réelle, le sentiment et la passion.

On a souvent discuté le paradoxe du comédien de Diderot, la question de savoir si un artiste qui simule une émotion l'éprouve à quelque degré, si l'on doit jouer avec son cœur ou son cerveau. Les multiples enquêtes faites à ce sujet ont abouti à des résultats contradictoires. C'est qu'au théâtre les choses ne se passent pas comme dans la vie. Les comédiens de la vie mettent toujours quelque chose de réel dans leur comédie, puis se laissent prendre au piège. Les comédiens du théâtre, avec leur costume de théâtre, dépouillent toute leur personnalité d'emprunt. Si l'on cherchait bien dans la vie des artistes qui prétendent jouer avec leur cœur, peut-être trouverait-on que leur vie de la scène se prolonge au dehors du théâtre. Roméo est parfois encore amoureux de Juliette en habit de ville.

Mettre quelque chose de soi dans la simulation d'une passion, c'est l'éprouver à quelque degré. Et c'est là la fissure par laquelle les sensations internes, base organique indispensable à toute émotion, s'infiltrant peu à peu, élargissant sans cesse leur issue, se grossissent jusqu'à la passion.

§ 3. — L'ÉMOTION ET L'IDÉE

L'idée, c'est l'image évoluée, c'est l'image synthétique. L'idée d'arbre c'est l'ensemble de caractères communs à tous les arbres, leur image synthétique. L'idée abstraite, c'est l'ensemble des caractères communs à certains phénomènes concrets. L'idée de justice exprime le caractère commun à certains actes dits *justes*.

L'apparition de l'idée suppose la comparaison de plusieurs images et un jugement sur leurs rapports. L'idée est acceptée comme *vraie* lorsque le rapport est perçu comme *réel*. L'idée est rejetée comme *fausse* lorsque le rapport est considéré comme *irréel*. Objectivement la vérité est absolue : le rapport qu'elle exprime est ou n'est pas.

Si parfois on dit d'une vérité qu'elle est relative, c'est que le rapport qu'elle exprime n'existe que dans certaines conditions. Mais ces conditions étant données, le rapport est ou n'est pas, la vérité est absolue ou n'est pas. Une vérité relative n'est pas une vérité, mais un ensemble composite de vérités et d'erreurs, vérités dans certaines conditions, erreurs dans d'autres.

En raison de l'infirmité de nos perceptions, la vérité peut être méconnue. Un rapport irréel peut être perçu comme réel, un rapport réel peut être considéré comme irréel.

À cause de la déformation qu'elles font subir aux images qu'il s'agit de comparer, les émotions sont la cause la plus fréquente de nos erreurs. Elles obscurcissent le vrai, couvrent d'un masque le faux. Une idée est-elle favorable à notre passion du moment, elle est acceptée presque sans contrôle. À peine examinée avec répugnance, étouffée sous l'idée contraire, elle est rejetée presque aussitôt si elle contrarie nos désirs. Toute idée ayant une valeur émotive subit cette déformation. Il faut que sa vérité soit évidente pour que la raison l'accepte en dépit du cœur. Même acceptée par la raison, une vérité ne suffit pas toujours à entraîner la volonté sollicitée en sens contraire par la passion. C'est une vérité banale qu'il ne suffit pas de convaincre pour persuader. On accomplit parfois des actes qu'on sait absurdes.

Les vérités mathématiques étant les seules n'ayant aucune valeur émotive, sont aussi les seules acceptées de tous sans discussion. Si la loi du parallélogramme des forces était susceptible de déterminer en nous une émotion quelconque, elle serait encore discutée.

Ne voyons-nous pas en effet à chaque instant l'erreur passionnelle résister à l'évidence même. Lorsqu'on joue Boubouroche, tous les spectateurs s'esclaffent au spectacle de la crédulité vraiment un peu naïve du mari trompé. Que de Boubouroche cependant dans la salle! Inutile d'insister sur la naïveté et la crédulité proverbiales des amoureux; sur les absurdités que peut faire éclore en un cerveau la passion de l'amour. La chose la plus merveilleuse, c'est qu'elles ne nous étonnent que chez les autres.

C'est surtout dans les états pathologiques que devient très apparente cette influence du sentiment sur l'idée.

Sous le nom de mélancolie ou d'états mélancoliques on décrit une variété de folie évoluant de la façon suivante. C'est d'abord une sensation de dépression, d'impuissance, de tristesse sans cause : tout apparaît en noir, tout effort est pénible. Cet état émotif vague se précise bientôt, se colore d'une façon spéciale. C'est souvent de la *tristesse simple*, comme sous le coup d'un grand malheur. C'est d'autres fois un sentiment irraisonné de *peur*, comme sous une menace permanente. C'est aussi une angoisse, une attente anxieuse, comme lorsqu'on a le pressentiment d'une catastrophe imminente. D'autres enfin éprouvent un malaise inexprimable comme s'ils étaient étreints par le *remords*.

Tristesse simple, peur, angoisse, remords, voilà autant d'émotions qui peuvent apparaître en dehors de leurs causes habituelles. On peut les considérer comme des *hallucinations émotives*, par comparaison avec les hallucinations sensorielles, sensations sans objet. On n'en connaît pas encore le mécanisme : il est probable qu'il faut les considérer comme le résultat d'excitations pathologiques des nerfs de la cœnesthésie, de même que les hallucinations sensorielles sont regardées comme le résultat d'excitations pathologiques des nerfs des sens.

Pendant une période quelquefois assez longue, ces états émotifs pathologiques restent purs, ne s'accompagnent d'aucune idée délirante. Déjà ce-

pendant ces malades s'interrogent : ils se demandent pourquoi ils sont tristes, quelle est la cause
de leur peur, quel malheur peut bien les menacer,
de quelle faute ils éprouvent un remords.

Ils cherchent les raisons de leur état émotif;
dans leur imagination passe successivement l'image
de malheurs possibles, de dangers problématiques,
de catastrophes prochaines, de fautes commises.
Suis-je malade ? Mes proches sont-ils morts ? Va-t-
on me tuer ? Massacrer ceux que j'aime ? Serais-je
coupable ? s'interroge le pauvre malade en proie à
la tristesse, la peur, l'angoisse, le remords. Bientôt
ces pensées, d'abord rejetées par la raison qui les
démontre sans fondement, sont imposées par
l'émotion qui persuade. Mes enfants sont morts,
on va venir me couper le cou, les pires malheurs
vont fondre sur moi et mes proches, je suis responsable de tout cela, j'ai commis des crimes épouvantables, affirme le pauvre fou. L'émotion a
triomphé de la raison, a imposé tyranniquement
l'idée délirante. Dès lors celle-ci résiste même à
l'évidence. En présence de ses enfants, qui l'appellent, la couvrent de caresses, cette pauvre mère
affirme encore qu'ils sont morts et qu'elle est coupable de leur mort.

Ce qu'il y a de remarquable, c'est que l'état émotif est beaucoup plus pénible, plus angoissant, tant
qu'il n'a pas trouvé son expression dans l'idée dé-

lirante correspondante. La peur est beaucoup plus intense chez celui qui ne sait pas de quoi il a peur ; la tristesse est plus profonde lorsqu'on ne lui découvre pas de raisons ; le remords torture davantage celui qui ne découvre aucune faute dont il puisse s'accuser. L'interrogation, puis l'affirmation par l'idée délirante amènent un apaisement relatif.

Dans la première période, alors que le cerveau souffre, mais n'est pas encore troublé, les signes de l'émotion sont intenses, l'agitation incessante peut être extrême, ou au contraire la stupeur profonde. Celui que la tristesse a envahi reste immobile, muet à toutes questions, refusant de manger, sourd à tous les besoins organiques, insoucieux des soins les plus élémentaires. Celui que la peur trouble sursaute au moindre bruit, est effaré par toute approche, entend sa condamnation dans toute parole prononcée devant lui. Celui que l'angoisse étreint se retourne et s'agite, sans cesse en mouvement il tourne comme un fauve en cage, parfois se jette avec violence sur ceux qui l'entourent, pour échapper à la souffrance qui l'angoisse.

Dès que l'idée délirante s'est affirmée, elle remplace les autres manifestations ; sans cesse rabâchée elle procure manifestement un certain soulagement au malade.

***

Ce délire d'origine émotive est bien connu en pathologie mentale ; les mélancoliques dont nous venons d'examiner la psychologie contribuent pour une large part à peupler les asiles. Tous les autres sentiments sont susceptibles de provoquer soit des illusions, soit des idées délirantes appropriées : ils ne conduisent les malades à l'asile que lorsque l'idée délirante et la réaction motrice secondaire sont incompatibles avec la vie sociale. Le délire mélancolique a pour base des sentiments de peur, de tristesse, de remords ; le délire de persécution, un sentiment d'antipathie et d'hostilité ; le délire des grandeurs, une sensation de joie intime, un sentiment de satisfaction profonde ; l'excitation maniaque un sentiment de colère, etc.

Nous ne pouvons résister au désir de raconter l'histoire d'une malade, dont le délire avait précisément pour origine une perturbation du sentiment de l'amour et des sentiments familiaux.

Mme L... est une jeune femme de 33 ans, de physionomie agréable, parfaitement constituée. Nous n'avons pu reconstituer entièrement ses sentiments familiaux ; un de ses frères s'est peut-être suicidé. Elle a toujours été un peu nerveuse ; mariée à 25 ans elle s'est montrée d'abord douce et affectueuse, sans grand appétit pour les plaisirs de l'amour.

Il y a deux ans, rapidement son caractère se modifia. Elle éprouvait une sorte de malaise, une sensation vague d'hostilité, un sentiment d'antipathie ; il luisemblait que tout lui était ennemi, les êtres et les choses. Elle interprétait dans un sens agressif à son égard les paroles les plus banales, les gestes les plus insignifiants, les abstentions, les silences mêmes. Bientôt survinrent les illusions, puis les hallucinations, enfin toute l'évolution habituelle du délire de persécution, sur les détails duquel nous ne nous arrêterons pas.

Nous insisterons davantage sur les modifications de ses sentiments à l'égard de son mari et de son enfant. Son attitude à l'égard de son mari passe par des alternatives curieuses. Tantôt elle le reçoit très bien, n'a pour lui que des paroles aimables, le couvre de caresses, se montre enfin la femme affectueuse et aimante qu'elle était au début de son mariage.

A d'autres moments elle est entièrement changée, elle se refuse à reconnaître son mari, prétend obstinément que ce n'est pas lui, qu'un individu étranger, qu'elle ne connaît pas, a revêtu sa forme, ses vêtements, sa figure pour venir la tourmenter : elle lui ferme sa porte, l'accable d'injures et de menaces. En présence de cet individu elle éprouve, dit-elle, un sentiment de haine, qui lui fait bien voir que ce n'est pas son mari, car en présence de celui-ci elle n'éprouve qu'amour et tendre affection.

Ce n'est qu'à l'aide de ses sentiments qu'elle fait la distinction entre son mari et le sosie qu'elle lui attribue, car elle avoue qu'ils se ressemblent d'une façon parfaite, même taille, même figure, mêmes vêtements.

Il y a quelques jours, l'infirmière a assisté à une scène curieuse. Mme L... a reçu la visite de son mari, elle l'a accueilli avec joie, l'a embrassé gentiment, s'est montrée très tendre. Un moment après, tout d'un coup, elle a paru inquiète, sa figure s'est assombrie, elle s'est approchée de son mari, a tourné autour de lui, inspectant ses vêtements, vérifiant l'existence de petits signes qu'elle a notés, cicatrices du cuir chevelu, lobule de l'oreille, etc., etc... Elle a quitté son mari froidement.

De tels changements sont très fréquents, avoue-t-elle, mais au lieu d'en rechercher la cause en elle-même, elle croit obstinément que c'est son mari qu'on lui change. Elle a confiance en son cœur plus qu'en ses yeux, bel et triste exemple d'une foi sentimentale irrésistible.

Ses sentiments maternels ont subi des modifications parallèles. Il y a quelque temps elle a perdu un enfant âgé de deux mois et demi. Un jour qu'elle lui donnait ses soins, pendant sa dernière maladie, tout d'un coup elle a éprouvé une sorte de commotion, s'est sentie *retournée*, dit-elle, elle ne *reconnaissait plus son enfant* qui lui semblait étranger :

elle fut soudainement persuadée qu'on le lui avait changé. Le lendemain elle eut une joie immense à le retrouver, à le reconnaître, à *sentir* que c'était bien lui. Les jours suivants elle eut de nouveau à plusieurs reprises la conviction qu'on lui avait changé son enfant. Il mourut. Quelques jours après, étant à sa fenêtre elle voit passer un jeune enfant, elle se sent *transportée de joie*, est instantanément persuadée que c'est là l'enfant qu'on lui avait ravi, que celui qui est mort n'était pas le sien. Tous les raisonnements, toutes les démonstrations n'y font rien, sa *conviction s'impose avec l'entière évidence d'une sensation*. Pauvre femme, guère plus folle que tant d'autres esclaves de leur chimère.

Toute sensation a son retentissement moteur centrifuge, comme tout mouvement a son origine sensitive centripète, à l'état normal du moins. En d'autres termes tout réflexe tend à s'achever. L'achèvement du réflexe, c'est l'écoulement de l'influx, c'est la décharge nerveuse, c'est l'apaisement du fait de conscience. Par les images qu'il suscite, par les idées qu'il impose, par les mouvements qu'il provoque, le besoin sexuel tend constamment à décharger la dynamo amoureuse, sans cesse remise en tension. La seule décharge réellement efficace, c'est l'achèvement complet du réflexe dans la possession de l'élue entre toutes. Mais à côté de cette satisfaction complète, que de menus bonheurs, regards furtifs échangés, douce pression de mains, lettres amoureusement écrites, passionnément attendues, fleurs messagères d'amour, longs baisers où l'on donne son âme, autant de dérivatifs à l'explosion.

Il en est de ces manifestations comme des idées délirantes des mélancoliques. C'est la soupape qui, donnant issue à la vapeur, empêche la machine d'éclater.

En langage physiologique, c'est l'écoulement par les voies nerveuses centrifuges des vibrations nerveuses amassées et centralisées par les voies nerveuses centripètes.

L'état de conscience correspondant, c'est l'épiphénomène accompagnant ce phénomène.

CHAPITRE VI

LES FORMES SUPÉRIEURES DE L'AMOUR
ASSOCIATION AVEC LES AUTRES SENTIMENTS

Jusqu'ici, nous n'avons étudié que l'amour physique, tel qu'il existe dans toute la série animale.
Chez l'homme apparaissent des éléments nouveaux,
qui constituent ce qu'on a appelé les *formes supé-*
rieures de l'amour. Nous avons vu jusqu'à présent
le besoin sexuel s'allier seulement à des sensations
physiques, être excité ou renforcé par elles, et réciproquement susciter dans la conscience des représentations physiques, génitales, olfactives, visuelles,
tactiles, etc.

Y a-t-il autre chose chez les animaux supérieurs ; ceux-ci tiennent-ils compte dans leur
choix des qualités intellectuelles ou morales ? S'il
est difficile de se prononcer pour les animaux supérieurs, il est impossible d'en douter chez l'homme.
Quoique presque toujours prépondérant, l'attrait
physique n'est pas exclusif dans son influence sur

notre choix : les séductions du cœur et de l'esprit y ont souvent leur part. C'est là un fait sur lequel tout le monde est d'accord, et qui, cependant, n'a jamais été étudié en détail. On se contente de le signaler, on donne quelques exemples et on passe sans chercher à approfondir, laissant ce soin aux littérateurs et aux poètes, qui nous ont apporté des observations souvent délicates, mais aucune tentative d'explication. C'est que l'analyse est ici beaucoup plus difficile qu'ailleurs, parce qu'il s'agit de phénomènes complexes et encore mal connus.

Il nous faudra d'abord faire une courte revue des divers sentiments, montrer leur signification, puis étudier quelle part ils prennent dans l'évolution de l'amour.

§ 1. — HISTOIRE NATURELLE DES SENTIMENTS

Toute l'activité humaine oscille entre ces deux pôles : l'instinct de conservation de l'espèce et l'instinct de conservation de l'individu. Le premier est l'origine du sentiment de l'amour, le second des sentiments individuels et sociaux. Il y a une combinaison des deux dans les sentiments familiaux, esthétiques et religieux. Tandis que l'instinct de reproduction est toujours reconnaissable dans les multiples manifestations de l'amour, il n'est pas toujours facile de distinguer l'instinct individuel de conservation sous la riche floraison d'émotions, de sentiments et de passions auxquels il donne naissance.

Pour bien comprendre la signification des sentiments multiples qui agitent l'humanité, il faut les envisager dans leur histoire, suivre leurs apparitions successives dans l'évolution de la matière vivante.

L'*être* vivant commence à la cellule *individualisée* par son noyau : là où il n'y a que des réflexes simples, élémentaires, attractifs ou répulsifs, offensifs ou défensifs, il ne peut y avoir, si la conscience existe, qu'un sentiment vague, *agréable* lorsque l'activité est bienfaisante, *désagréable* lorsque l'activité est malfaisante pour la cellule, quelque chose d'analogue à notre joie et notre tristesse, manifestation émotionnelle élémentaire contenant toutes les autres en puissance, comme la vie cellulaire contient virtuellement toutes les manifestations d'une vie plus haute, plus différenciée, toujours la même cependant.

Cette joie et cette tristesse *organiques*, pendant de longs siècles, ont été la seule manifestation émotionnelle accompagnant la vie dans sa lente ascension vers notre humanité. Elles ont acquis leur summum lorsque l'être vivant, *prenant conscience de lui-même*, a su se distinguer du milieu environnant, connaître sa *personnalité* : tout accroissement de celle-ci se traduisait dans sa conscience par cette sensation de vie facile, de force, de puissance qui, encore maintenant, nous donne la *joie* ; toute diminution de cette personnalité l'envahissait de ce sentiment de dépression, de faiblesse, d'impuissance, qui fait le fonds de la *tristesse*.

La *douleur* et le *plaisir* ne sont que des modalités de la tristesse et de la joie : ce sont des souffrances et des jouissances partielles, localisées : c'est la conscience d'une action nocive ou bienfaisante, agissant non sur tout l'être, mais en l'une de ses parties.

Le premier sentiment qui est apparu ensuite, c'est la *peur*, elle suppose un degré élevé d'évolution, car avoir peur c'est prévoir un danger, et pour prévoir il faut se souvenir, associer des images, il faut qu'une sensation suscite l'image d'une action nocive possible, en même temps que des moyens de l'éviter. Le corollaire de la peur, c'est la *colère*, ou plutôt c'est le même sentiment sous deux aspects différents. La peur c'est la représentation d'une action nocive avec sensation d'impuissance et réaction défensive de fuite ; la colère c'est la représentation d'une action nocive avec sensation de puissance et réaction offensive d'attaque.

Pour qu'une sensation qui, par elle-même n'est pas encore nocive, suscite la représentation d'une action nocive, base de la peur et de la colère, il faut que l'être vivant ait la *notion de cause*, premier échelon de l'intellectualité, indice d'une organisation déjà élevée.

*
* *

L'être vivant accessible à la peur et à la colère, qui sait prévoir les actions nocives et réagir en conséquence, sait aussi prévoir les actions bienfaisantes. Il sait lutter pour la conquête de sa nourriture, pour la possession d'un abri, pour la satisfaction de tous ses besoins. Il éprouve l'*émotion de la lutte*, le *plaisir de la conquête*, bientôt aussi le *sentiment de la propriété*.

En même temps aussi sa joie et sa tristesse se transforment ; ce ne sont plus des sentiments obscurs, joie et tristesse organiques, mais des sentiments *intellectualisés*, accompagnant non plus seulement les actions bienfaisantes ou nocives actuelles, mais aussi la prévision, la représentation de celles-ci.

Douleur et plaisir, joie et tristesse, peur et colère, émotion de la lutte, plaisir de la conquête et de la possession, tels sont les sentiments qui agitent *l'individu* vivant isolé. Leurs relations avec l'instinct de conservation sont faciles à saisir.

De bonne heure la vie en société est devenue une nécessité pour un grand nombre d'êtres vivants. Ceux qui sont restés isolés ont succombé dans leur lutte avec un milieu ingrat ou hostile ; ceux qu'un groupement a rendus plus aptes à la lutte pour la vie ont survécu et ont transmis à leurs descendants les qualités organiques qui les avaient fait propres à ce groupement. Ces qualités organiques, c'était l'embryon de tous les *sentiments sociaux* : sympathie et antipathie, la pitié, l'affection ou la haine, la solidarité, le dévouement, l'abnégation, la bonté, la justice. Il n'y a pas de démarcation entre les sentiments sociaux et les *sentiments moraux*. Ils constituent tous le fondement de l'*instinct de conservation du groupe social*.

Les sentiments sociaux et moraux sont aussi nécessaires à la vie de la société, et par conséquent de ses membres que les sentiments qui veillent à la conservation de l'individu isolé. Dans le dévouement le plus sublime comme dans la solidarité la plus élémentaire à peine dépouillée de l'égoïsme primitif, il n'y a pas autre chose que la vie qui veut vivre, que la résistance à la mort, fût-ce par le sacrifice de la partie pour le salut de la totalité. Lorsqu'on saisit un crabe par une de ses pattes, il l'ampute et s'enfuit, sacrifiant une partie de lui-même à son salut : ainsi meurt pour sa patrie le héros. Qu'on ne voie dans ce rapprochement aucune intention de rabaissement : la vie est noble dans toutes ses manifestations. L'héroïsme n'est pas humilié d'être une manifestation de l'instinct de conservation sous sa forme la plus évoluée.

C'est évidemment l'instinct de reproduction qui a créé le premier groupement social, la famille; c'est de cet instinct que dérivent les premiers sentiments familiaux. Le lien de la famille n'existe que lorsque les petits ont encore besoin des soins des parents après leur naissance; il fait défaut lorsque en naissant les petits sont aptes à se suffire. Dans la plupart des espèces, les sentiments familiaux ne durent qu'un temps, disparaissent dès que la progéniture atteint l'âge adulte. Chez l'homme, le groupement familial est devenu permanent, à cause de la longueur des soins à donner aux enfants. Les instincts sociaux et moraux en ont fait le premier groupement social, progressivement élargi ensuite à la tribu, au clan, au peuple et à la nation.

Si l'instinct de reproduction est la base primitive des sentiments familiaux, les instincts sociaux ne tardent pas à venir les compliquer; il est souvent difficile de faire la part des uns et des autres dans les liens de la famille.

L'origine des sentiments esthétiques a souvent exercé la sagacité des chercheurs. Max Nordau a raillé les centaines de philosophes qui, depuis Platon jusqu'à Ficht, Hegel, Vischer et Carrière, ne pouvant s'expliquer le sentiment du beau, en ont fait « un de ces phénomènes mystérieux qui font deviner quelque chose de surhumain dans l'homme, une forme dans laquelle l'esprit humain défini peut saisir à peu près l'idée de l'infini, un pressentiment sublime de l'essence immatérielle qui est le substratum de tout phénomène matériel et autres semblables suites de mots absolument dépourvues de sens » (1).

Très justement il place l'origine des sentiments esthétiques dans les deux instincts de conservation de l'individu et de l'espèce. « A la première classe

(1) Max Nordau, *loc. cit.*, p. 48.

appartiennent le sublime, le charmant, et ce qui est bien adapté à son but ; à la seconde le beau au sens plus restreint du mot, et le joli...

Le sublime est le sentiment d'une immense disproportion entre l'individu qui perçoit et le phénomène perçu, et de la supériorité écrasante de celui-ci sur celui-là. Tout ce qui est démesurément grand et puissant produit un effet sublime (1).....
Le charmant est le sentiment excité par des phénomènes qui, dans une unité de temps donnée, font naître un grand nombre d'impressions sensorielles et provoquent une vive activité des centres de perception, de raisonnement et de jugement...

L'effet esthétique de l'idoine est lié à cet instinct de l'homme de vouloir comprendre les phénomènes et de deviner leurs lois non perceptibles par les sens. Il ressent l'inconnu et l'incompréhensible comme quelque chose d'hostile et d'effrayant, comme quelque chose de menaçant contre lequel il n'est pas de taille à lutter, tandis que l'évident et le rationnel lui paraissent familiers et amicaux... »

Nous avons montré comment le sentiment du beau humain était lié aux émotions sexuelles. Il rattache le sentiment du *joli* à la représentation de l'enfant.

---

(1) Il ajoute : à condition que le sentiment produit soit accompagné d'un sentiment de *sécurité*.

Ces vues extrêmement ingénieuses de Max Nordau contiennent certainement une grande part de vérité. Le point faible de la théorie c'est que, ne différenciant pas les sentiments esthétiques des autres sentiments, elle n'explique en réalité rien du tout. Il est incontestable que c'est dans les deux instincts de conservation qu'il faut rechercher l'origine des sentiments esthétiques comme de tout autre sentiment.

Mais primitivement ce que le grandiose, l'écrasant produit, ce n'est pas le sentiment du sublime, c'est la peur, Max Nordau l'a d'ailleurs noté ; ce que l'idoine satisfait ce n'est pas notre sens esthétique, c'est notre sentiment de curiosité ; ce que le beau humain excite ce n'est pas une émotion de beauté, c'est une émotion sexuelle... et ainsi pour tous les sentiments ayant leur source dans les deux instincts de conservation.

Les émotions esthétiques nous apparaissent non comme des émotions nouvelles, mais comme des émotions déjà cataloguées avec quelque chose qui les distingue et leur donne un caractère nouveau.

Ce caractère nouveau qui, d'une émotion quelconque peut faire une émotion esthétique, c'est d'être une *activité émotive de luxe, sans objet réel ni sans but.* A cette condition tout sentiment peut devenir un sentiment *esthétique.*

Les grands spectacles de la nature provoquaient toujours un sentiment de crainte chez l'homme primitif, qui n'avait pas encore appris dans quel cas il pouvait s'affirmer en sécurité. Ce sentiment de crainte n'était, nous l'avons vu, que la réaction défensive à une cause prévue nocive. De nos jours, cette réaction défensive se produit encore en face d'un bel orage, d'une mer démontée, de montagnes écrasantes...

Elle est devenue sans objet réel car nous savons affirmer notre sécurité, et sans but car nous sommes protégés. *L'émotion de la peur est devenue une émotion esthétique.*

En présence des perfections du corps féminin, l'émotion sexuelle surgit avec l'idée du rapprochement. Que pour une cause quelconque, cette idée de rapprochement ne puisse être admise, l'émotion du beau remplace l'émotion sexuelle. Celle-ci, devenue sans objet *réel* et sans but, a revêtu le caractère *esthétique.*

Cela est vrai non seulement du beau dans la nature et du beau dans le corps humain, mais encore et surtout du beau dans les arts.

Si nous avions à donner une définition de l'art, nous dirions volontiers : *l'art c'est le moyen de provoquer une émotion sans objet réel et sans but,* c'est-à-dire une émotion esthétique.

L'art est élevé et délicat, ou bien grossier et trivial, suivant les moyens employés, et ceux-ci varient avec les sujets à émouvoir. Entre l'Othello de Shakespeare et tel drame de l'Ambigu, il semble y avoir peu de rapports : tous deux cependant sont de l'art. La culture affinée d'un public, opposée à la grossièreté native de l'autre fait la différence. De même tel se plaît à la sensiblerie des imageries populaires, qui resterait insensible à la Joconde de Vinci.

Toutes les fois que l'artiste arrive à son but, provoque un état émotif sans objet réel et sans but, il fait de l'art : il n'a manqué son but que lorsque en face de son œuvre le spectateur reste à l'état d'indifférence émotive.

Toutes les émotions esthétiques ne sont pas de même qualité. Dans l'émotion grossière, c'est l'état émotif basal à peine dépouillé de son objet réel et de son but habituel. Le spectateur qui frissonne à la représentation de la pièce moderne *au Téléphone*, frissonne bien réellement de *peur*, car il se représente le danger comme possible pour lui-même : c'est à peine une émotion esthétique. Parmi ceux qu'un tableau de *nu* arrête, n'en est-il point qu'agite l'émotion sexuelle ? N'est-elle pas de qualité un peu trouble l'émotion soulevée par l'hermaphrodite du Louvre ? Est-ce bien une émotion purement esthétique qui oppresse les spectateurs à la scène du rideau d'*Esclarmonde ?*

Une émotion nous apparaît donc comme d'*autant plus esthétique que son objet réel et son but habituel paraissent plus lointains, plus absents.*

L'émotion *esthétique pure* est celle dans laquelle l'objet réel et le but habituel sont tellement lointains qu'il est impossible de les distinguer. Le plus bel éloge qu'on puisse faire d'une œuvre d'art, c'est d'être ému et de ne pas savoir pourquoi. Je sais bien pourquoi le *Rêve* de Detaille me plaît, pourquoi le tableau que Chaplin a intitulé *Souvenir*, au Luxembourg, me charme ; j'ignore pourquoi j'aime la Joconde du Vinci.

De tous les arts, c'est la musique qui, le plus facilement, provoque en nous des états émotifs sans objet réel et sans but ; aussi est-elle considérée comme le premier des arts.

Toute émotion esthétique se double d'une émotion intellectuelle. Une œuvre d'art nous a ému : immédiatement nous recherchons la cause de cette émotion. Cette cause est d'autant plus difficile à trouver que l'émotion est plus esthétique, c'est-à-dire que son objet réel et son but habituel sont plus lointains et voilés. Si tout de suite l'intelligence le saisit, le plaisir intellectuel est faible comme l'émotion de qualité médiocre. De là, pour l'homme cultivé, l'impossibilité de se plaire au gros drame pleurard qui cependant met en éveil l'intelligence, touche l'émotivité de l'homme moins affiné. L'œuvre d'art qui nous émeut sans que nous sachions pourquoi, nous inquiète d'abord et nous irrite ; elle nous obsède aussi jusqu'à ce qu'enfin la lumière se fasse et double notre plaisir émotif d'une précieuse joie intellectuelle.

L'œuvre d'art idéale est celle qui, suscitant des émotions sans fin, ne se laisse deviner que par bribes, et sphinx éternel ne dévoile jamais entièrement son énigme.

Une œuvre d'art est un thème sentimental sur lequel chacun brode son rêve. Ceci est surtout apparent pour la musique. Prenez une œuvre musicale, dépouillez-la de tout ce qui peut lui donner une signification précise ; laissez ignorer le poème pour lequel elle a été composée, le titre même que l'auteur lui a donné ; que les auditeurs ignorent complètement les intentions et l'état d'âme du musicien. Après l'exécution, demandez à chacun d'eux non seulement ce qu'il a éprouvé, mais les représentations que la musique a suscitées en lui. Vous serez étonné de la variété des impressions produites ; vous n'en trouverez pas deux d'identiques sur cent spectateurs. Tous ont été émus, mais tous ont réagi différemment.

Sans doute leurs états émotifs se ressemblent bien par une certaine teinte uniforme : excitation

ou langueur ; attente presque anxieuse ou détente
délicieuse ; joie intime ou tendre mélancolie ; tension de tout l'être vers son but que l'on ne devine
même pas, ou résignation à un malheur insoupçonné.
Mais déjà les *nuances* émotionnelles sont multiples,
et dépendent du tempérament, de l'état de santé,
de la physiologie du moment, des préoccupations
latentes, de la psychologie de l'instant. La même
personne est souvent profondément surprise de ne
pas éprouver la même impression à deux auditions
différentes. Si de l'état émotif on passe aux représentations suggérées, elles sont d'une diversité extrême, aucunes ne se ressemblent, non seulement
chez des personnes différentes, mais chez la même
personne à des instants différents. C'est en effet
que la mémoire de chacun est le magasin inépuisable
où l'état émotif du moment puise le vêtement le
plus approprié.

L'imagination est le metteur en scène prestigieux
qui, sur le fond de notre trouble émotionnel, fait
surgir les personnages habillés par notre rêve.

Aucun art ne peut, à ce point de vue, être comparé à la musique. Cependant mettez en face du
Balzac de Rodin un spectateur doué de quelque
émotivité esthétique. Etonné, déçu et cependant attiré il reste inquiet, presque irrité devant ce bloc
qui semble à peine dégrossi. Il demeure cependant
en contemplation presque anxieuse ; bientôt une

vision se précise, inouïe, surhumaine, d'un Balzac synthétisant toute son œuvre. Ce qu'il voit alors ce n'est pas le Balzac de Rodin, *c'est son Balzac à lui*, enfoui dans le plus profond de son être, et soudainement soulevé par les ailes du rêve, puissant trouble sentimental, délicieuse jouissance intellectuelle.

Rêver aux étoiles dans l'embrasement d'une belle nuit; contempler son *rêve* dans les fantasmagories changeantes, silhouettées dans l'azur troublé d'un ciel nuageux, ou figurées dans les flots d'une mer agitée; vivre son *rêve* à travers les tumultes de la vie; c'est jouir de précieuses émotions esthétiques, sans jamais ni lassitude, ni désillusion. N'est-ce pas là peut-être le meilleur de la vie? Les Hindous, dans leur philosophie millénaire, l'avaient compris ainsi, lorsqu'ils considèrent la vie comme un cauchemar, sans aucune réalité objective, cauchemar dont on s'éveille par l'ascétisme, par la contemplation, par l'extase, par ce que, précisément les Occidentaux plus positifs dans leur conception opposée de la vie, ont appelé le rêve.

L'art idéal étant celui qui provoque des émotions purement esthétiques, c'est-à-dire sans objet réel ni sans but, il est évident qu'il se suffit à lui-même: c'est la doctrine de *l'art pour l'art*.

Est-ce à dire cependant qu'il ne puisse servir à autre chose? Nous avons montré que l'idée n'avait par elle-même aucune puissance déterminante : une idée qui laisse indifférente notre émotivité ne nous jettera jamais dans l'action ; le sentiment seul nous soulève d'un élan puissant.

C'est par l'art qu'on arrive à mettre le sentiment au service de l'idée; c'est pour cela que les artistes ne sont pas seulement les amuseurs et les histrions de l'humanité, mais parfois les conducteurs des peuples.

Cette vérité est surtout apparente dans deux domaines de l'art, dans l'éloquence et dans la littérature. L'orateur qui sait les mots qui enflamment, soulève soudain les passions d'une foule vibrant d'un même enthousiasme, et l'entraîne aux sublimes héroïsmes comme aux pires folies : c'est Napoléon aux Pyramides, c'est Danton à la Constituante. L'orateur qui, par sa froide et implacable logique, sait donner un corps aux passions sourdes qu'il sent prêtes à éclater, qui sait les grouper, les condenser par une formule fulgurante, a une puissance plus grande et plus durable encore : c'est le glacial, mordant et pourtant entraînant orateur de nos temps modernes : Waldeck-Rousseau.

Inutile de citer des exemples nombreux en littérature ; qu'on se rappelle Hugo et l'Empire !

Mais pour être durable une œuvre d'art ne doit pas s'appliquer uniquement aux passions du moment, ne susciter que des émotions éphémères appropriées à l'instant. L'œuvre d'art éternelle est celle qui, plongeant au fond de notre humanité, soulève des sentiments éternellement humains, des sentiments indépendants des circonstances et du milieu, ayant par contre de profondes racines *organiques* dans nos besoins et nos instincts : ainsi l'avaient compris les grands tragiques grecs dans l'œuvre desquels plane l'oppression et l'épouvante de la fatalité. Cette œuvre immortelle est d'hier, comme celle de Shakespeare avec ses passions touchant si profondément à l'animalité humaine. Qu'elle nous paraît lointaine, au contraire, cette littérature romantique, si proche de nous, mais si caractéristique d'une époque et avec elle finie.

Les sentiments esthétiques, *activité émotive de luxe*, doivent être rapprochés du *jeu, activité motrice de luxe*. Nous avons montré comment une émotion quelconque devenait esthétique en dépouillant son caractère utilitaire, en devenant sans objet réel ni but.

Ainsi devient *jeu* toute activité motrice dépouillant son caractère utilitaire, devenant sans objet ni but. On reconnaît encore les mouvements du guet, de la chasse, de l'attaque et de la défense dans les jeux des animaux. Les jeux des enfants, simulacres guerriers, apprentissage de la maternité... laissent encore percer l'activité utilitaire primitive.

Les jeux dits de hasard laissent moins deviner leur base initiale. Le poker, ce jeu moderne si passionnant, n'est-il pas l'image parfaite des luttes de la vie?

Les émotions esthétiques, les émotions du jeu doivent être rapprochées aussi des *émotions purement intellectuelles*, cette autre activité de luxe. Les émotions *purement* intellectuelles sont très rares, car il est peu de connaissances, dépouillées de *tout* caractère utilitaire, s'il en est même, les spéculations métaphysiques peut-être. Mais, de même que dans l'émotion esthétique, il y a des degrés dans l'émotion intellectuelle.

Il est un plaisir de comprendre pour comprendre, comme de sentir pour sentir. Tout le monde a connu ces joies supérieures, que ce fût en devinant un rébus ou en déchiffrant l'énigme de l'univers. Il n'en est pas de comparables.

***

Il est exceptionnel que le même individu possède ces trois activités de luxe également développées. Pour reprendre une classification un peu surannée, utile encore néanmoins, nous dirons : le sensitif

sera surtout accessible aux émotions esthétiques ;
le volontaire sera passionné pour le jeu sous toutes
ses formes ; l'intellectuel se réfugiera dans les hauts
sommets de la pensée. Le sensitif volontaire, capable de sentir et de produire, deviendra l'artiste
dispensateur de joies à l'humanité. L'intellectuel-
volontaire sera un savant, facteur de progrès. Le
sensitif-intellectuel restera un dilettante des joies
supérieures, délicat et inutile, futile et charmant.

Que devient dans tout cela ce principe, auquel
nous avons fait si souvent appel, que la *sélection
ne développe rien que d'utile* ? Pourquoi ces activités de luxe dépouillées de tout caractère utilitaire ?
Qu'on ne se presse pas de croire en défaut la théorie évolutionniste. Ce n'est qu'en apparence que
ces activités paraissent inutiles.

Dans les jeux des animaux, nous démêlons aisément la préparation aux activités futures. Observez
ce jeune chat, vous le verrez essayer, reprendre,
perfectionner peu à peu les mouvements du guet, de
l'attaque, de la chasse du gibier futur, actuellement
représenté par un objet quelconque, pelote ou bille.

Voyez ces joueurs attablés à une table de poker ;
ne croyez-vous pas qu'en réprimant les mouvements
passionnels, en couvrant leur visage d'un masque
impassible, en aiguisant l'observation psychologique
de leurs adversaires, en affrontant le danger, en
supportant stoïquement la défaite, en restant in-

sensibles à la griserie du succès, ils se préparent aux luttes de la vie sociale ?

Ce penseur attardé dans la nuit à scruter les mystères de l'Univers, et qui vient de jeter une clarté soudaine sur un phénomène astronomique lointain, qui paraît bien indifférent à notre planète infime ; ce psychologue qui a tout d'un coup découvert une des lois de la pensée, sans aucune utilité immédiate apparente ; croyez-vous qu'ils aient pensé inutilement ?

L'activité de luxe d'aujourd'hui, c'est l'activité éminemment utilitaire de demain.

***

Pas plus que les sentiments esthétiques, le *sentiment religieux* ne constitue pas une manifestation émotionnelle nouvelle ; c'est un ensemble de sentiments complexes *tirant leur caractère religieux de leur objet.* Toute religion est en même temps une cosmogonie, une explication de l'univers ; le sentiment religieux c'est la réaction des deux instincts de conservation en présence de cette explication. Ceci demande quelque développement.

L'homme primitif cherchant à s'expliquer les phénomènes naturels, a tout d'abord personnifié les choses. A la forêt bruissante, inquiétante ou attirante, au rocher protecteur et menaçant, au fleuve, à la mer... il a attribué une personnalité

semblable à la sienne, une volonté hostile ou bien-
veillante, qu'il s'est efforcé de calmer, d'attendrir
de se rendre favorable : c'est la phase du fétichisme
puis du polythéisme, dans laquelle l'homme, entouré de divinités multiples, inconnues et terri-
fiantes, éprouvait à leur égard une *peur mystérieuse*,
premier embryon du sentiment religieux. Bientôt
les actions nocives ne furent pas seules à être personnifiées ; les actions bienfaisantes mystérieuses
furent à leur tour personnifiées ; aux divinités l'emplissant d'une terreur pleine de mystère, s'ajoutè-
rent des divinités bienfaisantes l'entourant d'une
atmosphère d'affectueuse protection. La religion
de l'homme primitif fut dès lors tour à tour mé-
fiante et craintive, ou affectueusement confiante.
Lorsque à ces divinités il eut attribué un sexe, l'affection fut volontiers un peu tendre. Enfin la divinité, toujours croissante avec l'humanité ascendante
la créant à son image, participa bientôt de tous ses
sentiments sociaux, moraux, esthétiques.

Dans le sentiment religieux les psychologues
n'ont voulu voir pour la plupart qu'un composé de
crainte et d'amour. Sans doute ce sont là les sentiments dominants, mais nous croyons qu'il faut
aussi faire leur part à tous les autres sentiments.

Ce qui caractérise ce composé complexe, c'est
son objet, le principe mystérieux, surnaturel, in-

saisissable, auquel on attribue la création et la direction de l'Univers.

Le sentiment religieux, c'est la réaction émotive des instincts de conservation de l'individu et de l'espèce, en présence du principe explicateur de l'univers. La crainte et l'amour sont les sentiments qui dominent, ce ne sont pas les seuls.

Chez le savant, négateur de ce principe, le sentiment religieux se transforme. Devenu sans objet ni but, revêtu par conséquent du caractère esthétique, il forme ce sentiment vague d'admiration émue en présence des merveilleuses manifestations des forces cosmiques, suivant le rythme immuable de lois éternelles. Dans ce sentiment esthétique, survivance du sentiment religieux, se rejoignent les panthéistes les plus vagues, les idéalistes les plus convaincus et les matérialistes les plus terre à terre, philosophies identiques ne se distinguant que par les nuances émotionnelles de leurs partisans.

§ 2. — ASSOCIATION DU SENTIMENT DE L'AMOUR
AVEC LES AUTRES SENTIMENTS

1° La joie et la tristesse. — La douleur et le plaisir.

Pourquoi est-ce dans les instants de tristesse que le cœur se gonfle le plus volontiers du besoin d'aimer? Les gais que soulève l'entrain d'une santé

florissante, qui jamais ne connurent ni la dépression,
ni le sentiment d'impuissance, ni le dégoût de vivre,
qui de la vie n'ont expérimenté que les sourires ;
ceux-là aiment mal, leur individualité égoïste n'as-
pire pas à se donner, ils n'ont que faire de prendre :
ils aiment à fleur de peau. Ainsi l'infusoire reste
indifférent à l'accouplement vivifiant tant que sa
vitalité reste intacte. Ainsi l'homme songe à
l'immortalité de sa race surtout lorsqu'il se sent
marqué d'un signe d'affaiblissement, de deuil, de
tristesse, de douleur, par la mort qu'il porte en lui
dès sa naissance. C'est la douleur physique ou morale qui affine pour l'amour. Celui qui n'a pas
connu la douleur, connaît sans doute le désir, il est
douteux qu'il sente l'amour.

2° La Peur.

L'émotion de la peur paraît peu favorable à l'é-
motion amoureuse. Le sentiment du danger, lorsqu'il est intense, paralyse tous les autres sentiments :
toutes les forces de l'organisme semblent bandées
vers un seul but, la sauvegarde de l'individu. Lorsqu'il est sollicité à ce degré l'instinct individuel de
conservation annihile l'instinct de reproduction, le
souci de l'espèce laisse le pas au souci de l'individu,
sans lequel il n'a que faire.

Mais il est une peur atténuée, une peur latente,

une peur *à terme*, pourrait-on dire, qui est sollicitée
non par un danger actuel, mais par un danger futur,
simplement possible, pour lequel une réaction défensive *actuelle* n'est pas nécessaire. Ce danger-là
laisse libres les activités de l'individu ; cette émotion de la peur n'est pas contraire à l'émotion
amoureuse. Elle lui constitue, au contraire, un excellent témoin.

Cette peur-là est très déprimante pour les cou-
rages : l'imagination grandit le péril à trop le considérer. Celui qui l'oublie sur le sein de sa maîtresse
ne sera pas le moins résolu au moment décisif. A
la veille d'affronter un péril l'homme primitif a dû
avoir des yeux plus tendres pour sa compagne.
C'est ainsi que, toujours soucieuse de la conservation de l'espèce, la Nature, avant de laisser marcher l'individu à la mort, se préoccupait du dépôt
d'un germe fécond. C'est pour cela que, maintenant encore, les années terribles que troublent les
grands cataclysmes ou qu'ensanglantent les grandes
guerres sont celles qui préparent les années de na-
talité féconde.

C'est par la *peur* que les grands spectacles de la
nature touchaient l'émotivité amoureuse de l'homme
primitif. C'est par la peur devenue sentiment es-

thétique, sentiment du grandiose, du sublime, que ces mêmes spectacles émeuvent encore le cœur des amants : en leur présence les bras s'unissent, les corps se cherchent, les volontés défaillent, les pudeurs vacillent, entraînant les dernières barrières qui mettaient obstacle au geste de vie. Combien de défaillances la mer n'a-t-elle pas vues ! Que d'étreintes passionnées sur les sommets sublimes ! De combien de chutes un bel orage n'est-il pas complice ! La nature, lorsqu'elle est belle, est une grande proxénète. N'est-ce pas là peut-être l'origine de cette coutume absurde et charmante des voyages de noces ? S'il semble atroce de promener son bonheur de promiscuités en promiscuités, n'est-il pas délicieux de sentir dans un cadre de beauté chaque découverte amoureuse ? Ou bien serait-ce simplement qu'avec notre façon moderne de faire les mariages, la tiédeur d'un amour trop récent, à peine naissant lorsqu'il n'est pas mort-né, a besoin de stimulants toujours renouvelés ?

C'est aussi à l'émotion de la peur, mais d'une façon moins détournée et dans une attitude moins esthétique, que font appel ces tristes amoureux dont l'infirmité morale recherche l'excitant des situations équivoques ou dangereuses.

3° L'idée de la mort.

La vision de la mort elle-même, avec tout ce qu'elle contient d'épouvante, peut préparer le terrain à l'émotion amoureuse. Il n'est pas de peuple qui ait mieux senti que les Hindous, cette alliance de la volupté et de la mort. Siva, le dieu terrible qui préside aux hécatombes sanglantes, qui pour encens réclame l'odeur des tueries et la puanteur des charniers, est aussi le dieu des voluptés jamais assouvies. Dans ses temples les scènes de mort voisines alternent et se confondent avec les imaginations les plus effrénées d'une luxure immonde.

C'est que, dans les plaines qu'arrose le Gange, les plus épouvantables épidémies, depuis des époques sans doute millénaires, ravagent et déciment les peuples ; qu'une destruction aussi effrayante de vies humaines devait avoir pour corollaire et correctif une fécondité extraordinaire, que le mal devait contenir et susciter le remède : ce fut l'*exaltation de la volupté par la mort*.

Malgré les apparences la vertu excitante des spectacles de mort n'a pas complètement disparu de nos vies occidentales plus mornes et moins menacées. Si l'on pouvait scruter la vie des familles, peut-être trouverait-on assez fréquemment que la venue inattendue d'un enfant doit être attribuée à une impression de mort. C'est au retour des enter-

rements autant qu'à celui des fêtes de plaisir qu'é-
closent les vies nouvelles.

Dans le domaine des perversions sexuelles
cette alliance de la volupté et de la mort devient
plus apparente encore. Un homme racontait à
Féré qu'il ne pouvait assister à un enterrement sans
éprouver une excitation érotique pénible ; il dut
renoncer à assister à l'enterrement de son père de
peur d'une sorte de profanation.

Faut-il rappeler la triste aberration de ceux
qui, dans des maisons spéciales, réclament des fantasmagories lugubres. Poussée à son degré extrême
de folie, cette perversion devient la *nécrophilie*.
On connaît les épouvantables profanations des ser-
gents Bertrand, Ardisson et autres vampires.

4° L'émotion de la lutte, la colère, la cruauté, les spectacles de sang.

C'est un thème souvent rebattu que celui de l'alliance de la cruauté et de la volupté. Du cirque romain aux arènes espagnoles, les foules se sont toujours ruées aux spectacles sanglants, y recherchant
avant tout, conscientes ou non, des impressions de
volupté. L'homme calme, maître de ses nerfs, qui
s'intéresse aux spectateurs plus qu'au spectacle, y
sent peu à peu les cris de plaisir des spectatrices y
devenir des râles d'amour. C'est une atmosphère de

mauvais lieu qu'on y respire à la fin du spectacle. Autrefois le sac des villes n'allait pas sans le viol systématique presque organisé, et l'on se demande lequel parfois était le plus grand du désir de violer, de la crainte d'être violée, de l'espoir anxieux, douloureux et charmant de ne pouvoir y échapper, du désespoir amer d'en être tenue quitte. Dans les temps plus reculés la femme était le butin attendu et promis, et c'était encore couvert de sang que le mâle s'imposait le maître.

De cette longue suite d'ancêtres ayant associé les impressions sanguinaires et les émotions voluptueuses, nous avons gardé le goût du sang dans l'amour. Aux époques sanglantes et troublées, toujours apparaît une excitation érotique et déréglée : qu'on relise les scènes de la Terreur dans les mémoires du temps.

Dans les temps modernes apaisés il est fréquent de saisir, parfois dans l'amour le plus tendrement passionné, des accès de cruauté morale inconsciente. Vous avez certainement connu de ces amants, pourtant habituellement très tendres, qui éprouvent de temps à autre le besoin de torturer leur maîtresse, de lui faire du mal, qui ne sont heureux qu'après avoir vu ses larmes. Point ne leur est besoin de motifs, ils en inventent, ils raillent, gouaillent, grondent, menacent. Surpris on croit que sciemment ils veulent détruire leur bonheur, qu'ils en ont assez. Détrompez-vous, jamais ils n'ont été aussi épris, et c'est avec des transports inattendus qu'ils sècheront les larmes de leurs maîtresses. En eux, sadiques qui s'ignorent, un instant ont revécu les âmes des ancêtres sanguinaires.

Cette cruauté ne reste pas toujours cantonnée dans le domaine moral; elle veut parfois une satisfaction plus positive. C'est alors le *sadisme* vrai, l'impulsion irrésistible à associer la volupté avec la souffrance imposée.

Cette colère érotique, cette cruauté, ce goût du sang sont plus particuliers à l'homme : les circonstances historiques qui ont associé ces émotions violentes à l'émotion amoureuse, nous l'expliquent suffisamment. Chez la femme *passive* on trouve souvent des sentiments contraires et complémentaires : c'est la joie d'être prise, le plaisir d'être violentée, la volupté de souffrir. Tantôt ces sentiments restent dans le domaine moral : la femme se réjouit de son entier abandon, de sa soumission à la volonté de l'amant; la souffrance que lui causent ses caprices, ses cruautés morales, est voluptueusement acceptée; son cœur se donne plus entièrement de saigner un peu. Mais parfois c'est bien la douleur physique qui est acceptée, reçue avec une reconnaissance amoureuse. Un pas de plus et c'est le *masochisme*, aberration complémentaire du sadisme.

Dans cette opposition dans la façon particulière à chaque sexe d'associer la souffrance à la volupté, il n'y a cependant rien d'absolu. Il est des femmes sadiques comme des hommes masochistes. C'est qu'il s'agit de tendances héritées, reparaissant par un phénomène d'atavisme, mais n'ayant plus leur raison d'être. L'influence d'un ancêtre sanguinaire peut se faire sentir de la même façon dans l'un et l'autre sexe.

5° L'émotion de la conquête, le plaisir de la possession, la peur de perdre, la jalousie.

Depuis que la femme, avec sa liberté, sa dignité, enfin conquise, est devenue l'égale de l'homme sur le terrain sentimental, les conditions de la conquête amoureuse ont changé. Le mâle ne s'impose plus le maître par la force physique, de par le droit de la victoire ou du rapt. Il doit se faire accepter, il faut qu'il inspire de l'amour. Il est remarquable que dans cette voie l'homme ait été devancé, en apparence tout au moins, par les animaux. Depuis longtemps, dans la plupart des espèces, la femelle avait le droit de choisir, le mâle le devoir de plaire, que l'homme ne connaissait que la violence comme moyen de conquête amoureuse.

Les grâces de la séduction, les petits soins d'une cour galante, auraient pu être enseignés par les animaux à l'homme primitif. C'est qu'aux époques barbares, la force seule était estimée, parce qu'elle était la condition indispensable du triomphe dans la lutte pour l'existence. Mais il est permis de penser que ces temps héroïques ont été précédés d'âges moins troublés où la nature plus clémente, la lutte pour la vie moins féroce, la conquête amoureuse moins violente permirent au corps de la femme de s'orner des grâces séductrices dont, sans cela, on ne comprendrait pas l'apparition. Si sur ces époques lointaines l'histoire reste muette, la légende nous reste des paradis terrestres, des edens perdus, des âges d'or disparus.

De nos jours, si parfois encore la satisfaction sensuelle peut être acquise brutalement ou, ce qui revient au même, achetée ignominieusement, il n'en est plus de même de l'amour qui veut une conquête plus délicate, émouvante et délicieuse. Y a-t-il un plaisir supérieur à celui de chercher à émouvoir qui vous a ému ? S'efforcer d'inspirer l'amour à celle qu'on aime ; tendre vers elle toutes ses forces de séduction physique, intellectuelle ou morale ; recueillir comme de précieux encouragements les menues faveurs qu'un sentiment naissant laisse prendre ; s'avancer peu à peu, s'exalter à chaque étape de cette route amoureuse ; voir les résistances céder

une à une ; étendre son amour comme un filet qui
se resserre et emprisonne ; sentir contre son cœur
palpiter un cœur comme un oiseau dans sa main,
jusqu'à l'abandon final qui, de deux êtres n'en fait
plus qu'un ; puis, après la conquête du corps, jeter
son emprise sur l'âme ; pénétrer les secrets qui se
cachent derrière ce front adoré ; orienter vers soi
toutes ces pensées ; grossir enfin sa personnalité
de toute cette personnalité subjuguée : est-il au
monde un plaisir comparable ? Cette conquête d'un
corps, d'une âme, de tout un être ne vaut-elle pas
la conquête du monde ? Surtout lorsque, à travers
l'optique de l'amour, cet être nous apparaît comme
unique au monde, comme le joyau précieux entre
tous.

Il n'est qu'un plaisir de comparable à celui de conquérir, c'est celui d'être conquis. A chaque étape
de la conquête, à chaque emprise nouvelle correspond l'émoi délicieux de l'abandon, et l'on ne sait
quel est le plus grand du plaisir de prendre ou de
celui de se donner ; ou plutôt le plaisir est le même
car celle qui s'abandonne sait bien que par cela
même elle conquiert.

Le plaisir de la conquête est si vif qu'il peut rendre passionnant un amour fort médiocre. Cet amour
n'aurait eu qu'une durée éphémère, si tout de suite
il avait trouvé son entière satisfaction, si un amour

semblable lui avait répondu. La satiété serait venue plus vite encore si à cet amour médiocre avait
répondu un amour sincère et fort ; cette satiété
aurait peut-être été bientôt de la répulsion si offrant
une amourette on s'était vu réclamer une passion.
Mais que cet amour médiocre éprouve des résistances, qu'il ne trouve qu'indifférence : il s'irrite et
s'exalte, et voici qu'il désire violemment ce qui ne
l'attirait que médiocrement et péu à peu il passe
par toutes les étapes puériles et charmantes, angois-
santes et délicieuses de la conquête amoureuse,
comme s'il était passion.

***

Le plaisir de la conquête amoureuse peut même
exister sans nul amour et même sans désir : c'est
le *flirt*.

Le flirt c'est la conquête amoureuse sans
amour, c'est le désir d'inspirer de l'amour, sans
en éprouver aucun soi-même. Il est à remarquer
que dans le flirt chacun des adversaires, car c'est
bien le nom qu'il faut leur donner, croit tromper
l'autre, et ne se figure pas être trompé : il rit en
lui-même des phrases d'amour qu'il débite et ne
voit pas l'ironie de celles qu'il entend. Bien plus
même, chacun ne croit que leurrer son adversaire,
et c'est lui-même qu'il trompe ; il se moque inté-

rieurement des sentiments qu'il simule, et il ne sent pas qu'il se laisse prendre à sa comédie et que bientôt, déjà même, il éprouve ces sentiments qu'il croit faux et qui, à son insu, deviennent sincères.

Le flirt est un jeu dangereux, presque toujours un des deux y laisse un peu de son cœur. Commencé par désœuvrement, par goût des passes savantes, des feintes délicieuses, des attaques inattendues et des parades habiles de l'escrime amoureuse, le flirt s'achève parfois dans un duel dramatique, où l'un des deux adversaires, le cœur mortellement blessé, voit avec amertume l'autre s'éloigner indifférent, satisfait d'avoir vaincu, dédaigneux des fruits de la victoire. Cuisante blessure d'amour-propre ajoutée à la plaie d'amour !

Le flirt, c'est la *lutte amoureuse esthétisée*; malheur à celui qui prend au sérieux ce *jeu*, jeu dangereux qu'il ne faut aborder que le cœur cuirassé, l'esprit léger, la conscience dénuée de scrupules. Il y a autant de types de flirt que de tempéraments divers.

La *flirteuse professionnelle* fait du flirt un *véritable sport* : elle veut conquérir pour conquérir. Peu importe l'objet de sa conquête, c'est tout le monde qu'elle désire voir à ses pieds. Son triomphe est évidemment d'autant plus grand que l'hommage vient de plus haut, est moins prodigué, moins banal, mais elle n'en dédaigne aucun. Elle a sa cour

d'adorateurs qu'elle choisit ; elle les collectionne
parmi les plus enviés, elle exulte d'en enlever un à
une rivale. Elle ne craint pas de sentir le désir monter vers elle de très bas ; le regard admiratif de
l'adolescent, l'exclamation triviale de l'homme du
peuple, l'invite grossière du voyou, tout hommage
à sa beauté lui est un doux encens. Un frisson délicieux court sur sa peau à y sentir attachés les regards
lubriques des foules. C'est d'ailleurs le seul qu'elle
éprouve : cette femme qui ne vit que par l'amour...
ne connaît pas l'amour. Inconsciente, insensible et
cruellement égoïste, elle va semant derrière elle les
espoirs fous, les désillusions navrantes, les deuils
éternels. Il est vrai que le plus souvent l'amour
berné prend sa revanche, lorsque vers la quaran-
taine, sentant sa puissance décliner avec sa beauté,
elle s'affole, se laisse prendre à son tour à un
amour souvent indigne, qui lui fait payer les tourments infligés.

La *flirteuse novice,* aussi avide d'essayer son
pouvoir, ne sait pas, comme la flirteuse professionnelle, se contenter de la victoire pour la victoire.
Elle ne sait pas conquérir pour conquérir sans jamais s'établir dans sa conquête. Après avoir inspiré l'amour, elle veut jouir de l'amour, ne sentant
pas qu'elle est incapable de l'éprouver. Au lieu de
la rejeter superbement, comme le fait la flirteuse
professionnelle, elle traîne misérablement après elle

la passion qu'elle a inspirée, s'efforçant comiquement et inutilement de se hausser jusqu'à elle, suggestion vaine qui réussit à monter l'imagination, mais non à émouvoir le cœur.

C'est que dans ces deux types de flirteuse les sens sont de glace : c'est de tête qu'elles connaissent l'amour, elles n'ont pas senti passer le souffle puissant du besoin sexuel organique.

La *flirteuse romanesque* prend le flirt plus au sérieux ; ce n'est pas de parti pris qu'elle s'en contente sans aller jusqu'à l'amour. Chaque fois elle croit qu'elle va aimer pour tout de bon, à chaque expérience elle espère découvrir le prince charmant. Mais dans ses rêves, par ses lectures, elle s'est créé une image tellement en dehors du réel, que jamais elle ne la découvrira ; toujours elle retombera de son rêve, s'arrêtant au seuil de l'amour, sans jamais le franchir, De la flirteuse elle n'a que l'apparence, car c'est bien l'amour qu'elle recherche, et non seulement le plaisir de conquérir pour conquérir.

La *flirteuse occasionnelle* n'a pas l'habitude du flirt : elle se laisse prendre par hasard à ce jeu charmant, qui l'amuse comme quelque chose de très fin, de très délicat, et de sans importance. Mais voici qu'elle s'y intéresse en vérité un peu vivement, elle sent bien que son partenaire occupe trop sa pensée, mais bast ! elle se croit bien sûre d'elle, elle saura bien se défendre de l'amour. Bientôt elle ne peut plus se dissimuler qu'un sentiment nouveau est né en elle ; elle s'inquiète puis : ce n'est que de l'amitié un peu tendre, de l'amitié amoureuse, se dit-elle, et elle se laisse encore aller. L'amour est né et la tyrannise, elle ne veut pas encore convenir de sa défaite prochaine : ce sera de l'amour platonique, affirme-t-elle. Elle se croit encore sûre d'elle-même qu'elle est déjà à la merci d'une surprise des sens ou de l'entreprise hardie de son partenaire.

Le *flirteur pur* est plus rare que la *flirteuse pure*. Plus rarement que la femme l'homme veut conquérir pour conquérir, sans chercher à jouir de sa conquête. C'est que ses sens, ordinairement plus impérieux, se laissent moins facilement sevrer de la satisfaction attendue.

Il existe cependant le flirteur qui fait la cour à toutes les femmes sans jamais en prendre aucune. Il ne peut entrer dans un salon sans immédiatement chercher des yeux celle qu'il espère réduire à sa merci. Est-il dans un lieu public, son regard implore le consentement d'autres regards. Il exulte de l'acquiescement muet d'un coup d'œil, d'une pression, d'un frôlement. Sa fatuité naturelle le prédispose d'ailleurs à interpréter le plus facilement du monde, dans le sens d'un consentement, le geste le plus insignifiant, le regard le plus naturel ; la phrase la plus banale acquiert facilement pour lui

la signification précise d'un aveu. Aussi ses conquêtes amoureuses, à l'entendre dire, ne se comptent plus, et il le croit sincèrement. Il est vrai qu'il
n'en a poussé aucune jusqu'au bout, quoiqu'il ne
l'avoue pas et même laisse entendre le contraire.
Mais il est bien persuadé qu'il n'a tenu qu'à lui de
prendre possession. S'il ne l'a pas fait c'est par di-
lettantisme, essaie-t-il de se persuader. En réalité,
s'il n'a essayé de pousser à bout aucune de ses pré-
tendues conquêtes, c'est peut-être bien parce qu'un
obscur sentiment l'avertissait que cela n'irait pas
tout seul. Et puis il déteste compliquer sa vie, un
amour changerait trop ses petites habitudes, serait
à son égoïsme une charge trop lourde. Les femmes,
en général, ont vite fait de jauger de tels amoureux,
elles s'en amusent, en rient, et ne prennent même
pas la peine de les désillusionner ou de les démasquer. Elles les appellent volontiers des amoureux...
blancs. Ils sont comparables aux flirteuses professionnelles, ces amoureuses... sèches.

Le véritable flirteur *professionnel* cependant est
autre. Il ne se contente pas d'une simple conquête
morale, le plus souvent fictive ; il veut une conquête *effective*, une prise de possession réelle, aussitôt délaissée il est vrai. Le plaisir intime de la conquête ne lui suffit pas, il veut l'humiliation de sa
victime, par le dédain de sa conquête. Bien plus,
il lui faut des spectateurs ; il affiche son triomphe.

Dénué de tout sens moral, doué d'un égoïsme insondable, d'un orgueil sans borne, d'une fatuité inouïe, cruel sans même s'en douter, le séducteur professionnel est encore plus dangereux que la flirteuse professionnelle. Ce n'est plus seulement le cœur qu'il écrase, la vie qu'il brise, c'est l'honneur que, de parti pris, il veut souiller. On retient dans les asiles une foule de gens dont la folie est moins dangereuse.

Il existe aussi des flirteurs romanesques, des flirteurs novices, des flirteurs occasionnels; ce qui les sépare des flirteurs analogues c'est qu'en général, ils y mettent plus de sensualité. Le flirteur romanesque mène sa conquête jusqu'au bout, ce n'est qu'après qu'il retombe de son rêve. Le flirteur novice, à défaut d'amour, peut goûter avec une joie gourmande le plaisir des sens. Le flirteur occasionnel ne résiste pas à l'amour qu'il sent naître, il s'y jette à corps perdu.

Le vrai charme de tous ces flirts, c'est bien le plaisir de la conquête, le plaisir de la conquête amoureuse dépouillée de son objet et de son but habituels : c'est donc une *émotion esthétique*, telle que nous l'avons définie. *Le flirt, c'est de l'art.*

Cependant dans tous les cas que nous avons envisagés, l'amour tient encore trop de place, son but habituel y est encore trop apparent. Il est un flirt plus fin, plus délicat, qui ne se permet aucune pa-

role d'amour, mais les sous-entend toutes. Entre
deux êtres, au premier contact, a jailli l'étincelle
divine ; au premier regard ils se sont compris. Pour
une raison quelconque, ils ne peuvent songer à
l'amour, espérer l'étreinte. Si leur esprit est fin,
leur cœur délicat, leur âme haute, ce sera dès lors
entre eux quelque chose de très doux, de très tendre, sans espoirs fous, comme sans amertume. Par
la tendresse enveloppante de son attitude et de ses
gestes, par la caresse de ses paroles, par l'effort de
son esprit à intéresser et séduire, sans jamais une
nuance d'irrespect, mieux que par toutes les paroles
d'amour, cet homme n'exprime-t-il pas un amour
très tendre, qui ne demande rien, ne veut rien, ne
sait pas lui-même s'il espère quelque chose. La
femme d'ailleurs le sent merveilleusement, et doucement émue, tendrement confiante, elle s'abandonne
délicieusement à cette romance d'amour sans parole. Ces deux êtres peuvent, dans le temps même
où ils se laissent aller à ces émotions très douces,
traverser ailleurs les orages les plus violents de la
passion. Entre eux ce n'est pas l'amour, c'est la
quintessence de l'amour. Lorsque vieillis, ils senti-
ront leurs cœurs apaisés, soyez sûrs que cet amour
qui est à peine de l'amour, tiendra la première
place parmi leurs souvenirs les plus tendrement
conservés, les plus joyeusement rappelés. Ce flirt-
là c'est bien de l'art, et de l'art pour l'art ; il sem-

ble bien que les émotions qu'il suscite soient complètement dépouillées de leur objet et de leur but habituels, l'espérance de l'étreinte. Cependant ne vous y trompez pas, l'amour complètement idéalisé n'existe pas : la base nécessaire c'est toujours la sensation organique primordiale qui pousse et jette les sexes l'un contre l'autre. A la première occasion cette étincelle sentimentale sera susceptible d'allumer l'incendie d'une passion violente.

Un autre flirt encore est charmant, c'est celui qui, se passant entre adolescents, constitue un véritable jeu préparant à l'amour, comme les jeux guerriers préparent à la guerre. Ce flirt est né en Amérique.

Là, jeunes gens et jeunes filles se fréquentent librement, les uns toujours respectueux, les autres fièrement sûres d'elles-mêmes. Tous parlent librement et chastement de l'amour dont nulles d'entre elles n'ignorent les mystères. Ils apprennent ainsi à se connaître intellectuellement et à s'apprécier moralement, tandis que dans leurs jeux les corps dévoilant leurs perfections ou leurs tares s'attirent ou se repoussent. Ne croyez-vous qu'une union ainsi préparée offrira moins de surprises, moins de désillusions que les mariages entre gens qui s'ignorent, comme cela se pratique dans notre vieille Europe ?

***

Le plaisir de la possession a la même origine que celui de la conquête. Il est d'autant plus grand qu'on prise plus haut l'objet possédé et surtout qu'il a été plus difficile à obtenir. La qualité des plaisirs sensuels qu'il comporte a, malgré les apparences, assez peu d'importance et ne suffirait pas à empêcher la satiété de se produire. Une possession absolue, calme, sans orages, est fatalement vouée à la satiété : le plaisir de la possession s'atténue d'être toujours identique à lui-même. Heureusement que plusieurs éléments concourent à le renouveler et à le vivifier sans cesse.

C'est d'abord l'admiration de l'objet aimé et l'estime de soi qui en résulte : nous reviendrons là-dessus plus loin.

C'est ensuite qu'ordinairement l'amant n'a pas la certitude de posséder entièrement, absolument, le cœur de sa maîtresse. Après avoir tout obtenu il lui reste encore quelque chose à conquérir : n'ayant plus rien à demander, il veut encore autre chose. Grâce à ce sentiment d'inquiétude, à cette aspiration vers une fusion plus complète, l'amant sans cesse recommence la conquête de sa maîtresse, dans l'ascension de son bonheur, vers un sommet qu'il n'aperçoit pas. Malheur à la maîtresse qui ne sait pas sentir et ne désaltérer que goutte à goutte cette soif d'infini ! Celle qui, prodigue d'elle-même, se donnant tout entière, abandonnant son corps, ouvrant son âme, pressant son cœur jusqu'à la dernière goutte, laisse boire à longs traits le breuvage d'amour, celle-là sera peut-être aimée violemment, elle ne sera pas aimée longtemps. Sage au contraire est celle qui, après chaque abandon, reprend un peu d'elle-même, et conservant jalousement son jardin secret, ne se livrant que peu à peu, attirante comme un joyau rare, irritante comme une énigme, sait conduire son amant de conquêtes amoureuses sans cesse renouvelées, à l'infini toujours plus profond d'abandons nouveaux.

Un autre stimulant du plaisir de la possession : c'est la *peur de perdre*. Lorsqu'on possède entièrement, sans conteste, un bien qui ne vous est pas disputé, quoiqu'en vérité l'usage en comporte quelques sensations nullement à dédaigner, la satiété vient vite. En amour, la peur de perdre, c'est la *jalousie*.

Il y a des degrés dans la jalousie, comme dans la prise de possession qui lui sert de base.

Il est des jaloux qui ne supportent pas l'idée qu'on puisse leur dérober la plus minime partie de leur conquête. Par l'impression de beauté qu'il dérobe, un regard admiratif étranger, jeté le plus innocemment sur leur maîtresse leur est un larcin insupportable. Les profondeurs mystérieuses d'un harem bien gardé, les voiles les plus impénétrables ne suffiraient pas à les rassurer. Ils sont jaloux, non seulement du regard qui se pose, de la voix qui caresse, mais de la pensée qui vagabonde. Sous l'influence de ce sentiment anxieux atrocement, le jugement s'altère, les interprétations les plus folles, les illusions, les hallucinations parfois même, torturent bientôt ce pauvre fou. Les déséquilibrés et les intoxiqués, *les alcooliques surtout*, payent un fort tribut à ce *délire de jalousie*, qui n'est pas rare dans les asiles, et dont les drames sanglants encombrent la troisième page des journaux.

A un degré moindre, le jaloux consent à ce que sa maîtresse répande autour d'elle de la beauté. Un regard admiratif, lorsqu'il n'est pas chargé de désirs, ne l'offense point. Il s'effarouche, au contraire, de sentir un vent d'amour passer sur sa maîtresse. Il souffrirait volontiers que sa maîtresse, au bal ou aux bains, expose aux regards des trésors habituellement cachés, mais il voudrait que l'admiration en fût toute platonique. Il est bien entendu que l'idée seule de ne pas occuper toutes les pensées de sa maîtresse lui est extrêmement pénible.

A l'échelon inférieur, le jaloux ne se préoccupe plus que des sentiments éprouvés par sa maîtresse ; il se désintéresse de ceux qu'elle suscite. Il ne craint

pas de sentir attardés sur elle des regards chargés
de désir ou de passion, pourvu qu'elle passe complètement dédaigneuse. Il consentirait à la montrer nue s'il savait que la chair de sa maîtresse n'en
éprouve aucun émoi.

Que dire enfin de celui qui n'est plus jaloux non
seulement du désir ou de la passion provoqués,
mais encore de la joie sensuelle accordée. Le souteneur qui prostitue sa maîtresse n'est pas jaloux
du plaisir sensuel qu'elle distribue à son profit. Qu'il
puisse supposer un instant que le plaisir accordé
est partagé par elle, sa jalousie s'éveillera, féroce.

C'est qu'en effet l'*intensité* de la jalousie n'est
pas proportionnelle à son étendue, et l'exemple du
souteneur est bien caractéristique à cet égard. Il a
jeté lui-même sa maîtresse dans la prostitution ; il
tient boutique de son corps et se réjouit de sa pros-
périté. Son cœur ne bat pas plus vite d'entendre
sur elle, là, tout près, le râle de plaisir de l'amant
de rencontre. Il sait bien qu'insensible et de marbre,
sa maîtresse est ailleurs, que dans ses bras à lui
seul elle sait palpiter. Mais qu'un jour il entende le
râle de plaisir sortir de sa bouche à elle et non de
celle de l'amant d'une heure : il s'élance et s'arme
du couteau qui tue.

Cet exemple, pris à dessein à l'extrême bas-fond
de l'ignominie, nous fait toucher le sentiment le
plus profond qui existe dans l'amour.

Il nous montre que le dernier privilège que l'amoureux se réserve toujours, c'est le droit de donner
du plaisir. A quelque degré de l'amour qu'on se
place ce droit de donner est toujours infiniment plus
précieux que celui de prendre; faire passer dans le
corps aimé le frisson d'amour vaut incomparable-
ment mieux que l'éprouver soi-même. La simulta-
néité de l'émotion fait la sublimité de l'étreinte.

La jalousie est le meilleur tonique de l'amour :
à voir se disputer son bien, non seulement on sent
mieux le plaisir de le posséder, mais on l'apprécie
à un plus haut prix. La peur de perdre sollicite à
consolider sa conquête et renouvelle le plaisir de
celle-ci. L'idée que peut-être déjà on ne possède
plus entièrement, tend les forces de séduction vers
une reprise nouvelle. La jalousie enfin fait ce que
nous avons vu produire par la tactique d'une maîtresse habile. De même que les reprises calculées
et les coins secrets jalousement conservés, la jalousie peut tenir en haleine le désir de l'amant. Elle
peut même ranimer un amour finissant.

C'est un souffle puissant sur une étincelle qui va
s'éteindre. La littérature a souvent mis en jeu ce
mécanisme; l'observation courante nous en fournit
de multiples exemples : un seul suffira. Un de vos
amis vient un jour vous annoncer qu'il a définitivement quitté sa maîtresse; il vous fait part de la

joie qu'il éprouve d'avoir rompu ce lien, combien il lui était devenu pesant, quel soulagement lui procure sa liberté reconquise, etc. Très *sincèrement*, il vous affirme que nul amour ne subsiste, que tout est bien fini. Mais voici que le hasard vous met précisément en présence de cette maîtresse abandonnée ; au lieu d'une femme éplorée, vous la voyez s'abandonner d'un air heureux au bras d'un cavalier triomphant. Votre ami a pâli, il essaie vainement de plaisanter ; il proteste encore de son indifférence, mais son attitude et sa physionomie démentent ses paroles. Il devient soucieux, et bientôt se souvient comme par hasard qu'une affaire pressante l'oblige à vous quitter. Point n'est besoin de le suivre, vous savez où il va ; à la prochaine rencontre, vous ne manifesterez aucune surprise lorsqu'il vous confiera que décidément il ne pouvait se passer de cette femme, etc.

§ 6. — L'AMOUR — L'AFFECTION ET LA HAINE

En français un seul mot sert à désigner deux choses cependant bien distinctes, il n'y a qu'un verbe pour signifier l'amour et l'affection. Le latin plus riche avait le mot *diligere* pour dire aimer d'affection, réservant le mot *amare* pour dire aimer d'amour.

Qu'on ne croie pas cependant que la langue fran-

çaise, si experte à exprimer les nuances les plus délicates, soit inhabile à distinguer deux choses aussi
différentes que l'amour et l'affection. Elle s'en tire
par une périphrase. Le verbe d'amour ne veut pas
de qualificatif : *je vous aime*, dit simplement l'amant.
L'ami toujours ajoute un adverbe, *je vous aime* ne
se dit pas entre *amis*. Le cœur de l'amant se serre
à l'indifférent *je vous aime beaucoup* d'une tiède
maîtresse, plus encore à l'atroce *je vous aime bien*
accordé comme à regret ; il ne se réjouit qu'à moitié d'un *je vous aime passionnément* qu'il craint de
soupçonner menteur ; il exulte au contraire du *je
vous aime* tout simple, exhalé dans un souffle passionné. La femme, mieux que l'homme encore, sent
toute la valeur de ces trois mots si doux ; le plus
souvent elle ne se trompe qu'à demi aux déclama-
tions les plus passionnées en apparence, toujours
elle se laissera prendre à la magie de cette simple
phrase murmurée aux instants de communion amoureuse. Et elle a raison car, cette phrase, celui qui
n'aime pas ou n'aime que tièdement, ne la prononce
pas volontiers, il a comme une pudeur de profaner
ces mots dont il ne se sent pas digne.

Il est évidemment banal de faire remarquer que
l'affection ne suppose pas l'amour, il le paraîtra
moins d'affirmer que l'amour ne suppose pas davantage l'affection. À quiconque ne connaît pas
l'amour, celui-ci apparaît volontiers comme le plus

haut degré de l'affection, alors qu'en réalité il s'agit
de deux sentiments entièrement différents, dérivant
l'un de l'instinct de reproduction, l'autre de l'instinct de conservation. La sympathie, l'amitié, l'affection, c'est l'instinct de conservation sous sa forme
sociale (1). Or, nous avons vu que presque toujours
ces deux instincts sont opposés et en rivalité constante.

On peut dire qu'au début de l'amour il n'y a jamais d'affection : deux êtres qui s'adorent d'amour
peuvent ne pas s'aimer d'affection. Assurément cette
opinion paraîtra paradoxale à la plupart des amoureux et surtout des amoureuses ; l'être aimé occupe
tellement toutes leurs préoccupations, tous leurs
désirs de bonheur commun, qu'ils admettront difficilement que le sentiment auquel ils obéissent soit
de l'amour sans affection. Eh ! quoi, diront-ils,
pouvez-vous penser que nous soyons à ce point
égoïstes, de n'aimer que pour notre propre satisfaction, de ne penser qu'à nous, à notre plaisir, à
une vaine joie des sens ; non, nous aimons de toutes nos forces, nous aimons dans *toutes les accep-
tions* du verbe *aimer*, et le bonheur de l'être aimé
passe avant toute autre préoccupation, beaucoup
plus que si nous n'aimions que d'affection. Faites-
leur cette simple question : Aimeriez-vous assez

(1) Voy. p. 196.

pour accepter que le bonheur de l'être aimé soit le résultat de l'amour d'un autre? Accepteriez-vous de laisser la place à un rival si le bonheur de votre maîtresse dépendait de cette abnégation? La réponse n'est pas douteuse; et alors que penser d'une amitié qui ne saurait se résoudre à ce sacrifice! Bien plus, dites à cet amant: Si vous le voulez, à votre amour répondra un amour semblable mais votre maîtresse y risque sa situation, sa tranquillité, sa vie peut-être? Dans les trois quarts des cas il passera outre et sa maîtresse d'ailleurs serait désolée qu'il n'en fût pas ainsi, car elle croirait, et à juste titre, n'être pas aimée.

Si l'amour sacrifie ainsi l'être aimé n'est-ce pas la preuve que l'affection qui l'accompagne est bien faible, si toutefois elle existe. Cet amour n'est pas pour cela un amour égoïste, car il est tout prêt à se sacrifier plus facilement encore qu'il ne sacrifie l'être aimé; l'intérêt de l'espèce seul guide les amants et les mène d'une façon aussi fatale qu'inconsciente.

Très rarement, nous l'avons vu, l'amour succède à l'amitié; assez souvent par contre l'amitié peut succéder à l'amour, non pas à un amour éphémère qui ne laisse habituellement qu'indifférence, mais à l'amour durable de deux êtres qui ont gravi côte à côte les durs sentiers de la vie, qui ont souffert ensemble, ont goûté les mêmes

joies, savouré les mêmes plaisirs, senti l'amertume
des mêmes déceptions. Lorsque avec l'âge les passions s'apaisent, chez ces deux êtres apparaît un
sentiment très doux, fait de souvenirs communs
amoureusement rappelés, de confiance réciproque,
de respect aussi, et enfin d'affection profonde. Mais
qu'ils s'interrogent, qu'ils descendent au fond de
leurs souvenirs et de leurs cœurs et ils s'avoueront
que leur affection est plus récente que leur amour,
et indépendante de lui, que s'ils s'aiment d'amitié,
ce n'est pas parce qu'ils se sont aimés d'amour,
mais parce que une longue vie côte à côte, leur a
permis de s'apprécier mutuellement. Ils reconnaî-
tront probablement même, que l'affection n'a réellement fait son apparition, qu'au déclin de leur
amour, tant est profond l'antagonisme de ces deux
sentiments.

Il ne suffit pas qu'un amour soit fort et durable
pour qu'il soit suivi d'affection, il faut que du
contact entre les deux amants naissent une sympathie et surtout une estime réciproque. Or l'amour
ne supposant ni la sympathie ni surtout l'estime,
la vie côte à côte, par ses petits froissements quoti-
diens, par les contacts douloureux d'angles mal
arrondis, par la claire vision de défauts qu'on ne
prend plus la peine de dissimuler, par la sensation
angoissante qu'on a lié toute sa vie à un être
qu'on juge indigne de soi et parfois même indigne

de toute estime, tout ce long martyr, sans tuer l'amour, sans l'affaiblir même, fait peu à peu naître à côté de lui un violent sentiment de haine.

L'alliance de l'amour et de la haine est un problème déconcertant qui a souvent préoccupé les psychologues. Le plus souvent on a commis l'erreur de rapprocher cette alliance de l'amour et de la haine de l'association analogue entre l'amour et la cruauté.

Le Claude Larcher de Bourget éprouve pour sa maîtresse Colette Rigaud à la fois une haine violente et un amour indomptable. « Ah ! j'aurais cette gaieté-là, le soir, j'en suis sûr, je le sais, si j'avais tué Colette le matin, et puis quel divin sommeil ! Oui, comme je dormirais bien avec la certitude que personne ne possédera plus ce corps de femme, qu'aucune bouche ne la salira plus de sa salive, qu'aucune virilité ne palpitera plus vers elle, sur elle, en elle !... Si tout à l'heure, dans la maison où je vais dîner, un des hommes de cercle qui viendront là prononçait cette phrase, seulement cette petite phrase : « Vous vous rappelez « Colette Rigaud ? Elle est morte hier à Péters- « bourg, subitement... » quel flot de délices inonderait mon cœur ! Non, ce ne serait pas assez, je voudrais apprendre qu'elle a souffert. — Et je l'aime ! Que lui souhaiterais-je donc si je la haïssais ?... »

Après avoir posé le problème, Bourget croit en trouver la solution dans cette phrase du *Dictionnaire de médecine* de Nysten : « Chez la plupart des mammifères et même quelquefois chez l'homme, l'instinct de destruction entre en jeu en même temps que l'instinct sexuel... » — « Oui, ajoute-t-il par la bouche de son héros, cette phrase est vraie du mâle originel, je le sens, et de moi aussi, qui en suis si loin. »

Cette explication est fausse ; si Cl. Larcher était le mâle originel associant l'instinct de destruction à l'instinct sexuel, il frapperait, tuerait peut-être même, et tout cela sans éprouver nulle haine au lieu de vains souhaits, aussitôt suivis d'ailleurs de protestations d'amour et de démonstrations passionnées. Cl. Larcher aime sa maîtresse et la hait, il l'aime avec son instinct de reproduction, il la hait avec son instinct de conservation. Sa haine est à la fois un sentiment social et un sentiment individuel : c'est un sentiment social par la mésestime et l'antipathie nées d'une longue fréquentation. c'est un sentiment individuel par la rancune et la rancœur d'avoir gâché sa vie, brisé son cœur pour un être indigne : de cela d'ailleurs l'instinct de reproduction ne tient aucun compte, et l'amour n'en persiste pas moins aussi violent, sinon même grossi de tous les sacrifices qui lui sont faits.

Ainsi ballotté entre deux sentiments opposés,

oscillant entre les deux instincts contraires, double pôle de toute activité humaine, Cl. Larcher tour à tour se montre amant passionné jusqu'au sacrifice ou ennemi irréconciliable souhaitant la mort.

Ces deux sentiments contraires semblent souvent s'exaspérer l'un l'autre et acquérir ainsi une intensité effrayante : tant que l'amour est encore payé de retour, ou a l'illusion de l'être, il reste le sentiment dominant, traversé de brèves révoltes ; la haine reste platonique pour ainsi dire, et ne se manifeste par aucun acte hostile. Mais que l'amour soit déçu, pas même par une trahison, par une indifférence soudaine simplement, la haine alors se déchaîne avec une violence qui étonne.

Au point de vue spécial, qui nous occupe, de l'alliance de l'amour et de la haine, la femme réagit un peu différemment de l'homme. Plus rarement que lui elle reste indifférente, simplement amoureuse, ni amie ni ennemie. Plus facilement elle passe soit à l'affection soit à la haine.

Lorsqu'elle aime à la fois d'affection et d'amour, le sentiment qu'elle éprouve participe un peu du sentiment maternel. Ses caresses les plus tendres sont chastes souvent ; l'amant qui se blottit dans ses bras n'est pas toujours pour elle un être de passion, qui la prend tout entière, c'est parfois une sorte de grand enfant qu'elle berce de douces paroles. « Mon cher petit » est alors le terme d'amour qui lui vient aux lèvres, traduisant le double sentiment de mère et d'amante.

Si elle sait mieux aimer la femme sait aussi mieux haïr. Si l'homme qui a son amour n'a pas son estime, s'il la blesse dans ses sentiments les plus intimes, la torture de jalousie, lui paraît indigne de toutes façons, plus violemment que l'homme elle se laisse aller à la haine, à une haine féroce, car elle n'a pas comme l'homme des dérivatifs multiples. La femme en effet est faite pour l'amour, l'amour est pour elle une sorte de carrière ; tout se brise en elle si l'amour ne lui apporte que déboires et rancœurs. Elle n'a pas comme l'homme des intérêts multiples, professionnels, sociaux, etc. qui fassent diversion. Elle hait son amant de toute la force de quelqu'un, dont on a brisé la vie, sans forces néanmoins pour s'évader de son amour, se rattachant au contraire à lui de toute la vigueur de son instinct sexuel.

Chez l'homme lorsque l'instinct de conservation proteste, sous forme de haine, contre l'instinct de reproduction, le sentiment est moins violent, non seulement parce que, comme nous l'avons vu, il existe des diversions multiples, mais aussi parce qu'il est plus facile à l'homme de s'évader de son amour par la recherche d'un autre amour.

§ 7. — L'AMOUR — LA PITIÉ ET L'ADMIRATION

Aime-t-on par pitié? Aime-t-on quelqu'un parce que le malheur l'a frappé, parce qu'il est faible, impuissant, malheureux? On pourrait le croire à lire tant de romans où de malheureuses héroïnes rencontrent au moment propice l'amant magnifique et sauveur, touché de leurs infortunes.

En est-il de même dans la vie? Il est permis d'en douter. La pitié n'est pas un sentiment qui doive inspirer l'amour, car l'intérêt de l'espèce est précisément que le choix s'éloigne de tout être faible, impuissant, digne de pitié en un mot. Regardez autour de vous, avez-vous jamais vu qu'on ait aimé quelqu'un *parce qu'il* était pauvre, *parce qu'il* était faible, *parce qu'il* était malade. Sans doute le pauvre, le faible, le malade même peuvent être aimés, mais c'est *malgré* et non *pour* leur pauvreté, leur faiblesse, leur maladie, qu'ils sont aimés. Soyez sûrs qu'à côté de la tare susceptible de provoquer la pitié, ils doivent avoir des qualités et des prérogatives dignes d'inspirer l'admiration.

L'amant a besoin de placer sa maîtresse sur un piédestal, il veut qu'on l'envie et non qu'on la plaigne. L'amante doit avoir une haute idée de son amant, elle souffrirait de le savoir dans une posi-

tion inférieure. D'ailleurs qui consentirait à être
aimé uniquement par pitié ?

J'ai entendu une fois un amant maladroit faire
à sa maîtresse qui lui demandait, pourquoi il l'ai-
mait, la réponse suivante : « *Je vous aime parce
que vous êtes malheureuse, je vous aime par pitié.* »
Je n'ai pas eu de peine à lire sur le visage de sa
maîtresse l'impression faite par cette déclaration
fâcheuse, blessure incurable à son amour. Que
n'avait-il dit la même chose en ces termes impli-
quant non plus la pitié, mais l'admiration : « *Je vous
aime parce que, digne de tous les bonheurs, vous
avez eu des malheurs immérités ; parce que vous
avez été incomprise, parce que personne n'a su vous
apprécier* », etc. En s'exprimant ainsi, il n'aurait
pas blessé son amour en froissant la légitime fierté
de sa maîtresse.

Il n'aurait d'ailleurs pas tenu un langage trom-
peur, et aurait été plus sincère, qu'en prétendant
aimer par pitié, car *on n'aime pas par pitié.* Cette
femme lui avait raconté ses déboires sentimentaux,
il la voyait belle, il la croyait riche, il lui pensait
une situation mondaine enviable et enviée ; *c'est
pour tout cela qu'il l'avait aimée* et nullement parce
qu'elle lui avait inspiré de la pitié. Ses chagrins
d'amour l'avaient probablement fort peu touché,
ils lui avaient sans doute paru bien peu de chose,
puisqu'il était là comme consolateur. C'est de bonne

foi cependant qu'il avait cru éprouver de la pitié,
car c'est un sentiment noble dont on se pare
volontiers. Bientôt d'ailleurs il apprenait la situation exacte, et des plus critiques, de sa maîtresse ;
du coup tout son amour s'en allait et sa pitié disparaissait, au moment même où elle aurait pu
s'exercer efficacement ! Une femme riche, heureuse,
puissante, admirée et enviée est toujours entourée
d'adorateurs, pourvu qu'elle ait quelque beauté.
Vienne l'adversité, elle connaîtra la solitude !

L'amour veut admirer, il n'aime pas plaindre.
Et cela est très compréhensible, car c'est l'intérêt
de la race qui est en jeu, s'accommodant mieux de
la force et de la puissance qui en imposent, que de
la faiblesse et du malheur qui émeuvent.

Par l'admiration l'amour se renforce encore d'un
autre sentiment : la vanité et l'estime de soi. On
s'estime davantage d'avoir su conquérir un bien
qu'on prise très haut ; on s'enorgueillit d'avoir été
distingué entre tant d'autres ; on exulte de provoquer leur envie, d'être le témoin de leur dépit. Ce
sentiment est si fort qu'il peut parfois tenir lieu
d'amour. Si vous voulez vous en convaincre, consi-
dérez l'air délicieusement fat que prend tel amoureux de votre connaissance, lorsqu'il entre dans un
lieu public, ayant au bras une maîtresse vers laquelle convergent tous les désirs. Son amour n'est

sans doute pas bien fort, car il craindrait de l'exposer ainsi, et sa jalousie grincerait de ces désirs, dont se réjouit naïvement sa vanité, comme d'un hommage à sa puissance de séduction. Combien ne souffrirait-il pas au contraire d'exhiber la maîtresse même la plus aimante, si la médiocrité de sa beauté ou la trop grande simplicité de sa tenue risquait d'amener sur les lèvres de ses compagnons de plaisir un sourire de dédain.

Le succès des femmes de plaisir haut cotées, de celles qu'illustrèrent de princières ou de royales amours, des cabotines vulgaires comme des artistes acclamées, n'a pas d'autre explication que cette vanité naïve. Ces femmes qu'entourent tant d'adorateurs connaissent rarement l'amour. Ce n'est pas elles que l'on aime, ce n'est pas leur chair que leurs amants désirent, ce n'est pas tout leur être qu'ils veulent conquérir, c'est simplement leur possession qu'ils veulent afficher. C'est un objet proclamé précieux et envié de tous dont ils s'affirment acquéreurs, dont ils parent leur personnalité, comme d'une fleur leur habit, d'une décoration leur boutonnière.

Il arrive parfois cependant que l'amour soit stimulé, provoqué même par le malheur de l'être aimé. Lorsque ce malheur est tel qu'on se croit sûr de le faire cesser, lorsque l'amour que l'on propose doit

précisément apporter à l'être aimé le bonheur; ce
n'est pas par pitié qu'on aime, mais on aime davantage du bien que l'on va être à même de faire.
C'est un fait connu qu'on s'attache à quelqu'un
beaucoup plus par le bien qu'on lui fait que par
celui qu'on en reçoit. Il en est de même en amour :
il grandit et s'exalte des sacrifices qu'il fait, s'af-
flige et s'atténue de ceux qu'il accepte ; il ne veut
pas de pitié, il supporte impatiemment la reconnaissance. De reconnaissance, d'ailleurs, il n'en
doit pas, le sentiment dont il a bénéficié étant
essentiellement égoïste, et portant en lui-même sa
récompense.

En certaines circonstances cependant, l'amour
peut s'accompagner de pitié véritable; c'est lorsqu'il
se double d'une affection sincère; nous avons vu
plus haut dans quel cas. La pitié alors dérive de
l'affection. C'est surtout chez la femme maternelle-
ment affectueuse, en même temps qu'amoureuse,
que l'amour peut ainsi se doubler de pitié. La
femme alors n'aime pas son amant *parce qu'il* est
malheureux, mais elle l'aime mieux d'être malheureux, et d'avoir besoin de se blottir dans ses bras
comme dans un asile protecteur.

J'ai même vu dans ces cas la pitié chasser la
haine : une jeune femme passionnément éprise
d'un de ces amoureux professionnels dont l'unique
fonction semble être de séduire toutes les femmes,

souffrant toutes les tortures de la jalousie, ayant
jaugé les mérites de son amant, le sachant indigne,
impuissante néanmoins à se guérir de son amour,
était arrivée à cette haine passionnée qui fait
souhaiter une catastrophe. Elle vint cette catastrophe, sous la forme la plus redoutable, celle qui
met en danger non seulement la richesse et la vie
mais l'honneur. Dans ces cruelles circonstances
cette femme, abreuvée d'amertumes, se retrouvait
la maîtresse aimante et dévouée, dans les bras de
laquelle l'homme touché par le malheur aime à
trouver un refuge. Toute sa haine s'était fondue
au vent de l'infortune.

§ 8. — L'AMOUR ET LES SENTIMENTS FAMILIAUX

Dans toutes les espèces animales, c'est une loi
générale, que l'union des sexes dure aussi longtemps qu'il est nécessaire pour que les enfants
puissent se passer de leurs parents. Dans l'espèce
humaine la nécessité de cette assistance parentale
persiste très longtemps, quinze ans en moyenne,
et comme durant toute cette période les enfants
s'échelonnent à divers âges, il est devenu nécessaire
que l'union sexuelle soit perpétuelle, dure autant
que la vie. Le mariage, considéré comme union
indissoluble, a donc comme base une loi naturelle,
l'intérêt supérieur de l'espèce. Il disparaîtra peut-

être comme institution sociale, son caractère d'indissolubilité persistera dans l'union libre, au moins tant que les parents resteront chargés d'élever leurs enfants. Aussi est-il peut-être prématuré d'en trop relâcher les liens.

L'amour est un sentiment trop instable pour assurer à lui seul cette indissolubilité : les sentiments familiaux lui sont venus en aide. Ces sentiments familiaux sont un des meilleurs soutiens de l'amour ; ils le consolident lorsqu'il est fort, l'accroissent lorsqu'il est faible, en tiennent lieu lorsqu'il est nul. Dans les unions réalisées en dehors du mariage, le désir nettement exprimé d'avoir un enfant, lorsque bien entendu toute pensée d'intérêt personnel peut être écarté, est une des plus grandes preuves d'amour qu'on puisse donner à l'être aimé : c'est l'Espèce faisant entendre sa voix à l'individu. Lorsque dans ces mêmes unions, dont l'unique but semblait le plaisir, la venue inattendue d'un enfant est acceptée avec joie, malgré toutes ses charges, c'est qu'il s'agissait d'un amour solide, qui s'en trouve encore accru ; les amours éphémères, dont le désir seul était la base, ne résistent pas à cette pierre de touche de la grossesse inopinée.

Le mariage moderne se réalise le plus souvent sans amour véritable, d'autres préoccupations présidant à cette union de toute une vie. Sans doute l'amour peut venir *après* ; cependant il ne faut pas trop y compter. Malheur alors à ceux qui n'ont pas voulu ou n'ont pas pu avoir d'enfants : de leur foyer conjugal, déserté par l'amour et où jamais l'affection n'est venue s'asseoir, l'antipathie, la haine, le dégoût mutuel feront bientôt un enfer, dont l'adultère apparaîtra comme la seule porte de sortie. L'*enfant*, voilà la seule ancre de salut des mariages sans amour, c'est-à-dire du plus grand nombre.

Avec l'enfant le mariage se transforme ; auprès de son berceau, dans l'adoration commune, le cœur grisé de la même joie, anxieux des mêmes craintes, pour la première fois les époux sentent leurs âmes communier ; leurs mains s'étreignent, leurs yeux se donnent, leurs lèvres s'unissent, leurs corps se cherchent. Si l'amour à ce moment n'existe pas c'est qu'il n'existera jamais.

Même si l'amour, décidément glacé, se refuse à apparaître, cet enfant qui vient de naître, peut être entre les époux indifférents l'un à l'autre un lien assez fort, tenant lieu d'un sentiment plus doux. Leur *affection* est faite alors de reconnaissance mutuelle, de l'émotion commune, du même sentiment partagé. Suivant le vieux cliché, chacun d'eux aime vraiment le père ou la mère de son enfant.

§ 9. — L'AMOUR ET LE SENTIMENT RELIGIEUX

Le sentiment religieux, avons-nous vu, est un composé complexe d'émotions diverses, parmi lesquelles dominent la crainte et l'amour. L'homme redoute d'abord la divinité mystérieuse, à laquelle il attribue la création et la direction du monde ; il l'aime ensuite des bienfaits qu'il croit en recevoir.

Dans toutes les religions qui, après avoir personnifié la divinité, lui ont attribué une forme humaine, cette affection devient facilement un sentiment plus doux. A la faveur du trouble inconnu de la puberté, la jeune fille catholique se sent invinciblement attirée vers ce Dieu, qu'on lui représente sous les traits d'un beau jeune homme, aux traits si doux, les mains tendues, le cœur percé d'une flèche, comme d'un trait d'amour. Elle se donne tout entière, d'autant plus volontiers, que, persuadée d'obéir à l'amour divin, elle croit sincèrement marcher sur le chemin de la perfection. Telle est l'origine de la plupart, pour ne pas dire de toutes les vocations religieuses, chez la femme du moins.

Il est parfaitement possible d'ailleurs que cet amour divin soit assez fort et assez durable pour emplir toute une vie d'un bonheur sans amertume et sans mélange, doublé encore par l'espérance d'une possession éternelle. Ce bonheur est fait d'illusion, mais peut-on dire qu'il soit illusoire ! Tout bonheur n'est-il pas tissé d'illusion ? Plus l'illusion est grande plus le bonheur est parfait : à ce point de vue, nul amour terrestre ne peut égaler l'amour divin. Il faut donc admettre que les murs des couvents peuvent recéler des bonheurs parfaits. Ils n'en sont pas plus excusables pour cela. L'opium, la morphine, le haschich, un grand nombre de toxiques aussi peuvent donner des instants de bonheur complet ; il ne viendrait à l'idée de personne de vouloir en généraliser l'emploi, en dehors des cas où il s'agit de calmer une souffrance. La folie aussi peut faire goûter une félicité délicieuse : qui en voudrait à ce prix ? Il est des lois qui permettent de punir ceux qui, en des fumeries d'opium, offrent à prix d'argent des paradis artificiels de quelques heures. Pourquoi s'étonner qu'au nom des mêmes principes d'hygiène on veuille par la fermeture des couvents empêcher d'annihiler tant de vies, espoirs de leur race ? La société a le droit et le devoir de s'opposer à cette déviation d'un instinct naturel, comme elle a le droit et le devoir de se préoccuper de la prophylaxie et du traitement de toute folie. Qu'on n'invoque pas la liberté individuelle, car la loi doit protéger l'individu *même contre lui.*

Si les couvents donnaient toujours ce bonheur

parfait dont nous avons parlé, leur cause serait à
la rigueur défendable, car enfin rien n'oblige l'individu à se sacrifier pour l'espèce. Mais pour une
femme, dont l'amour divin suffit à emplir la vie,
combien en est-il qui trop tard s'aperçoivent du
vide de leur illusion ? Combien en est-il qui pleurent
leur vie gâchée, leur bonheur à jamais perdu ? Qui
dira les désespoirs fous cachés derrière ces portes,
qui ne s'ouvriront plus que pour le dernier voyage ?

Si l'émotion d'amour peut renforcer et porter au
paroxysme le sentiment religieux, l'inverse est
vrai aussi et il n'est pas rare que l'émotion religieuse vienne à son tour stimuler le sentiment
d'amour. L'amant parfois bénéficie du trouble jeté
dans l'âme de sa maîtresse, par les cérémonies
souvent grandioses et imposantes du culte, surtout
dans l'église catholique, cette religion d'amour qui
a si bien su envelopper et drainer à son profit
toutes les forces de l'instinct sexuel.

Sur le terrain des perversions, ou si l'on veut
de la pathologie, la réaction réciproque de l'émotion d'amour et du sentiment religieux apparaît
plus clairement encore.

Celui dont la foi est forte, au lieu de trouver en
elle, comme on pourrait le croire, un soutien contre
les tentations dites de la chair, y cherche et y trouve

souvent un stimulant et un piment. Son bonheur
se grandit d'être cru payé de tourments éternels.
Son émotion s'accroît de l'anxiété de braver Dieu,
de l'orgueil de s'égaler à la Divinité, en transgres-
sant ses lois.

Mais bientôt cette émotion même s'émousse,
pour la retrouver le croyant va plus loin ; il a
recours au sacrilège, ou plutôt à ce qu'il pense être
un sacrilège. Si l'on en croit des aveux, qu'on
aurait raison de suspecter s'ils pouvaient être in-
téressés et s'ils n'étaient pas toujours identiques,
ce sont des blasphèmes qui remplacent les paroles
d'amour à l'instant de délire, sur les lèvres du
prêtre, qui dans les bras d'une courtisane oublie
son caractère sacré ; ce sont des injures à la divinité qu'alors il aime à entendre. Cette sorte de
folie pitoyable et douloureuse peut aller plus loin
encore. On connaît les tristes égarements, les
funèbres voluptés des messes noires et des hosties
profanées. Comme ces vices sombres, honteux,
criminels, enfantés au milieu des ténèbres et des
terreurs du moyen âge, nous semblent loin de la
morale antique, un peu facile, mais si claire, si
pleine de la joie de vivre, si près de l'instinct. En
faisant de la volupté un péché, la religion a créé
le vice.

Dans le domaine de la pathologie mentale on

retrouve encore cette alliance de l'émotion d'amour
et du sentiment religieux. Il est très rare qu'un
délire érotique ne revête pas une couleur religieuse,
il est exceptionnel qu'un délire religieux ne s'accompagne pas de quelques préoccupations érotiques.

Feuilletez les registres où s'inscrivent les dia-
gnostics d'aliénation mentale, vous verrez souvent
cette mention : *délire érotico-mystique*; rarement
celle de délire érotique ou de délire mystique
simple. Les aliénistes, gens qui ne respectent rien,
sont même allés chercher leurs observations jusque
dans la vie des saints. Ils ont fouillé la vie et les
écrits de sainte Thérèse : ils ont trouvé que cette
sainte, assurément femme de grande intelligence,
sinon de génie, était avant tout une grande amoureuse, qui, malgré sa pureté physique, mériterait
d'être placée à côté des grandes amoureuses de
l'histoire. Ses entretiens spirituels sont un bréviaire
d'amour, ses extases étaient des extases de passion
amoureuse. Ces analystes cruels et sceptiques ont
été moins respectueux encore pour la bienheureuse
Marie Alacoque. N'osent-ils pas prétendre que ce
n'est pas seulement dans un sens mystique qu'elle
se croyait l'épouse de Jésus-Christ, que pour être
illusoires les sensations qu'elle éprouvait, en lui
procurant une satisfaction des plus positives, res-
semblaient étrangement à celles qu'auraient pu lui

dispenser un époux d'une réalité plus objective. Et il faut bien les croire ces diables de savants, car pour peu que vous les en priiez ils vous feront voir dans leurs asiles des cas tout à fait semblables de gens qui toutes les nuits épousent, d'une façon des moins mystiques, quelque divinité, quand ce n'est pas quelque démon. Au moyen âge ces pauvres folles, incubes ou succubes, auraient cru aller au sabbat et on les aurait brûlées ; aujourd'hui elles croient être ensorcelées et on les douche.

CHAPITRE VII

LA PUDEUR — LA CHASTETÉ — L'HORREUR SEXUELLE

Autour de l'émotion sexuelle, ayant comme celle-ci leur origine dans les profondeurs de l'instinct, bien distincts de l'amour, quoique en rapport intime avec lui, gravitent un nombre de sentiments complexes.

Ceux que nous étudierons dans ce chapitre, la Pudeur, la Chasteté, l'Horreur sexuelle, ont un trait commun, c'est qu'ils constituent comme un *recul devant l'amour*. Ce recul s'opère à des titres si différents, que c'est à la vérité le seul point de ressemblance entre ces trois sentiments.

§ 1. — LA PUDEUR

« Félicie avait dans ses dévoilements une fierté tranquille qui la rendait adorable. Elle montrait un si paisible orgueil de sa nudité que sa chemise, à ses pieds, semblait un paon blanc.

Et quand Robert la vit nue et claire comme les ruisseaux et les étoiles :

— Au moins, lui dit-il, tu ne te fais pas prier, toi !... C'est singulier : il y a des femmes qui, sans même qu'on leur demande rien, font tout ce qu'il est possible de faire et ne veulent pas qu'on leur voie pendant ce temps-là seulement un petit bout de peau.

— Pourquoi ? demanda Félicie, en jouant avec les fils légers de sa chevelure.

Robert de Ligny avait la pratique des femmes. Pourtant il ne comprit pas combien cette question était insidieuse. Il avait reçu des enseignements moraux et il s'inspira, dans sa réponse, des professeurs dont il avait suivi les cours.

— Cela tient sans doute, dit-il, à l'éducation, à des principes religieux, à un sentiment inné qui subsiste alors même que...

Ce n'était point ainsi qu'il fallait répondre, car Félicie, haussant les épaules et mettant les poings sur ses hanches polies, l'interrompit vivement :

— Tu es naïf, toi... C'est qu'elles sont mal faites... L'éducation ! la religion !... Ça me fait bouillir, d'entendre des choses pareilles... Est-ce que j'ai été plus mal élevée que les autres ? Est-ce que j'ai moins de religion qu'elles ?... Dis donc,

Robert, combien en as-tu vu de femmes bien faites ?
Compte un peu sur tes doigts... Oui, il y en a des
tas de femmes qui ne montrent ni leurs épaules, ni
rien ! Tiens, Fagette, elle ne se montre pas même
aux femmes : pendant qu'elle passe une chemise
blanche, elle tient la vieille entre ses dents. Bien
sûr, que j'en ferais autant, si j'étais bâtie comme
elle (1) ! »

En ces quelques lignes, le cruel ironiste, qu'est
Anatole France, n'a pas eu la prétention d'élucider
le problème de la pudeur. Le sentiment que Félicie,
sûre de sa beauté, se glorifie de ne pas avoir n'a
rien à faire avec la pudeur vraie, dont il n'est que
la contre-façon grossière.

Il faut bien reconnaître cependant que cette
fausse monnaie de la pudeur a cours et qu'il est
souvent bien difficile de la distinguer de l'or pur
du sentiment véritable.

Les médecins, dans le cabinet desquels une spé-
cialité attire une clientèle surtout féminine, la connaissent bien cette fausse monnaie : lorsqu'ils voient
une lueur d'inquiétude passer dans les yeux de
leur cliente, à l'annonce qu'un examen intime est
absolument nécessaire, ils n'insistent pas et trouvent
un prétexte pour le remettre à une autre séance.
Ils savent bien qu'alors il n'y aura plus aucun

(1) *Histoire comique*, Anatole France.

obstacle, toutes les précautions ayant été prises, pour qu'aucune, je ne dis pas négligence, mais simple imperfection de tenue puisse offenser le goût de l'un, faire souffrir l'amour-propre de l'autre. Les médecins sont reconnaissants de cette pudeur, qui est une délicate attention.

Si c'était là toute la pudeur, elle n'existerait que chez celle qui se méfie à bon droit de l'attrait des trésors, qu'elle dérobe à la vue. Elle ne devrait pas exister chez celle qui, orgueilleuse d'elle-même, à tort ou à raison, croit n'avoir rien à dissimuler. Elle ne devrait pas exister non plus chez celle qui, depuis longtemps, a abdiqué toute séduction. Personne n'oserait prétendre qu'il en soit ainsi.

**

Pour découvrir l'origine de la pudeur, il faut, comme pour les autres sentiments, remonter aux origines. Chez un grand nombre d'animaux la pudeur des actes existe : ils aiment dans l'ombre et dans la solitude. Il a dû en être de même pour l'homme de très bonne heure, car il est évident, qu'aux instants d'abandon, il se trouvait dans un état d'infériorité, le livrant presque sans défense à ses ennemis. Il a caché ses amours pour sauvegarder sa vie. L'homme primitif, en lutte constante avec une nature hostile, entouré d'ennemis et d'em-

bûches, toujours aux aguets, seulement au fond
des cavernes closes, trouvait assez de quiétude
pour s'abandonner au repos ou à l'amour. Tel est,
dans la nécessité d'une tranquillité parfaite, l'origine première du sentiment de la pudeur. Ceux qui
furent rebelles à son développement succombèrent
fatalement.

Cette hypothèse sur le développement de la pudeur est susceptible d'une sorte de vérification
expérimentale : chez les peuplades sauvages guer-
rières la pudeur des actes existe pour les mêmes
raisons que chez l'homme primitif. Dans les tribus
aux mœurs douces, vivant simplement et facilement des produits du sol, la pudeur est presque
inconnue.

***

S'il n'avait d'autre but que la sauvegarde de l'individu pourquoi ce sentiment a-t-il persisté, aux
époques moins troublées, alors qu'il était devenu
inutile ? Il n'est pas besoin d'invoquer la simple
survivance ; la pudeur n'est pas devenue inutile,
son caractère d'utilité a simplement changé. Avec
la vie en commun et l'apparition des sentiments
sociaux, elle est devenue un sentiment social.

Après avoir surpris Mme Bergeret avec son élève
préféré, M. Roux, « dans une attitude violente qui

tenait de l'amour et de la lutte et qui, dans le fait, était celle de la volupté », M. Bergeret rentra en lui-même, analysa ses sentiments et trouva soudain l'origine de la pudeur (1). « Ce qu'il avait vu lui donnait un grand déplaisir physique, dont il s'appliqua tout de suite à rechercher la cause, parce qu'il avait l'esprit naturellement philosophique.

« Les objets, se dit-il, qui se rapportent aux plus
« violents désirs, dont se puissent émouvoir la
« chair et le sang, ne sauraient être considérés
« avec indifférence, et dès qu'ils n'inspirent pas
« la volupté ils soulèvent le dégoût. Ce n'est pas
« que M*** Bergeret fût capable par elle-même de
« me faire passer par ces alternatives ; mais enfin
« elle est une des formes les moins aimables, à la
« vérité, et, pour moi, les moins mystérieuses,
« mais toutefois les plus caractéristiques et les
« mieux déterminées, de cette Vénus, volupté des
« hommes et des dieux. Et son image, associée à
« celle de M. Roux, mon élève, dans un mouve-
« ment commun et dans un sentiment mutuel, la
« ramenait précisément au type élémentaire dont
« je dis qu'il ne peut inspirer que l'attrait de la
« répulsion. Ainsi voyons-nous que tout symbole
« érotique favorise ou contrarie le désir, et pour
« cela attire ou détourne le regard avec une égale

(1) Anatole FRANCE, *Le Mannequin d'osier*, p. 118.

« force, selon la disposition physiologique des
« spectateurs, et, parfois, selon les états successifs
« d'un même témoin. »

« Cette observation nous amène à reconnaître la
véritable raison qui fait que partout et de tout
temps les actes érotiques furent accomplis secrètement, afin de ne pas causer dans le public des
émotions violentes et contraires. On en vint même
à cacher tout ce qui pouvait rappeler ces actes.
Ainsi naquit la pudeur, qui règne sur tous les
hommes et particulièrement chez les peuples
lascifs. »

Et M. Bergeret songea :

« Une occasion m'a permis de découvrir l'origine
« de cette vertu qui n'est la plus variable de toutes
« que parce qu'elle est la plus universelle, la
« pudeur, que les Grecs nommaient la *Honte*. Des
« préjugés fort ridicules se sont ajoutés à cette
« habitude qui prend son origine dans une dis-
« position d'esprit propre à l'homme et commune
« à tous les hommes, et en ont obscurci le carac-
« tère. Mais je suis maintenant en état de consti-
« tuer la véritable théorie de la pudeur. Newton
« trouva sous un arbre, à meilleur compte, les
« lois de la gravitation. »

Voilà bien le sentiment social qu'est devenue la
pudeur : ce n'est plus par prudence, par peur d'une
attaque soudaine, que nous nous cachons pour

aimer. C'est pour ne pas provoquer, et, à charge
de revanche, des sentiments trop vifs chez nos
semblables. A la vérité, ce n'est peut-être pas uniquement la peur d'indisposer notre voisin, la crainte
de lui être désagréable, mais plutôt celle d'exciter
sa moquerie. Les manifestations d'amour, en effet,
sont ainsi faites que, sublimes quand nous en
sommes les auteurs, elles nous paraissent volontiers ridicules chez les autres.

La pudeur des actes nous apparaît ainsi, d'abord
comme un sentiment de prudence, dérivant de
l'instinct de conservation, sous sa forme individuelle, puis comme un sentiment social complexe,
fait de contrainte personnelle acceptée par solidarité, et de réserve hautaine fuyant des appréciations
supposées malveillantes.

La pudeur n'existe pas que dans les actes; elle
se manifeste aussi dans les vêtements et les paroles.

La pudeur des vêtements n'a pas, autant que
celle des actes, le caractère d'un sentiment naturel. Elle est inconnue des enfants qui, sans l'éducation, ignoreraient la nécessité de voiler aux regards certaines parties du corps. Les peuples, restés
à l'état primitif et vivant sous un ciel assez clément,
n'éprouvant pas la nécessité de protéger leur corps

contre les intempéries, ne sentent pas le besoin de le dérober aux regards. Ils connaissent les ornements et les parures, ils ignorent le vêtement. Ce n'est donc certainement pas par pudeur que l'homme primitif a emprunté aux animaux leur toison protectrice, puis a inventé l'art des tissus.

On a pu soutenir avec quelques apparences de raison que la pudeur était un sentiment tout artificiel, dérivant de l'usage du vêtement. Cela est certainement vrai de la pudeur des vêtements : ce n'est pas par pudeur que l'on se vêt, mais on a de la pudeur parce que l'on se vêt. Cela n'est plus vrai de la pudeur en général et en particulier de la pudeur des actes, sentiment profond ayant son origine dans l'instinct.

Les enfants ignorent la pudeur des actes puisqu'ils ne soupçonnent pas ceux-ci. On leur apprend la pudeur du vêtement. Plus tard, avec l'éclosion de la puberté, ils associent la pudeur apprise avec la pudeur naturelle naissante, dans un tout complexe, dont l'analyse parvient cependant à dissocier les éléments.

Grâce à cette association, la pudeur du vêtement perd un peu de son caractère de sentiment artificiel appris par l'éducation. Dans l'angoisse qui étreint la femme à se dévêtir devant quelqu'un, dans le malaise qui envahit l'homme lui-même à se montrer nu, on distingue l'empreinte d'un trouble naturel, en quelque sorte organique. C'est qu'en effet, en vertu de l'association précédente, c'est bien la pudeur vraie qui est mise en éveil alors, par les suggestions provoquées, essaim de pensées mauvaises écloses dans l'imagination, à la faveur de la chute des voiles, barrière habituelle, fragile il est vrai, aux désirs pervers.

Malgré son association intime avec elle et sa participation à son caractère d'instinct naturel, la pudeur du vêtement n'a pas la solidité de la pudeur des actes. Elle s'enfuit assez facilement lorsqu'elle n'est pas soutenue par la fausse pudeur, dont nous parlions au commencement de ce chapitre. La femme lui fait de nombreux sacrifices au bal et aux bains de mer ; ils ne lui sont nullement cruels lorsqu'elle est belle.

Ce qui est intéressant à étudier, c'est l'évolution de la pudeur chez la femme de plaisir. La facilité, avec laquelle elle se donne sans amour, semble faire disparaître complètement chez elle tout sentiment de pudeur ; c'est en vain que son amant de hasard en rechercherait un reste quelconque, s'il en avait le moindre souci ; elle se montre nue avec la plus entière impudeur, sans le plus petit malaise. Que l'amour vienne toucher le cœur de cette femme, un changement aussi soudain qu'inattendu, s'opère aussitôt : elle devient la plus pu-

dique des jeunes filles. Ses joues connaissent de
nouveau les rougeurs furtives, délicates et charmantes ; elle aime les ombres propices aux doux
aveux, aux expansions sentimentales, aussi bien
qu'aux effervescences sensuelles. Si son amant a
quelque délicatesse, sait goûter le charme subtil
d'une telle transformation et comprendre la profondeur de sentiment, dont elle témoigne, il assis-
tera avec une joie profonde, pour peu qu'il ait
quelque amour, à l'éclosion d'une véritable virginité nouvelle.

A en croire ceux qui ont passé par de telles
amours, faire éclore une semblable virginité d'âme
aurait un charme sans pareil. Dans une atmosphère
de désirs grossiers sentir passer le vent frais d'un
sentiment pur, dans un corps souillé voir se dé-
voiler une âme toute blanche, diamant précieux
sous une gangue commune, rechercher le plaisir et
la sensation et découvrir l'amour et la passion, cela
ne vaut-il pas mieux en vérité, disent-ils, que dé-
clore brutalement le calice de voluptés, sans avoir
les prémices d'une virginité de sentiments, depuis
longtemps dispersée à tous les vents du flirt.

Ce n'est pas seulement chez la courtisane qu'un
amour naissant peut éveiller ou renforcer la pudeur. Observez au bal cette femme, qui offre sa
chair aux regards, avec la tranquille impudeur

d'une beauté orgueilleusement sûre d'elle-même. Si vous la voyez soudain la dérober aux yeux d'un seul, à l'aide de son éventail négligemment posé, soyez sûr que c'est pour celui-là que son cœur a parlé.

Si la femme, devant le médecin, laisse aussi indifférente tomber ses vêtements, c'est que, suivant le vieux cliché, elle sent que pour elle le médecin n'est plus un homme, elle sait que pour lui elle n'est plus une femme, qu'aucun souffle d'amour ne peut passer entre eux. La scène change bientôt si, par exception, un sentiment plus tendre vient nuancer l'affectueux et respectueux intérêt témoigné d'une part, ou bien la confiance amie d'autre part accordée. La pudeur de la femme ne se trouble pas encore beaucoup à saisir une tendresse inaccoutumée dans le regard, une caresse nouvelle dans la voix de celui qui a le soin de sa santé. Sûre de son respect; elle s'abandonne encore avec confiance, à peine chatouillée par ce désir qui se devine à peine et jamais ne se déclarera. Elle s'affole au contraire à sentir son propre cœur battre plus vite.

Un vieux médecin, qui, dans sa jeunesse, avait beaucoup aimé la femme, tout de la femme, toute la femme (non pas toutes les femmes), me disait un jour : « Mon enfant, méfiez-vous de la femme qui soudain, pour les examens médicaux, manifeste une pudeur à laquelle ses visites antérieures ne vous

avaient pas habitué. A ce signe, avant qu'elle-même
ait pu lire dans son propre cœur, vous saurez reconnaître à temps et décourager un sentiment, qu'il
vous est interdit de laisser croître, parce que vous
ne pouvez l'accepter. »

Si la pudeur s'éveille ainsi à l'amour naissant,
ce n'est pas que les vêtements aient acquis de ce
chef une signification nouvelle ; c'est que leur
chute est pour la femme un symbole d'entreprise,
dont elle ne sait en vérité si elle les redoute plus
qu'elle ne les désire.

*
* *

Avec la pudeur, grâce à ses refus qui sont des
aveux, à ses reculs qui sont des abandons, grâce
à ses voiles qui un à un tombent, à l'ombre dont
elle s'environne et qui s'étoile de baisers, la religion d'amour a ses mystères et ses rites, mystère
charmant des paroles banales à sens profond deviné, mystère adorable des émotions pressenties,
mystère ardent des mots de flamme et de passion
murmurés dans un soupir, rites délicats de la cour
galante, rites savants de la poursuite amoureuse,
rites brûlants des lents déshabillages coupés par les
caresses qui affolent.

L'amour s'exalte à ce mystère, qui tolère l'illusion et suscite le rêve.

Les magiciennes et pythonisses des siècles derniers, après l'habile mise en scène qui trouble l'imagination et la prépare aux auto-suggestions, présentaient à leurs clientes un miroir obscurci par une épaisse buée : elles y voyaient leurs désirs et leur rêve.

En amour la magicienne, c'est la pudeur. Ses voiles et ses mystères sont la buée providentielle à travers laquelle l'être aimé nous apparaît comme identique à l'idéal organique, élaboré au plus profond de nous-mêmes. L'amoureux ne doit pas être trop clairvoyant, il doit couvrir ses yeux du bandeau symbolique, aussi bien au moral qu'au physique : la pudeur de sa maîtresse lui sera une aide puissante. Cette aide est surtout indispensable au début de l'amour alors que, n'ayant pas encore subi les retouches de l'imagination, le portrait idéal préconçu est trop différent du portrait réel perçu.

Ce n'est pas seulement en favorisant l'illusion, que le mystère et l'inconnu surexcitent l'amour. Ce n'est pas toujours parce que nous la croyons digne d'amour qu'une femme inconnue nous attire, c'est parfois simplement *parce qu'elle est inconnue* et que nous voulons la connaître. Chez certains individus cette soif d'inconnu est telle, que toute femme nouvelle leur paraît désirable, pourvu qu'elle ne

soit pas dépourvue de toute beauté : leur désir
tombe avec ses vêtements.

Dans ce sentiment de curiosité associé à l'amour
nous démêlons facilement un autre sentiment qui
nous est déjà connu, le désir de la conquête. C'est
par besoin de la conquérir totalement, que nous
voulons connaître notre maîtresse jusqu'au plus
intime de son être physique, intellectuel et moral,
que nous nous désespérons de ne pouvoir pénétrer
sa pensée, vérifier ses sensations, écarter l'idée
épouvantable d'un simulacre. Avec une femme nouvelle nous retrouvons tout cela augmenté de tout
l'inconnu qu'elle apporte.

C'est grâce à la pudeur qui se voile, se dérobe,
se refuse et se reprend que ces sentiments ne sont
pas toujours éphémères.

La pudeur n'a pas d'utilité que pour augmenter
notre plaisir, affiner nos sentiments ; elle importe
aussi à l'espèce.

L'intérêt de celle-ci est intimement lié au choix,
qui doit être tel que, par la combinaison des deux
hérédités en présence, l'humanité continue sa
marche ascendante, dans un perpétuel progrès, vers
une humanité toujours supérieure. Quel peut être
à ce point de vue le rôle de la pudeur ?

Ce n'est pas par la force physique que l'homme a pu établir sa domination sur toute la nature. Ce ne sont pas ses muscles qui ont triomphé, mais bien son cerveau. Il y a des siècles que chez l'homme le progrès s'accuse vers une intelligence sans cesse croissante. Mais c'est à notre époque surtout que cette évolution est devenue frappante. Plus que jamais un cerveau bien organisé est la condition du triomphe dans la lutte pour l'existence. A côté de la sélection physique s'est développée la sélection intellectuelle origine des formes supérieures de l'amour que nous avons étudiées au chapitre précédent.

Par la dissimulation des formes, les retouches qu'il fait subir à la ligne, le vêtement atténue les différences d'attrait physique. Il permet aux qualités supérieures, intellectuelles ou morales, d'exercer leur séduction : il favorise donc la sélection intellectuelle aux dépens de la sélection physique.

Les deux sortes de sélection trouvent leur compte aux reculs de la pudeur, à ses atermoiements, qui permettent une meilleure appréciation des qualités utiles à l'espèce.

***

Nous n'aurions rien à ajouter à tout ce que nous venons de dire du vêtement, si à côté de la pudeur de la femme il n'y avait sa *coquetterie*. Aisément l'homme a admis l'uniforme égalitaire de l'habit; la femme ne s'y est point résignée. Belle elle a voulu s'embellir encore, jamais elle n'a pensé que le vêtement dût être un voile à sa beauté : elle y a vu un cadre, une auréole ; moins belle elle a espéré égaler les plus irréprochables. Laide elle s'est flattée de corriger entièrement la nature. Nulle n'a consenti à abdiquer la séduction du corps au profit de celle de l'âme.

L'homme ne songe point à s'en plaindre, car c'est le charme de ses yeux que tout cet effort vers la beauté, c'est le repos de son esprit que cette harmonie de nuances, de lignes et de mouvements. Celui-là n'a pas l'âme d'un artiste qui est insensible à l'émotion esthétique, se dégageant de l'œuvre d'art vivante, que sait devenir la femme, qui dans sa parure a vraiment le sens de la beauté.

Que si le moraliste s'indigne, comme d'une entorse à la loi naturelle, de ces artifices de séduction, remplaçant le charme simple d'une beauté sans apprêt, le savant pourra peut-être lui répondre que là encore l'espèce trouve à glaner parfois un bénéfice. Et ce sera la justification de la coquetterie féminine, justification *théorique* dont elle n'a que faire d'ailleurs, ayant pour elle depuis longtemps la meilleure justification *de fait*, je veux dire la séduction du moraliste lui-même, pour peu qu'elle

veuille s'en donner la peine, et qu'elle ne se trouve
pas en présence d'une incurable... disons... vertu.

La femme met toute son âme dans sa toilette ;
elle y traduit non seulement le sens artiste dont
elle est douée, mais son esprit, ses tendances et
ses goûts, sa valeur intellectuelle et morale. Mieux
que sur sa physionomie, mieux que dans son langage, mieux que dans son écriture, sur sa parure
nous pourrions déchiffrer son caractère, s'il existait
une science de la toilette, comme il existe une
science de la physionomie ou une graphologie. L'al-
phabet de cette science n'existe pas encore, mais
tous, d'instinct, nous savons plus ou moins en deviner les hiéroglyphes. Soyons donc reconnaissants
à la coquetterie féminine, puisque, après avoir ré-
joui nos yeux, elle éclaire notre esprit sur les qualités ou les défauts de celle que recherche notre
corps.

Cela serait parfait si le vêtement avait continué
à n'être que le fond destiné à faire valoir une œuvre d'art, si, au lieu de tirer simplement sa séduction des grâces du corps féminin, il n'était devenu
en quelque sorte partie intégrante de celui-ci, lorsque même il ne l'éclipse pas entièrement. Combien
en connaissez-vous pour qui une femme ne peut être

belle mal habillée, ou pis, somptueusement vêtue
est toujours belle ? Ce que le « suiveur » vicieux
poursuit dans la rue, ce n'est pas un beau visage,
que le plus souvent il n'a pas même vu, ce n'est pas
la perfection d'un corps, qui sous le vêtement ne
se laisse pas deviner, c'est la toilette élégante aper-
çue, c'est le luxe des dessous deviné, c'est tout l'ensemble de la parure, trahissant la femme préoccu-
pée d'amour.

Un degré de plus et nous tombons dans la
pathologie mentale : risible infirmité de ceux qui,
aux étalages des choses intimes de la femme, ap-
pesantissent des regards soudain trop vifs ; triste
aberration de ceux qui, en des retraites ignorées,
se donnent le ridicule de s'affubler de vêtements féminins et la honte de les souiller ; incurable manie
de ceux qui, en leurs simulacres d'amour, ne sauraient atteindre le paroxysme physiologique, sans
l'excitant de telle pièce de vêtement, choisie comme
fétiche ; horrible folie enfin de ceux qui, avec un
complet dédain de la femme, recherchent et éprouvent tous les transports amoureux dans la contemplation d'un objet féminin, toujours le même, le
plus souvent anxieusement volé, jalousement col-
lectionné.

Tous ces malades sont catalogués en pathologie
mentale sous le nom de *fétichistes*.

***

Si la pudeur nous plaît tant, c'est parce que nous aspirons à la vaincre, à voir tomber ses barrières, à pénétrer ses derniers refuges. Nous l'aimons pour en triompher ; il nous plaît de la constater pour la voir succomber sous nos coups. Il nous agrée de lui faire violence : douce et délicate violence morale pour l'affiné, qui se refuse à prendre, si l'on ne se donne ; violence sauvage pour la brute qui se fie en ses muscles plus qu'en son cerveau, pour conquérir. Cette violence s'appelle attentat lorsqu'il n'y a pas même un commencement de consentement.

Il est une autre façon de violer la pudeur, c'est, en en manquant soi-même, de choquer celle des autres. Cette façon de « manquer de respect » est heureusement assez rare, l'homme le plus grossier n'aimant guère à être un objet de dégoût, s'accommodant mieux d'une offensive plus virile. L'exhibitionnisme n'est guère le fait que des débiles mentaux et des impuissants. Par ce geste répugnant l'idiot, le paralytique général, le dément sénile, trouvent le moyen d'accorder une dernière satisfaction à leur instinct, survivant à la puissance de le satisfaire. N'est-il pas un peu humiliant d'être forcé d'admettre que le plaisir qu'ils éprouvent est de

même ordre, à un niveau différent, que celui que
nous prenons à voir nos paroles d'amour faire éclore
sur un visage aimé des roses délicates, furtives et
charmantes.

**

Que dire maintenant de la pudeur des paroles,
ces actes de notre esprit, ces vêtements de nos pensées, que nous n'ayons déjà dit, à propos de la pudeur des actes ou des vêtements ? Comme les actes,
les serments d'amour aiment l'ombre et la solitude.
La pensée voluptueuse, l'image sensuelle, doivent,
pour plaire, revêtir une forme décente. Tout peut
se dire, pourvu que les mots n'en soient pas grossiers, que les sentiments soient vrais, la pensée
délicate.

Certaines femmes, avec la tenue la plus irrépro-
chable, ont le don d'évoquer des voluptés inespé-
rées, de sembler se promettre toute, dans une attitude, un geste, un regard. Ainsi l'homme d'esprit,
dans une conversation galante, sans choquer la pudeur la plus farouche, la chatouillant à peine, sait
aborder les sujets scabreux, faire surgir les images
lestes, irriter l'essaim des pensées voluptueuses.
Un tel jeu n'est-il pas charmant, lorsqu'il est dépouillé de toute volonté de conquérir, à la faveur
du trouble des pensées mauvaises ? Quel reproche

peut-on lui faire, en vérité, si l'assistance est telle que nulle perversion ne puisse en résulter ?

A tous les degrés de l'échelle sociale, la femme se plaît assez à cet attentat verbal, à ce viol psychique. Si son âme se pique de quelque délicatesse, son esprit de quelque finesse, la pensée voluptueuse, pour lui agréer, doit être subtile, revêtir des voiles transparents à peine. Cette pensée est si subtile parfois que l'on se demande vraiment si elle existe, si les mots qui la couvrent d'un voile épais n'habillent pas que le vide. Elle n'en plaît que davantage, chacun gonflant ce mannequin suivant son tour d'esprit habituel. Lorsqu'elle n'est pas outrée, cette préciosité, qui aiguise l'esprit, n'est pas sans charme.

Ce ne sont pas toujours les pudeurs, en réalité les plus inaccessibles, qui veulent ainsi n'être qu'effleurées par les mots choisis, qui chatouillent à peine. La femme d'apparence éthérée qui aime la pensée quintessenciée, réclame souvent plus de vigueur dans les actes.

Le contraire s'observe souvent aussi : une pudeur, très armée contre toute entreprise risquée, se délectant aux plaisanteries un peu lourdes. Avez-vous jamais assisté à un de ces dîners intimes, où de jeunes ménages, de la bonne bourgeoisie sérieuse, aiment à réunir leurs bonheurs encore récents : c'est, dès le début, de la part de l'homme d'esprit attitré de ces réunions, un feu roulant de mots grivois, à signification, non pas transparente, limpide. On s'étonne de les voir acceptés aussi joyeusement ; à entendre ces petits cris de contentement effarouché, que l'on croirait arrachés comme par un doigt malicieusement indiscret, on se figurerait presque assister à une fête d'étudiants et de grisettes. On se tromperait : cette débauche verbale n'est qu'une soupape à la vertu de ces femmes honnêtes.

§ 2. — LA CHASTETÉ

La chasteté n'était pas en honneur dans l'antiquité, Sparte et Rome punissaient le célibat. « C'est un crime que de se refuser à prendre femme », dit Platon (Lois, p. 721).

C'est grâce au christianisme que la chasteté est devenue une vertu, le célibat un mérite. Au IVe siècle seulement, l'Église en fit une obligation pour ses prêtres. Saint Paul, tout en faisant l'éloge de la chasteté, ne s'en dissimulait pas les inconvénients. « Il est bon à l'homme, dit-il, de ne point toucher de femme. Toutefois, pour éviter l'impudicité, que chacun ait sa femme et que chaque femme ait son mari..... Il vaut mieux se marier que brûler (sous-entendu : de désirs trop violents). »

Être chaste c'est enfreindre une loi de nature, la plus importante de toutes ; c'est pécher contre la morale naturelle. Comme tout péché, celui-là a sa casuistique.

Nous avons vu l'instinct de reproduction être en lutte constante, dans le cœur de l'homme, avec l'instinct de conservation. Le premier, altruiste, vise l'intérêt de l'espèce ; le second, égoïste, ne se préoccupe que de l'individu : il est donc bien certain que, d'une façon générale, la morale naturelle doit désirer le triomphe du premier. De cette loi générale il faut excepter tous les cas particuliers, où l'exercice de l'instinct sexuel ne peut donner que des résultats néfastes pour l'espèce elle-même.

Ces principes posés nous pouvons sans crainte formuler les lois suivantes :

1° La chasteté absolue est, d'une façon générale, une offense à la loi naturelle.

2° IL EST PERMIS d'être chaste, lorsqu'on veut réserver toutes ses forces vitales à l'accomplissement d'une œuvre éminemment utile à l'humanité : presque tous les grands penseurs furent des chastes. Les fils de leur cerveau firent plus que n'auraient pu faire les fils de leur corps pour l'ascension de l'homme vers un idéal supérieur.

3° C'EST UN DEVOIR d'être chaste, lorsqu'on ne se trouve pas dans les conditions requises, pour une union, qui puisse être fertile en résultats heureux pour l'espèce. Pour le débile, l'infirme, le malade, ne pas s'abstenir serait un crime envers l'humanité, crime aussi grand que celui d'imposer un vœu de chasteté à la femme forte et saine, dont les flancs féconds donneraient peut-être naissance à l'homme de génie nécessaire. S'il n'a pas la force d'assumer ce devoir, il doit tout au moins stériliser son amour. Nous reviendrons sur ce sujet.

Nous sommes aussi loin de la morale antique, fixant ses regards sur le plaisir, que de la morale chrétienne, s'hypnotisant vers des félicités futures illusoires.

***

A côté de cette chasteté absolue de toute une vie, il existe une chasteté relative, transitoire. C'est la chasteté de celui qui, n'aimant pas, se réserve pour l'amour : voilà la véritable *vertu* de chasteté. Ce n'est pas un renoncement, c'est une attente. Nul doute que s'y soumettre soit un mérite, surtout lorsque cette soumission ne s'obtient pas sans combat intérieur.

Plus facilement que l'homme la femme pratique cette vertu, elle y est aidée par la pudeur, qui difficilement capitule sous la seule impulsion des sens, en l'absence de l'amour.

***

Ces deux épithètes qu'on accole si volontiers,
« pudique et chaste », ne sont pas inséparables.
La moins chaste peut être la plus pudique : nous
avons vu la courtisane montrer parfois la pudeur
la plus délicate. On peut même dire que pour être
très pudique, il faut n'être pas tout à fait chaste,
au moins en pensée. « La pudeur, dit Haraucourt,
n'est pas un instinct, mais une accoutumance héréditaire, un acquêt, et cette habitude féminine d'ap-
préhender l'amour n'est, en réalité, qu'une manière
d'y songer sans cesse. Toutes y songent, les unes
en le fuyant, les autres en le provoquant : à vrai
dire, elles sont, et dès l'enfance, plus pudiques que
chastes. Quand l'héroïne de *Paul et Virginie*, au
milieu d'un naufrage, repousse le matelot nu qui
veut, pour la sauver, la prendre dans ses bras, et
qu'elle préfère la mort à cet attouchement, sans
doute, elle est pudique, mais elle n'est point chaste,
et le marin l'est davantage, en ce péril de mort :
car elle songe à leurs sexes, tandis qu'il les oublie. »
La chasteté complète, celle qui suppose non seulement l'intégrité corporelle, mais la virginité de
sentiments, l'innocence du cœur et l'ignorance de
l'esprit, cette chasteté absolue si elle existe, doit
forcément être tout à fait impudique, impudique

comme l'enfance. On est d'autant plus pudique que l'on est plus avertie; on n'est point avertie si l'on est chaste, d'une chasteté parfaite, d'âme aussi bien que de corps.

***

Pourquoi la chasteté attire-t-elle notre cœur plus que nos sens? Pourquoi d'une jeune fille désirons-nous faire palpiter la poitrine plus que prendre les lèvres? Le sentiment qu'elle provoque en nous est toujours grave, s'auréole rarement du papillonnement léger des images sensuelles. Nous voulons passionnément, dans le mariage, être celui qui pénètre la corolle des délices secrètes, initie au mystère d'amour. C'est le génie de l'espèce recherchant, comme gardien des qualités héréditaires de la race, des flancs réservés clos pour les maternités futures.

L'homme veut la virginité de la future mère de ses enfants; chez celle-ci, nul souci de la réciproque. A ce sentiment masculin répondent des nécessités physiologiques.

Depuis longtemps on a remarqué que, dans la plupart des espèces animales, la première approche du mâle produit, chez la femelle, une sorte d'*imprégnation*, c'est le terme consacré, des modifications organiques, telles que la progéniture, nais-

sant ensuite de pères successifs, pourra ressembler
à ce premier initiateur. Les éleveurs connaissent
bien ce phénomène biologique : ils regardent comme
disqualifiée la jument de race, ayant subi une approche roturière. Il en serait de même dans l'espèce
humaine ; de ce problème d'hérédité Zola a fait le
sujet d'un de ses romans.

Cette explication physiologique est si vraie que la
virginité n'a aucun prix chez les peuples, qui ne
tiennent pas au maintien intégral des qualités héréditaires propres à leur race. Certaines peuplades,
vivant dans les solitudes glacées voisines du pôle,
réduites par leur isolement aux unions consan-
guines, à l'étranger, qui vient leur demander l'hos-
pitalité, offrent, par surcroît, les prémices virgi-
nales de leurs filles ; refuser serait leur faire un
affront impardonnable. Pour infuser à la race un
sang nouveau, rédempteur des dégénérescences
fatales, le Génie de l'Espèce a su modifier l'instinct.

***

La chasteté n'a pas, pour le *désir*, les mêmes
attraits que pour l'amour vrai : nos luxures lui
préfèrent volontiers l'impureté. Une femme, en
général, est d'autant plus désirée qu'elle a plus
d'adorateurs, alors même que nul n'ignore qu'elle
est loin de tous les décourager. Nos sens s'inquiètent

et s'irritent à l'aspect de la femme, dont la physionomie resplendit de cette joie intérieure, de cette
allégresse organique, qui fait dire qu'elle a « l'air
aimée ». Au spectacle du bonheur d'autrui notre
désir s'éveille, comme notre appétit, à la vue de
convives attablés à un plantureux régal. Ce sentiment est bien un peu trouble, avec son envie
jalouse, son désir de conquérir et de supplanter,
son cortège d'images sensuelles fiévreusement évo-
quées. Avec son complet dédain des intérêts de
l'espèce, il paraît difficile de le ranger parmi les
formes normales de l'amour.

Il devient parfois nettement pathologique. Vous
avez certainement connu de ces maris ou amants,
possesseurs d'une femme adorable, qu'ils aiment,
dont ils sont aimés, qui pourtant tressaillent au
spectacle de la prostitution et ne résistent pas toujours à l'envie malsaine de se donner la nausée
d'une basse débauche. En eux survit un instant,
inconscient et brutal, le mâle primitif, vigoureux
et polygame, orgueilleux de perpétuer sa force en
des flancs multiples, souffrant impatiemment d'en
rencontrer, qui ne lui soient point réservés, s'irri-
tant de les voir servir à des forces rivales.

C'est toujours dans leur histoire qu'il faut rechercher l'explication simple des sentiments les plus
complexes. L'attrait de la débauche est une survivance d'un sentiment autrefois utile à l'espèce.

***

On a beaucoup écrit sur les effets physiologiques
de la continence, cette chasteté relative. Les avantages accordés contrebalancent les maux dont on
l'accuse : des deux côtés on a beaucoup exagéré.
On a d'ailleurs eu le tort de généraliser ; en pareille
matière il faut aussi considérer les cas particuliers.
Au profit de la continence il faut noter l'économie
des forces organiques ; à son déficit il faut inscrire
l'éréthisme nerveux qui peut en résulter : la balance
sera variable suivant les individus.

Celui dont les concupiscences endormies difficilement s'éveillent, dont le sommeil léger n'est hanté
par aucun rêve voluptueux, dont le travail n'est
troublé par aucune image lascive, cet homme calme
et froid, assurément, se trouvera bien de la continence, surtout si la volupté le laisse déprimé,
aveuli, incapable.

Celui, au contraire, dont le sang bouillonne de
désirs inassouvis, dont les nerfs se crispent de
sensualités convoitées, ne saurait supporter la
continence. A l'essayer, ses nuits se peuplent de
décevants mirages, où l'apothéose tout proche s'enfuit dans un réveil, aux lèvres senties soudain
solitaires. A sa table de travail, son cerveau bour-
donne de pensées lascives, son attention en vain

crispée à la besogne s'évade vers le rêve, ses nerfs trop tendus frémissent, jusqu'à ce que, l'impulsion devenant irrésistible, il se précipite n'importe où, avec la décharge nerveuse, retrouver le calme propice et indispensable.

La continence est aussi nécessaire à l'un qu'elle est néfaste à l'autre. Il est vrai que l'état de ce dernier est peut-être bien imputable à une éducation défectueuse. Il y a là une question d'hygiène et de morale sur laquelle nous reviendrons.

§ 3. — L'HORREUR SEXUELLE.

Une jeune fille atteint l'âge nubile : ses parents n'ont plus qu'un objectif : *la marier*. Conçoit-on tout ce qu'il y a d'effrayant dans ces deux mots pour l'avenir de cet être innocent et docilement confiant ?

La marier ! c'est-à-dire se substituer à son instinct pour la direction et le bonheur de toute sa vie ; choisir pour elle l'être qui violera, aussitôt qu'éveillées, ses plus intimes pudeurs ; la jeter dans des bras, que son cœur n'a pas élus, que sa chair n'a pas appelés ; à la place d'une attraction mutuelle irrésistible, mettre d'odieux calculs ! La mener innocente à l'initiation, sans que vers elle tout son être ait frémi, sans que tout son corps ait inconsciemment désiré l'initiateur ; de cet étranger d'hier vouloir faire le dieu de demain ; n'est-ce pas délibérément transformer en affreuse brutalité ce qui devrait être un mystère sublime, n'est-ce pas appeler les pires dégoûts, la nausée inévitable ?

Elle existe terrible, cette nausée dans un grand nombre d'unions ainsi préparées. Ce qu'ils doivent souvent renfermer d'amertumes les lendemains de nuits de noces !

Cette blessure n'est heureusement pas toujours incurable ; elle se cicatrise, à l'étonnement amusé d'une vie nouvelle, aux petits soins d'une tendresse, qui s'efforce à plaire. Elle disparaît à l'éveil d'une volupté partagée, communion des sens dans le plaisir, remplaçant, parfois appelant la communion des âmes dans l'amour. L'importance de ce facteur sensuel est considérable, car la femme, éprouvant difficilement, sans amour, le frisson voluptueux ; lorsqu'elle le sent passer, s'imagine volontiers aimer.

La blessure peut aussi être incurable. Si la brutalité n'a pas su se faire pardonner un peu déjà par un tact infini, si la plaie de l'âme n'est pas adoucie par le baume d'une tendresse délicate, si l'esprit ne sait pas séduire une intelligence avertie, si le cœur, par la bonté, n'arrive pas à conquérir une confiance amie, si enfin le corps ne peut émouvoir ; fatalement le désaccord initial s'aggrave, le fossé se creuse, l'*horreur sexuelle* apparaît.

Ce sentiment est très particulier et n'a pas encore été étudié. Il est tout différent de l'antipathie et de la haine, dont il prend souvent l'aspect. « Je n'ai rien à reprocher à mon mari, avoue cette jeune femme, il est affectueux et tendre, mais il m'aime hélas ! Son esprit ne me déplairait point, j'ai de l'estime pour son caractère, il ferait un bon ami, pourquoi a-t-il les droits d'un mari ? Son entrain est réjouissant, sa gaieté communicative, quel bon camarade..... s'il n'était que cela ! »

Ce n'est encore qu'une simple irritation, le cri de cet instinct de propreté, qui se révolte au mélange des salives, à la fusion des corps, et dont le silence, acheté par le Génie de l'Espèce, ne peut être soldé que par la volupté.

Interrogez cette même femme quelques années plus tard, elle vous avouera sa répulsion invincible, son horreur insurmontable. Elle vous dira, que, loin de son mari, elle se reproche ses sentiments à son égard ; elle se promet d'être moins injuste ; elle s'inquiète d'un retard, s'alarme d'un danger possible : un étranger la croirait presque aimante. A peine ce mari a-t-il paru devant elle, que le dégoût monte à son cœur, comme une nausée aux lèvres. L'image a soudain surgi de la souillure qui révulse tout son être.

Il faut entendre décrire cette horrible sensation par une femme :

« Et, dans le lit, elle se blottit contre le mur et ferma les yeux, désolée par le flot de répulsion qui montait en elle, malgré son énergique effort pour le réprimer.

En vain essayait-elle de réagir, c'était comme le vomissement provoqué par l'eau tiède introduite dans la gorge. C'était en dehors de sa volonté, au-dessus de ses forces.

Elle ne haïssait point son mari. Au contraire, sa personne morale lui était sympathique; elle reconnaissait ses qualités, passait aisément sur ses petits travers. Un peu maniaque, il n'avait cependant rien de vraiment tyrannique dans son ménage, et le fond très noble de son âme reparaissait dans les actes de la vie courante, mué en puérilités, en ridicules, souvent touchants.

Si Michèle eût pu vivre en amie dans sa maison, elle lui eût voué une profonde et vive affection; mais la nécessité de leur rapprochement de tous les instants l'exaspérait invinciblement.

Cette promiscuité de la chambre, du lit, des corps, est toujours une épreuve pleine d'aléa pour la jeune fille élevée dans une réserve qui est du reste le meilleur gardien de sa vertu future d'épouse. Si un charme physique réel dans l'homme qui viole ainsi son intimité, ou un tact délié, ou une grande influence morale ne viennent pas triompher de son instinctive répugnance, celle-ci s'exagère rapidement jusqu'à une sorte de sentiment maladif, nerveux, contre lequel aucun vouloir ne saurait lutter.

Michèle en était là. — Tout, de la part de M. de Guilloy, au point de vue matériel, lui inspirait une aversion insurmontable, lui semblait indécent, grotesque, immonde. L'aspect de son pied nu que des oignons déformaient, de sa poitrine velue, de sa main sillonnée de veines gonflées, au pouce énorme et pendant, la bouleversait autant que la pire obscénité. Son odeur lui faisait lever le cœur. A son contact elle défaillait de dégoût comme si un crapaud l'eût effleurée.

Et, cet effroi de lui, elle l'éprouvait lors du frôlement le plus léger, de la caresse la plus chaste. Elle faisait changer tous les jours les taies d'oreillers, de crainte que son visage touchât la place où la tête de Gabriel s'était appuyée. Elle se raisonnait, se raidissait contre cette horreur qu'il lui causait, mais sans succès, car celle-ci ne provenait ni de son cœur, ni de son esprit, mais de ses sens à tout moment choqués. Tout ce qu'elle pouvait obtenir sur elle-même était de masquer ses impressions, de dompter son élan de résistance, de fuite, d'arrêter sur les lèvres les mots terribles qui y montaient (1) ».

Il n'y a rien à ajouter à ces phrases, renfermant des détails trop terriblement précis pour n'être pas vécus, si ce n'est pourtant que ce n'est pas encore

(1) Camille Pert, *La Loi de l'Amour*, p. 98.

là, le summum d'acuité, dont ce sentiment est capable.

Michèle vit tranquille auprès de son mari, devenu un simple camarade : le contact épargné, la nausée cesse. Elle persiste, aussi écœurante cette nausée, chez d'autres, aux sentiments plus irritables ou à l'imagination plus vive. Elles se gardent des caresses détestées, elles ne peuvent se garder de leur souvenir abhorré, surgissant lamentablement précis, au simple aspect de celui qui en fut coupable, rendant toute vie commune absolument impossible.

Il y a donc trois degrés dans l'évolution de l'horreur sexuelle. A la première étape ce n'est qu'une simple révolte de l'instinct de propreté physique ; à la deuxième étape c'est une répulsion progressivement insurmontable pour tout contact d'un désir, que l'on subit avec répugnance, loin de le partager ; à la troisième étape le dégoût se soulève à la seule vue de celui, qui a tous les droits, même lorsqu'il n'use d'aucun.

Au premier degré l'instinct sexuel est neutre, le plus souvent d'ailleurs il n'a pas encore parlé : le dégoût est fonction de l'instinct de conservation, ennemi de toute souillure.

Au deuxième degré, tout l'être a tressailli de l'espérance des maternités futures, et c'est précisément pour avoir été berné dans son choix, leurré dans ses aspirations, qu'il élève sa protestation indignée, qu'il oppose son veto à de nouvelles profanations.

C'est pour les prévenir et rendre toute surprise impossible qu'au troisième degré, il veille en permanence.

Sous ces deux dernières formes, l'horreur sexuelle est donc bien une manifestation de l'instinct de reproduction : c'est l'instinct sexuel sous sa forme négative, c'est l'émotion sexuelle répulsive, *c'est le contraire de l'amour*, comme la haine est le contraire de l'affection.

L'horreur sexuelle est un sentiment surtout féminin. Pour l'éprouver, en effet, il faut que l'on soit *forcé de subir* un amour ou un désir, que l'on ne partage pas. Les conditions sociales rendent le cas fréquent pour la femme, excessivement rare pour l'homme. N'en serait-il pas ainsi d'ailleurs, que celui-ci serait encore protégé par les nécessités physiologiques, rendant impossible un acte qui n'est pas au moins accepté par la chair.

Il peut cependant s'en faire une idée de ce sentiment, c'est lorsque, poussé par les exigences impérieuses d'un sang trop riche, il se laisse tenter par une étreinte indigne. La répulsion qu'il éprouve alors pour sa complice, la confusion qui l'emplit, sa précipitation à s'échapper, sont une protestation de l'instinct trahi, détourné de son but.

L'empressement à fuir, aussitôt descendu d'un ciel illusoire, les bras, qui tout à l'heure vous étreignaient, les lèvres qui sur les vôtres se pressaient, est d'ailleurs, dans les deux sexes, la meilleure preuve qu'il n'y a pas d'amour, à peine du désir. S'il était clairvoyant, l'amant détesterait la hâte avec laquelle, sous prétexte d'hydrothérapie, sa maîtresse déserte l'étreinte qu'elle a subie, sans la désirer. L'amante qui s'est donnée toute, dont les cris n'ont point été un vain simulacre, volontiers s'attarde, dédaigneuse des conséquences, gardienne énamourée de ce qui n'est plus pour elle une souillure, mais un gage précieux d'amour. Cette volupté, persistant alanguie, possède un charme divin pour qui sait la sentir.

Il en est de même pour l'homme. Cette amante aurait froid au cœur, si, à la glace soudaine de son amant, à son dédain subit de caresses, un instant auparavant implorées, à son désir mal dissimulé de solitude corporelle, elle savait deviner que, brusquement, il est retombé du sommet des félicités, que son *désir* seul lui avait fait gravir, et que déjà l'indifférence, sinon l'horreur sexuelle, habite son cœur.

CHAPITRE VIII

LES MALADIES DE L'AMOUR
LES ABERRATIONS et les ERREURS de L'INSTINCT

Sur ce chapitre nous serons bref de descriptions, avare même de définitions, acceptant d'être obscur pour certains. Si, en effet, de l'amour normal et sain tout peut être divulgué, sa connaissance approfondie n'ayant que des avantages et nous mettant en garde contre ses exagérations et ses tares, il n'en est pas de même de l'amour pathologique, dont les scènes peuvent facilement, par une suggestion néfaste, troubler un cerveau prédisposé. Il n'est pas bon que tous cueillent les fruits de cet arbre de la science du bien et du mal. Cette étude au surplus n'a d'intérêt et d'utilité que pour l'hygiéniste et le médecin.

§ 1. — CLASSIFICATION ET MÉCANISME DES DÉVIATIONS DU BESOIN SEXUEL — ABERRATIONS DU SENTIMENT DE L'AMOUR

Nous suivrons l'ordre qui nous a guidé dans l'étude de l'amour normal. Prenant le besoin sexuel à son origine, nous noterons, à chacune de ses étapes vers les formes supérieures de l'amour, les déformations et les déviations qu'il peut subir.

1º Les altérations du besoin sexuel.

La sensation primordiale, que nous avons mise à l'origine de toutes les manifestations de l'amour, est très variable dans son *intensité* et dans sa *précocité*.

Les variations d'*intensité* font les frigides ou les exaltés d'amour. Chez les uns elles font triompher l'instinct de conservation, chez les autres elles sacrifient tout à l'instinct de reproduction. Elles ne sont réellement pathologiques qu'en touchant à l'extrême.

La *précocité* plus ou moins grande a une très grosse importance. Le besoin sexuel ne doit normalement apparaître qu'après le développement complet des organes génitaux ; auparavant il serait sans objet et sans but. Malheur à l'enfant subissant trop tôt cette poussée organique : ne pouvant trouver sa voie légitime elle se déviera presque fatalement, ne donnant pas une aberration sexuelle définie, mais susceptible de les engendrer toutes.

Même lorsque les organes génitaux sont complètement développés, il n'est pas bon que le besoin sexuel les appelle trop tôt à fonctionner.

Cela n'est pas bon pour l'adolescent, qui n'a pas trop, pour son entier développement, de toutes les forces de son organisme.

Cela n'est pas bon non plus pour sa descendance à laquelle il risquerait de ne pas transmettre toutes les qualités de sa race. Qu'on nous permette à ce sujet des aperçus qui paraîtront peut-être nouveaux.

A quel âge doit-on procréer ? A quel âge doit-on *se marier*, puisqu'à notre époque le mariage est encore la condition presque indispensable à une procréation utile ? Tous ceux qui, à cette question ont essayé de donner une réponse, l'ont appuyée d'arguments tirés de nécessités physiologiques, morales ou sociales. On a conclu en général en faveur du mariage précoce.

Examinons la question en prenant comme critérium *l'intérêt de l'espèce*, en recherchant la solution la plus favorable au progrès de l'humanité, base morale indiscutable.

L'être humain dans le développement de son organisme, l'apparition de ses instincts, l'acquisition de ses facultés, repasse par toutes les formes, qu'ébaucha la vie, dans sa lente ascension de la cellule primitive jusqu'à l'homme. L'évolution de l'être est un résumé et un abrégé de l'évolution de l'espèce : c'est ce que l'on a appelé la loi du parallélisme de l'ontogénie et de la phylogénie.

Dans les formations successives de l'embryon, on retrouve la structure de nos ancêtres préhumains : mammifères, marsupiaux, amphibies, poissons, etc. Dans les acquisitions intellectuelles et morales de l'enfance et de l'adolescence, nous assistons au lent perfectionnement de l'humanité : 'enfant, c'est le portrait de l'homme primitif ; l'adolescent est le représentant des temps barbares ; l'homme mûr seul jouit de toutes les acquisitions de l'humanité.

S'il est vrai que *l'on ne peut transmettre à sa descendance que les qualités que l'on possède,* l'adolescent pourra léguer des muscles forts, l'homme mûr, en possession de toutes les qualités de sa race, saura seul laisser l'héritage infiniment plus précieux des qualités du cœur et de l'esprit.

Le développement n'est certainement jamais complet pour l'homme avant trente ans, pour la femme avant vingt-cinq ; il est probable même que pour atteindre la maturité complète de l'intelligence, il faut dépasser ce terme.

La conclusion s'impose en *faveur des mariages tardifs.* Il faut attendre pour procréer qu'une pleine maturité nous ait mis en possession de toutes les qualités héréditaires ou personnelles, susceptibles d'être transmises à notre descendance.

Je n'ignore pas les objections qu'on peut faire à cette manière de voir.

On possède, *en puissance*, à vingt ans, dira-t-on, les qualités qui atteindront à trente leur entier développement ; elles préexistent dans le germe et celui-ci peut les transmettre à tout âge. Cette existence virtuelle dans le germe, dans l'enfant, dans l'adolescent, des qualités futures de l'homme mûr n'est pas douteuse, mais à une condition c'est que ce germe provienne lui-même d'un homme mûr. Rien ne prouve en effet qu'il n'y ait pas une maturation parallèle du germe et du soma.

Lors même que l'objection précédente serait valable, il n'en resterait pas moins certain que les qualités, non plus héréditaires mais *acquises* de l'homme mûr, ne sauraient être transmises par l'adolescent. Je sais bien que, depuis Weissman, l'hérédité des caractères acquis est fort contestée : elle semble cependant de plus en plus probable.

Tout en étant très sérieuses, les objections qu'on peut faire à notre théorie ne sont donc pas insurmontables. Voyons un peu ce que disent les faits à cet égard.

L'expérience journalière nous est favorable ; elle nous montre d'une manière à peu près constante que, dans les nombreuses familles, les *derniers venus sont les mieux doués*, au point de vue intellectuel. Les exceptions, assez nombreuses, s'expliquent aisément par l'intervention d'un autre facteur, l'état de santé des parents. Il est bien certain qu'avec l'âge s'accroissent les chances d'infirmités et de maladies. Celles-ci, on le sait, produisent la dégénérescence de la race, atteignant surtout le système nerveux, dont elles troublent le développement. En se mariant tard, si l'on est plus sûr de transmettre toutes ses qualités, on risque d'autre part les conséquences des maladies acquises. L'idéal est donc : se marier *tard et en bonne santé*.

Chez les peuples jeunes, arrêtés à un degré d'évolution peu avancée, la puberté et le besoin sexuel, de même que la maturité, sont beaucoup plus précoces que chez les peuples d'une civilisation raffinée. Ces peuples procréent de bonne heure, parce que de bonne heure ils ont atteint leur maturité, plus hâtive.

La nature sans cesse remanie son œuvre ; parmi ses retouches, les unes, celles qui ne sont pas heureuses, s'effacent et disparaissent, les autres se fixent par l'hérédité. Ces retouches successives se succèdent chez l'Être, dans le même ordre que dans l'Espèce ; elles arrivent à leur heure, et ne se transmettent qu'une fois acquises. Pour assurer cette transmission héréditaire la nature, à mesure que son œuvre progresse, retarde l'heure des joies sexuelles.

Aidons la nature.

2° Anomalies dans les associations sensorielles du besoin sexuel.

Nous avons vu, au chap. II, comment le besoin sexuel s'associait aux diverses sensations génitales, olfactives, tactiles, auditives et visuelles. Par cette association harmonique, s'élabore le portrait idéal de l'être qui sera aimé. Deux facteurs entrent en jeu dans cette élaboration : la structure héréditaire des centres nerveux qui facilite telle ou telle association ; les circonstances extérieures de milieu, d'éducation, etc. qui rendent plus ou moins fréquente la rencontre fortuite avec le besoin sexuel de telle ou telle sensation.

Pour que le tout s'harmonise, en beauté, dans un portrait idéal, espérance de la race, il faut d'abord que le système nerveux *soit sain*, ensuite qu'il y ait une *mesure parfaite* dans les rencontres sensorielles fortuites.

Les anomalies peuvent provenir soit d'une *structure congénitale défectueuse* des centres nerveux, soit de *l'importance démesurée* d'une association sensorielle fortuite.

a) *Inversion sexuelle*. — C'est l'attraction d'un

sexe, non vers l'autre sexe, mais vers le même sexe.

Nous avons vu que l'attrait d'un sexe pour l'autre s'explique par la structure cérébrale, favorisant tel ordre d'associations. Cette structure cérébrale est elle-même sous la dépendance des organes génitaux (1) : mâles, ils déterminent dans le cerveau une structure telle, que les associations, dont la femme est l'objet, sont seules admises, et inversement pour la femme. Cette structure du cerveau est un caractère sexuel secondaire, au même titre que la barbe, la largeur des épaules ou le développement des glandes mammaires et l'ampleur du bassin. Le mécanisme de production est le même dans les deux cas.

Or il n'est pas rare que les caractères sexuels ne correspondent pas au sexe véritable. Un homme peut être porteur de caractères sexuels féminins et inversement : un homme, ayant cependant des organes génitaux bien développés, peut avoir des épaules étroites, des hanches larges, une peau fine, un visage imberbe, une voix douce, des tendances féminines dans l'esprit ; une femme peut revêtir un aspect viril.

Si une semblable désharmonie existe dans la structure cérébrale, si *avec un sexe mâle coïncide un cerveau féminin* (au point de vue des associa-

(1) Voy. p. 83.

tions génitales) il en résultera l'*inversion sexuelle*.

Il est peu probable que cette anomalie puisse exister sans ce facteur congénital, et que les circonstances de milieu puissent la créer de toutes pièces. Leur rôle cependant n'est pas nul. Pour le développement normal de l'instinct, le contact avec des individus du sexe opposé est indispensable : où prendre sans cela la matière des associations nécessaire? On ne peut que déplorer à ce point de vue la séparation complète des sexes dans l'adolescence ; l'influence malheureuse des internats de filles ou de garçons n'est que trop vraie. Sans doute celui, dont la sexualité cérébrale est fortement accusée, ne risque rien, son instinct sera plus fort que toutes les suggestions et toutes les perversions ; mais celui qui est sur la limite, dont les tendances presque neutres se dessinent mal, n'est-il pas exposé au danger d'être à jamais perverti, par l'exemple néfaste et l'apprentissage maudit d'un camarade plus taré encore ?

Il n'y a rien à faire pour préserver l'inverti absolu, tenant son inversion d'une anomalie congénitale de ses centres nerveux, qu'il est impossible de modifier. Un devoir impérieux s'impose à lui : *la chasteté absolue*. En s'abandonnant à ses tendances il serait coupable non seulement envers la morale naturelle qu'il méconnaîtrait, mais envers ses semblables qu'il risquerait de corrompre. Il y a quelques dizaines d'années une campagne fut menée, par un inverti célèbre, pour réclamer le droit de ses semblables, à la satisfaction de leur instinct anormal, en même temps que leur réhabilitation morale. Il ne voyait pas le danger qui est la contagion, l'entraînement des prédisposés, des demi invertis.

Il faut bien savoir que l'inverti serait également coupable en *essayant de se corriger*, en s'efforçant à un amour normal. Il doit s'*abstenir* pour ne pas transmettre sa tare, au même titre que n'importe quel infirme. Trop souvent le médecin consulté croit devoir prescrire des tentatives d'amour normal, le mariage même. C'est là une profonde erreur, qui ne peut qu'augmenter le malheur de celui qui a recours à eux, et le faire partager par d'autres. *Il faut lui imposer la chasteté comme devoir absolu.*

Le demi inverti n'ayant pas de répulsions pour le sexe opposé, et dont l'inversion s'est développée, plus sous l'influence des circonstances de milieu que par anomalie congénitale, pourra être ramené à la normale. A cause des dangers de la transmission héréditaire, est-il bien utile de le tenter et la chasteté ne serait-elle pas encore l'idéal ?

Il faut en tout cas s'attacher à dépister dès l'enfance cette demi inversion pour s'efforcer de la prévenir, en arrêter le développement.

b) *Le Fétichisme.* C'est l'anomalie de ceux qui, n'ayant associé leur besoin sexuel qu'à un seul ordre de sensations, ne sont guidés que par la recherche de celles-ci dans leur choix amoureux.

Chacune des sensations normalement associées au besoin sexuel, peut devenir le *fétiche*. L'onaniste n'est en somme qu'un fétichiste de la sensation voluptueuse. Il existe des fétichistes olfactifs, visuels, auditifs, tactiles qui, au lieu d'assembler toutes ces sensations en un tout harmonique, font évoluer leur désir autour de l'une d'elles hypertrophiée.

Le plus souvent le fétichisme est encore plus étroit : ce que l'on poursuit c'est telle odeur déterminée, c'est un timbre de voix particulier, c'est une nuance dans les cheveux, c'est dans les formes un caractère spécial qui n'est pas toujours un caractère de beauté. Toutes les parties du corps féminin ont leurs adorateurs spécialisés : les pieds, les mains, les chevelures paraissent être les divinités les plus encensées. Il est fréquent que le fétiche soit une pièce du vêtement, exceptionnellement il peut être un objet quelconque.

Il faut bien avouer que nous sommes tous peu ou prou fétichistes, en ce sens qu'il y a toujours dans la femme, ou dans ce qui touche à la femme, quelque chose, qui nous attire particulièrement, qui a pour nous une séduction spéciale. Cela n'est pas pathologique parce que le reste ne nous laisse pas indifférent : l'ensemble des autres sensations reste plus fort que la sensation préférée, celle-ci ne suffit pas à déterminer l'amour, son absence ne réussit pas à l'empêcher.

Chez le fétichiste, au contraire, le rôle du fétiche est exclusif, il suffit à provoquer l'éréthisme, qui sans lui défaille.

Pour l'apparition du fétichisme il faut d'abord un cerveau *déséquilibré*, aux réactions anormales, propices aux associations hétéroclites. Il faut ensuite que, dans ce cerveau, s'imprime fortement la sensation fétichiste, soit par sa *répétition* très fréquente, soit à *la faveur d'un état émotif intense*, soit enfin par suite d'une trop *grande précocité* du besoin sexuel.

Tous les fétichistes sont des dégénérés. Un grand nombre sont fétichistes parce que leurs épanchements amoureux, ayant au début toujours coïncidé avec telle sensation, sont devenus inséparables de celle-ci. D'autres ayant, dans un instant d'éréthisme intense, rattaché une volupté immense à un objet déterminé, la poursuivent dans cet objet. D'autres enfin, subissant trop tôt la poussée sexuelle, l'ont associée à n'importe quelle sensation concomitante.

Il y a un *fétichisme des actes* comme il y a un fétichisme des sensations : ce fétichisme moteur est absolument analogue au fétichisme sensitif. Il suffira de rappeler la folie de ceux qui, dans les réunions publiques, cherchent des frôlements suspects, mutilent des vêtements, coupent des nattes, volent des mouchoirs, etc., etc.

Ce sont là évidemment des aberrations nettement pathologiques. On les trouve cependant à l'état embryonnaire chez les individus les plus normaux. Qui n'est pas un peu fétichiste, ne fût-ce que par les « *mots inconnus* » criés aux instants de délire, le choix d'un geste, d'une attitude, de telles circonstances, etc.

3° Anomalies dans les associations du besoin sexuel avec les divers sentiments.

Nous pourrions répéter ici ce que nous avons dit de l'association avec les sensations. Il y a tare pathologique lorsqu'un des sentiments associés acquiert une importance *exclusive* ou simplement *exagérée*.

a) *Phobophilie*. — Qu'on nous pardonne ce néologisme, pour désigner une tare, qui ne figure pas dans les traités spéciaux, bien que trop réelle et assez fréquente. C'est la maladie de ceux qui, dans la peur seulement, savent retrouver l'émotion sexuelle. Nous avons vu que cette association était normale ; elle devient pathologique lorsqu'elle est *nécessaire* et *suffisante*. La police connaît bien ces malheureux, amateurs de situations risquées, chercheurs de sensations équivoques, aimant à confondre le frisson voluptueux avec celui de la peur. La quatrième page des journaux nous raconte parfois leur triste histoire, muée en drame. L'entôlage n'est pas toujours un risque naïvement couru, c'est parfois aussi la conséquence d'un piment honteusement recherché.

b) *Nécrophilie.* — Il est inutile de définir l'aberration de ces malheureux, dont le sergent Bertrand fut le premier exemple étudié scientifiquement, dont Ardisson vient de renouveler les exploits. Souiller des cadavres ! Qui aurait pu croire que cette monstruosité avait son origine dans l'exaltation sans bornes et sans contre-poids d'un sentiment normal ! Et cependant cela est : la nécrophilie dérive de l'association de l'idée de volupté avec l'idée de mort ; cette association existe à l'état normal, nous avons vu que dans certaines conditions elle pouvait avoir son utilité.

Pour qu'une aberration aussi horrible puisse prendre naissance, il faut évidemment deux conditions : un déséquilibre mental très prononcé et des circonstances telles, que s'évanouissent l'horreur du cadavre et la peur instinctive de tout ce qui touche à la mort. Ardisson était fossoyeur ; c'était un débile mental.

c) *Sadisme.* — C'est l'hypertrophie monstrueuse d'un sentiment normal : l'association de la volupté avec l'émotion de la lutte, la colère, la cruauté, les spectacles de sang. Il y a tous les degrés dans le sadisme, depuis celui qui se borne à infliger une petite souffrance morale, jusqu'à celui qui torture et tue. Il y a aussi le sadisme primitif, sadisme *vrai*, et le sadisme secondaire, sadisme *occasionnel*. Dans le premier la volupté est inséparable de la cruauté, le sadique vrai est poussé à la violence par son instinct sexuel qui, hors d'elle, ne peut trouver de satisfaction normale. Dans le second cas l'instinct sexuel peut paraître normal, jusqu'au jour où un éréthisme anormal s'éveillant soudain à un spectacle sanglant, dévoile l'anomalie. Un chirurgien peut se révéler sadique à lui-même à ses premières opérations, comme un duelliste à sa première rencontre, comme un criminel à son premier attentat.

Nous reconnaissons ici encore les deux éléments pathogéniques, le déséquilibre mental congénital et les associations occasionnelles fortuites.

d) *Masochisme*. — C'est l'inverse du sadisme, la volupté associée à la souffrance, non plus imposée, mais *subie*. Cette aberration doit son nom au romancier roumain Sacher Masoch, qui le premier mit en scène des personnages la présentant. Comme le sadisme elle n'est que l'hypertrophie d'un sentiment normal.

Il y a le masochisme *symbolique* se délectant à

un simple signe de dépendance, de sujétion, d'humiliation ; le masochisme *moral* se réjouissant d'une souffrance du cœur ; le masochisme *sensoriel*, véritable volupté de la douleur physique.

e) *Les Persécuteurs amoureux*. — Nous entrons de plain-pied dans l'aliénation mentale vraie, dans celle qui conduit à l'asile.

Un homme se trouve en présence d'une femme inconnue : il a soudain la sensation très nette, non pas qu'il aime cette femme, mais *qu'il en est aimé*. Cette idée s'impose à lui avec la tyrannie de l'entière évidence ; il n'y a aucune place pour le doute ou la discussion. Toutes les paroles de cette femme sont des aveux déguisés, tous ses gestes, ses actions les plus insignifiantes deviennent des preuves d'amour indiscutables.

Écoutez cette histoire racontée par Magnan :

« A une représentation de *Lakmé*, à l'Opéra-Comique, il lui (à son malade) semble, placé au parterre, qu'il est l'objet de l'attention de Mlle Van Zandt ; la cantatrice porte sans cesse les regards dans sa direction. Très ému, il rentre chez lui et ne dort pas ; il a garde de manquer les représentations suivantes ; il s'installe à la même place et se croit remarqué par la jeune actrice. Celle-ci, dit-il, le regarde en plaçant la main sur le cœur, puis elle sourit, et, le regardant toujours, elle porte la main à la bouche ; de son côté, il lui envoie un baiser et elle continue à sourire. Elle part pour Hambourg, il l'apprend par les journaux et explique ce départ par le désir de l'attirer auprès d'elle à Hambourg ; mais il résiste, dit-il, et ne fait pas le voyage.

Elle revient et son attitude au théâtre ne varie pas. Elle part pour Nice ; cette fois, il n'y avait plus à douter ; il se décide à la rejoindre. Dès son arrivée, il se présente chez l'actrice, il trouve la mère qui répond que sa fille ne reçoit personne ; tout confus, il hésite, il se trouble et se retire balbutiant des excuses. Au bout de huit jours, il revient à Paris, très attristé, craignant d'avoir compromis sa bien-aimée. Celle-ci rentre à Paris plus tôt que ne l'avaient annoncé les affiches. Ce retour prématuré ne peut avoir d'autre cause que le désir de le revoir. C'est ainsi que M. M... interprète tous les actes de la cantatrice.

Il renouvelle ses visites à l'Opéra-Comique et il est de plus en plus convaincu de l'amour de Mᴸᴸᵉ Van Zandt. Il voit dans un étalage des boulevards une photographie dans laquelle l'actrice, dans son rôle de Mignon, est représentée en pleurs. Pourquoi pleurer ? si ce n'est pour lui. Il l'attend à la sortie du théâtre, ou bien encore il va se poster à côté de sa demeure pour la voir quand elle rentrera chez elle, pour apercevoir aussi son ombre sur les rideaux quand elle sera dans son appartement. »

L'aventure de ces illusionnés et hallucinés d'amour est lamentable ; il n'est pas très agréable non plus d'être l'objet de leurs poursuites que rien ne décourage, dont rien ne protège, toujours crispantes, parfois dramatiques.

Il est d'autres hallucinés du même genre, dont la folie plus douce parsème l'existence de joies inoffensives. Vous avez certainement connu de ces heureux, dont la vie se colore d'illusions faciles : leurs jours s'illuminent de sourires de femme, ils acceptent, que leurs nuits soient solitaires, car, en vérité, croient-ils, un seul geste suffirait, pour qu'elles s'étoilent de baisers. Une telle présomption ne les étonnerait, et encore, que s'ils avaient jamais tenté d'en vérifier le bien fondé.

Une simple nuance les distingue du persécuteur amoureux : ils dédaignent l'amour qui s'offre. Leur illusion leur est douce, car ne poursuivant pas leur mirage, ils le contemplent et en jouissent, sans déception possible.

Qu'on se reporte à la description du flirteur professionnel et l'on verra encore une fois que l'aberration n'est que l'hypertrophie d'un sentiment normal.

f) *Le Mysticisme.* La femme mystique est toujours

une *amoureuse qui s'ignore*. Ce n'est pas une amoureuse banale ni vulgaire, celle qui, pour satisfaire
les aspirations de son idéal organique, réclame un
Dieu. Il est vrai que, l'homme ayant créé Dieu à
son image, c'est en somme un homme supérieur à
tous les autres, qui est aimé en Dieu.

Evidemment il y a dans cet état d'âme quelque
chose d'un peu effrayant pour le pauvre humain,
qui, tenté d'épouser une mystique, sent tout l'écrasant du rôle à assumer.

« Sans doute, doit-il se dire, j'aime mieux voir
ma future femme élever ses bras vers Dieu, que les
ouvrir à un porte-faix ; je ne crains pas des aspirations élevées. Sans doute aussi l'instinct robuste,
qui, dévié de sa voie, la soulève d'un bel élan mystique, m'ouvre les riantes perspectives d'un amour
sans mièvreries. Je ne dédaigne point ces perfor-
mances, dont le mysticisme est l'indice peu trom-
peur. Mais voilà ! saurais-je être le Messie attendu ! »

S'il me demande jamais conseil, je lui dirai sans
ambages : votre fiancée soupire après un Dieu, soyez
un homme. Moins qu'avec tout autre, la surprise
risque d'être désagréable. Et je lui recommanderai
la lecture de sainte Thérèse.

4° Aberrations ayant pour objet le sentiment de la pudeur

La pudeur a tous les degrés, depuis celle susceptible de se donner à tous devant tous, jusqu'à celle

capable de se refuser, malgré un amour passionné. N'insistons pas.

La pudeur éveille un autre sentiment : le désir de triompher de ses résistances.

Les idiots, les paralytiques généraux, les déments séniles ont une façon ignoble de triompher de la pudeur, l'*exhibitionisme*, qu'il est inutile de définir.

Il n'y a pas que l'exhibitionisme *matériel*. Il y a un exhibitionisme *moral* qui consiste à étaler ses tares, se vanter de ses ignominies, fanfaronner de ses vices. Il est peut-être plus méprisable que l'autre, car il ne suppose pas comme lui une faiblesse de l'esprit. Il est aussi plus pernicieux car le dégoût moral, qu'il inspire, provoque, moins que le dégoût physique, la nausée salutaire.

Il y a encore un exhibitionisme *verbal*, qui veut ignorer la pudeur des mots, ou plutôt se plaît à la blesser, méconnaissant l'art subtil et charmant des périphrases, qui enveloppent la pensée dans le rythme des mots symboliques, comme un corps féminin dans le fouillis des soies précieuses et des dentelles rares. Ce travers est en somme un manque de goût déplaisant, plutôt qu'une aberration dangereuse. Le sel gaulois est devenu un peu rude pour nos palais affinés. Ce n'est pas d'ailleurs en pareille matière, qu'on peut parler d'atticisme : Rabelais est encore supérieur à Aristophane. Tous deux avaient du moins l'excuse de cacher des vérités utiles, sous un rire un peu épais.

5o Aberrations du besoin sexuel dans ses rapports avec les sentiments familiaux.

L'affection que nous portons naturellement à nos proches parents, père, mère, frères et sœurs, est un obstacle invincible à tout sentiment d'amour, à tout désir. Cela est bien, car les unions entre parents ne donnent que des résultats déplorables, par accumulations des hérédités semblables. Pour éviter de telles unions il fallait un instinct bien puissant, car la vie en commun, les jeux, les caresses enfantines, tout semble plutôt y prédisposer. C'est pour cela que s'est développé ce sentiment si général et si profond, qui nous défend de toutes pensées équivoques à l'égard de nos proches.

Ce sentiment, ordinairement fort, peut cependant être trouvé en défaut.

Ou bien il est si faible qu'à la première occasion il ne sait pas se défendre d'un désir un peu violent, surtout lorsqu'il n'a pas le soutien des sentiments moraux. C'est le cas assez fréquent chez l'homme du peuple que la promiscuité, la continence, l'obnubilation des fumées alcooliques, précipitent parfois criminellement sur une fille à peine pubère, par cet attentat à jamais souillée.

D'autres fois c'est l'attrait du vice, de la chose défendue, de la perversion, du crime, qui conduit au même résultat des individus d'une classe sociale supérieure, n'ayant pas comme les précédents l'excuse du besoin ni de l'inconscience. L'inceste dans ce cas est d'autant plus criminel que c'est comme tel qu'il est voulu : il est désiré et recherché *pour* et non *malgré* son caractère d'odieux attentat.

De ces attentats il faut rapprocher ceux qui souillent l'enfance, infiniment plus coupables encore. car ils s'adressent à des êtres sans défense, dont ils pervertissent non seulement la moralité, mais souvent la santé.

Nous retrouverons plus loin d'autres exemples encore de ce goût du vice, attirant aux pires excès.

§ 2. — LES ANOMALIES DU DÉSIR ET DE SA SATISFACTION

On se souvient de la distinction que nous avons établie entre l'amour et le désir. Ce besoin de *décharger ses vases*, comme l'appelle Montaigne, peut être l'origine d'aberrations multiples. Il est rarement absent, parfois exagéré, souvent perverti.

1o L'absence de désir. L'amour platonique.

C'est un amour distingué, dont il est de bon ton de se targuer.

Pensez donc, aimer avec le cœur seulement; évoluer dans les régions sereines du sentiment pur; s'enlever d'un vol puissant sur les ailes d'un idéal dépouillé de toutes basses convoitises, sourd à la voix des sens, insensible au trouble émoi d'une volupté dont la banalité est accessible à tous ! La belle attitude !

Et surtout comme elle est commode à la mièvrerie de certains tempéraments que l'épuisement accable, que l'impuissance guette, que l'égoïsme conserve ! Les raisins de l'amour sont parfois trop verts et surtout..... indigestes.

Et puis, à tout prendre, les amoureux platoniques ont raison. Lorsqu'on est incapable de la belle ardeur qui consume, mieux vaut l'indifférence qui glace. Lorsqu'on ne peut avoir la claire flambée du riche, mieux vaut la cellule sans feu du moine, que le maigre foyer du pauvre, alimenté de brindilles économisées.

Moins assaillie de désirs, davantage protégée par la pudeur, la femme a, plus que l'homme, de l'inclination à l'amour platonique. L'homme va souvent à l'amour par le désir, la femme suit le chemin contraire. L'émotion sentimentale l'effarouche moins que le trouble sensuel. Au commencement de tout amour, elle le souhaite sincèrement platonique et cultive l'illusion de le maintenir tel. « Vous serez l'ami de mon cœur, vous m'aimerez comme un frère aime sa sœur », sont les paroles qui, naturellement, lui viennent aux lèvres. Et derrière cette barrière fragile sa pudeur se rassure, jusqu'à l'assaut qui la trouve désarmée et sans forces. Ce frêle abri donne aux pudeurs féminines la même sécurité qu'à l'autruche, le brin de gazon qui cache sa tête.

Habile est l'amant qui, feignant de se résigner au traité qui semble leurrer tous ses espoirs, sait, par cette trêve, endormir les alarmes et préparer la capitulation prochaine.

Ce n'est là, en vérité, qu'un platonisme d'attente et de parade, les « âmes sœurs » finissant presque toujours par matérialiser leur communion dans une étreinte.

Le platonisme vrai et durable existe cependant ; il n'est pas sans beauté, ni dépourvu de délices, lorsqu'il est partagé tel. L'histoire nous en a transmis quelques exemples.

Ce qui est lamentable c'est un amour platonique se heurtant à un amour sensuel ou normal. Si le platonisme est du côté de la femme, il n'y a qu'un malheureux se désespérant d'aimer une coquette. Dans le cas contraire, c'est une amoureuse exaspérée de croire ridicule celui qu'elle a choisi.

L'amour platonique est pathologique, puisqu'il détourne l'instinct de sa fin normale.

2o L'exagération du désir. Le satyriasis.

L'exagération du désir ne conduit au satyriasis que lorsqu'il s'accompagne de la puissance d'aboutir. Il est difficile de fixer à quel moment il commence ; ce qui serait du satyriasis pour l'un serait fort naturel pour d'autres.

On serait mal venu à traiter de malade cet homme, orgueilleux de sa force, ignorant des défaillances, fier d'un *chiffre*, qui en amour apprécie la quantité plus que la qualité. Et, en effet, si sa virtuosité ne s'accompagne d'aucun trouble des fonctions, d'aucune altération des facultés, il n'y a qu'à s'incliner, sans nulle envie, plaignant plutôt ce riche, que l'abondance doit blaser, ce gourmand qui ne saurait être un gourmet, cet envoûté qu'une seule préoccupation entraîne.

Si le satyriasis est rarement une maladie, il en est souvent un symptôme. Il est particulièrement fréquent au début de la paralysie générale et du tabes. Comme, alors, la maladie n'est le plus souvent pas encore diagnostiquée, les excès satyriasiques sont souvent considérés comme une cause quand ils ne sont qu'un effet. Ces trop brillants exploits sont bientôt suivis d'ailleurs d'une impuissance irrémédiable. Dans la rage le satyriasis peut acquérir une douloureuse et extraordinaire acuité ; les chiffres cités paraissent tout à fait invraisem-

blables. Les effets de l'empoisonnement canthá-
ridien sont trop connus et malheureusement parfois
encore exploités.

3° Les perversions du désir.

Disciples d'Onan, élèves de Sapho, tribades, irru-
mateurs, sodomistes ou fellators (1), accoutumés
du fouet ou familiers de l'ordure, violateurs de
bêtes ou souilleurs de statues, tous ont un trait
commun : la recherche *unique* de la sensation voluptueuse par des moyens anormaux.

Dans les perversions du besoin sexuel que nous
avons étudiées précédemment, la recherche de la
sensation voluptueuse par des moyens anormaux
existe aussi, mais elle n'est pas unique ni même do-
minante. Il y a un élément psychique très important : le fétichiste ne souille pas toujours son
fétiche ; l'obsession du voleur de mouchoirs, par
exemple, est souvent entièrement satisfaite par le
vol, sans rien plus. L'érotomane, au désir perverti,
poursuit toujours le spasme. Nous avons montré
que, dans les perversions du besoin sexuel, on pouvait reconnaître un sentiment normalement associé
à l'amour, mais démesurément hypertrophié. Rien

(1) Nous ne donnerons pas de définitions de ces aberrations : ceux qui ont besoin de les connaître ne les ignorent
point. Que les autres conservent leur ignorance.

de semblable dans la perversion du désir, le plus habituellement du moins.

Cette distinction entre les perversions du besoin, de la *faim* sexuelle, et celles du désir, de l'*appétit* sexuel, nous a paru commode surtout au point de vue de leur pathogénie. Ce qui domine dans les premières c'est le déséquilibre mental aidé des associations anormales fortuites. La pathogénie des secondes est un peu différente.

Trois éléments dominent cette pathogénie : l'absence des moyens normaux, leur insuffisance, l'attrait du vice.

Ce n'est pas seulement dans les internats, à la caserne, dans les prisons, sur les navires, au désert, que les effets de la privation peuvent se faire sentir. Dans la solitude des campagnes, dans la pruderie des petites villes, le corps peut rester solitaire, veuf d'embrassements. Dans la corruption des grandes villes elles-mêmes, une timidité invincible, la peur d'une contagion redoutable, la crainte du scandale, des convictions religieuses fortes, peuvent offrir au désir une barrière infranchissable. Celui-ci s'exaspère alors dans les rêveries solitaires ; il acquiert l'acuité d'une obsession, d'une mise en demeure ; il *faut* qu'il aboutisse. Pendant que la volonté lutte, que l'imagination vagabonde, en dépit de toutes les diversions essayées, de toutes les dis-

ciplines tentées, de toutes les idées morales évo-
quées, progressivement et sûrement se fait la
poussée du désir, jusqu'à ce que, toutes les résistances submergées, la chute soit d'abord avec angoisse et remords subie, puis comme une fatalité
acceptée, enfin avec complaisance recherchée.

Dans cette déchéance morale, le mécanisme psychologique est tout à fait semblable à celui de
l'obsession, décrite en pathologie mentale. Prenons
comme exemple les *phobies*: un déséquilibré éprouve
sans cause l'émotion de la peur, il sent qu'il est
effrayé et il ne sait de quoi, tout paraît le menacer,
il a ce qu'on appelle de la *panophobie*. Bientôt son
émotion se localise : il a peur d'une chose déterminée, peur des espaces, peur des pointes, peur des
contacts, etc. Ainsi l'obsession du désir s'accroche
à toutes les suggestions d'une imagination troublée,
proie facile à toutes les corruptions.

Soit débilité native, soit faiblesse maladive, soit
épuisement de la débauche, les moyens normaux
de satisfaction peuvent devenir insuffisants, inef-
ficaces. Le désir alors se pervertit par suite de cette
faiblesse de moyens dont il se désespère, et contre
laquelle il lutte. Cavalier impatient, affligé d'une
rosse, qu'il talonne de l'aiguillon de ses inventions
perverses, il butte à toutes les bornes du vice.

Tantôt il s'efforcera de secouer la paresse d'un
centre médullaire fatigué, par l'action de verges

honteusement demandées, ou de corps étrangers imprudemment abandonnés qui le conduiront ensuite chez le chirurgien narquois. Tantôt il essaiera de galvaniser ce centre médullaire, par l'intermédiaire des centres cérébraux, excités par le vice.

L'attrait du vice, pour certains, n'est pas douteux : ils sont attirés par l'ordure, ils ont ce qu'on a appelé la *nostalgie de la boue*. Il n'est pas besoin pour cela que le vice se fasse élégant, qu'il s'entoure d'une atmosphère de beauté. Il faut au contraire parfois, qu'il soit vil et bas : la prostituée de bas étage ne connaît pas que les cottes et les blouses, elle fréquente aussi l'habit du bon faiseur. Suburre avait, pour Messaline, une volupté, résidant moins dans la vigueur des bras populaires, que dans le besoin de s'avilir. A en croire certains pessimistes grincheux, il y aurait encore, parfois sous des dehors prudes, des Messalines rêvant de maisons closes... pour une nuit.

Il est assez difficile de donner une explication de cet attrait du vice. Est-ce parce que tout ce qui est défendu, étant plus dangereux à rechercher, plus difficile à obtenir, est par cela même considéré comme plus précieux ! Attrait du fruit défendu, délices du péché ? La légende du paradis terrestre nous symbolise-t-elle cette période de l'évolution, où l'homme, méconnaissant l'autorité de la Nature, a transgressé ses lois, les lois de l'instinct ? Le péché originel n'est-il que l'héritage du vice et de la maladie ?

Le vice sexuel, s'accompagnant toujours d'autres défectuosités morales, exerce contre l'accumulation de celles-ci dans l'espèce humaine, une salutaire prophylaxie, puisqu'il détourne de la reproduction. Si l'on ne craignait d'employer un langage téléologique, on pourrait dire, que les vices sexuels sont un des moyens, que la nature emploie pour éviter la transmission des dégénérescences morales.

Lorsqu'une dégénérescence n'est pas trop accentuée, elle peut encore être corrigée par l'hygiène, l'éducation, une union assortie. Ainsi le péché originel est-il lavé par les eaux du baptême. Les races dégénérées, qui ne peuvent se rénover, s'éteignent. Les limbes attendent ceux que le baptême ne purifia point. Cette interprétation ésotérique de légendes très anciennes, bien antérieures au christianisme, ne paraîtra pas improbable, si l'on se souvient de l'habitude des sages antiques, de cacher, sous des mythes, des vérités profondes.

§ 3. — LES ERREURS DE L'INSTINCT

Féré a fait une démonstration très élégante de la façon dont peuvent se produire les erreurs de l'instinct chez l'animal : il a expérimenté sur les hannetons.

Les hannetons, dans leur choix sexuel, se laissent guider par les sensations olfactives, perçues par les antennes. Dans le cloaque de la femelle se trouve une sécrétion odorante, ayant la vertu d'exciter les mâles.

Si l'on met ensemble des mâles et des femelles, il y a des unions hétéro-sexuelles, jamais d'unions homo-sexuelles.

Si l'on enferme ensemble seulement des mâles, il n'y a aucune union homo-sexuelle : la privation de femelles ne suffit pas à tromper leur instinct.

Si l'on prend des mâles, dont on a imprégné l'extrémité caudale de la sécrétion odoriférante des femelles, et qu'on les enferme avec des mâles neufs ; il y a un certain nombre d'unions homo-sexuelles, dans lesquelles les mâles neufs jouent le rôle actif.

Si l'on prend des mâles qui viennent de s'accoupler avec des femelles, et par conséquent se sont imprégnés de leur odeur, et qu'on les enferme avec des mâles neufs, les unions homo-sexuelles sont beaucoup plus considérables.

Dans ces deux derniers cas les mâles ont été trompés par l'odeur artificiellement communiquée. Si dans le dernier cas les unions homo-sexuelles sont plus nombreuses, c'est à cause de l'inertie des mâles passifs, que l'accouplement antérieur a fatigués, et qui ne protestent point.

*_**

Les erreurs de l'instinct chez l'homme s'appellent unions *mal assorties*. Elles sont légion, et cependant on doit s'étonner que l'instinct ne se trompe pas plus souvent encore, car on fait tout pour l'égarer. Ses ennemis sont la pruderie, l'intérêt personnel, les suggestions poétiques et littéraires, la coquetterie et l'art de plaire.

Tout d'abord on lui enlève tout moyen de se renseigner, en tenant soigneusement à l'écart les deux êtres qui doivent s'unir pour la vie. Après quelques heures de conversation, où fatalement ils s'efforcent de se montrer autres qu'ils sont, on leur demande de décider du sort de leur bonheur. Nous avons déjà donné notre avis sur cette séparation des sexes.

L'instinct, à notre époque, c'est l'ennemi, que dès l'enfance on s'attache à dompter. Ses tendances les plus naturelles, les plus noblement altruistes, sont remplacées par les suggestions d'un égoïsme monstrueux. L'adolescent sait l'importance d'une dot ; il en suppute le montant probable. Quand on lui parle mariage, sa première interrogation est pour un chiffre. La jeune fille rêve de situation mondaine, de toilettes, réceptions, adulations, courbettes. Comment songerait-elle à l'amour qu'elle ignore ?

La littérature de fictions vient compléter l'œuvre de l'éducation. Qu'on nous permette d'emprunter quelques pages à une étude de Max Nordau, déjà mise à contribution.

« La femme qui lit des romans, dit Nordau (1), ou qui fréquente les théâtres, ne sait pas si l'homme qui l'approche est celui qu'il lui faut, car elle n'a pas d'idéal organique, mais seulement des réminiscences de héros de romans ou de drames. Elle confond ses caprices avec les véritables besoins de son organisme ; et commet à la légère les plus funestes méprises qui rendent une femme malheureuse pour la vie.

Quatre-vingt-dix-neuf fois sur cent, dans les classes cultivées, particulièrement des grandes villes, ce qu'on tient ou ce qu'on donne pour de l'amour n'est pas un sentiment né dans l'organisme, mais l'effet d'une suggestion poétique (2). Si les

(1) Nordau, *Paradoxes psychologiques*, p. 37.

(2) Peut-être l'influence de la suggestion exercée par la poésie sur la naissance d'une liaison amoureuse, n'a-t-elle jamais été mise en relief d'une façon aussi nette et énergique que dans les vers célèbres du Dante :

> Noi leggevamo un giorno per diletto
> Di Lancillotto, come amor lo strinse...
>
> Quando leggemmo il disiato riso
> Esser baciato da cotanto amante,
> Questi, che mai da me non fia diviso,
> La bocca mi baciò tutto tremante...
>
> (*Inferno*; ch. v, vers 127 et sqq.).

amants de cette catégorie n'avaient jamais lu un roman ou vu une pièce de théâtre sentimentale, ils ne se trouveraient vraisemblablement pas dans l'état d'âme qu'ils éprouvent, ou s'ils étaient réellement amoureux, leur sentiment se manifesterait en tout cas par de tout autres pensées, paroles et actions. Ils n'aiment pas avec le centre sexuel, mais avec la mémoire. Consciemment ou inconsciemment, ils jouent une comédie de salon ou de boudoir, et répètent avec sérieux et zèle les scènes dont la description dans les livres, la représentation au théâtre, s'est emparée de leur imagination.

A Paris c'est la coutume que les amoureux des classes populaires se rendent en pèlerinage, à l'époque de la lune de miel de leurs jeunes amours, au tombeau d'Héloïse et d'Abeilard, ces deux amants célèbres et malheureux du moyen âge. Cet acte renferme un sens profond. Très vraisemblablement, en effet, les amants sont redevables de leur liaison, qu'ils trouvent agréable, aux mélodistes amoureux du xiie siècle, autrement dit aux histoires d'amour que leur ont chantées les poètes, avec accompagnement de harpe. L'homme aimé d'une femme qui a de la lecture aurait tort de se vanter. Ce qu'elle aime réellement, ce n'est pas sa personnalité, ce n'est pas non plus son idéal organique à elle, duquel il se rapprocherait peut-être, mais la figure romanesque imaginée par quelque

écrivain et dont elle cherche un représentant.
Frappons-nous la poitrine, mes frères. Quelque
humiliant que cela puisse sembler à notre amour-
propre, nous devons néanmoins nous avouer franchement que nous avons tous été plus ou moins,
dans nos expériences amoureuses, le Bottom à tête
d'âne dont Titania était éprise, parce qu'elle se
trouvait sous l'influence de la fleur magique (*Le
Songe d'une nuit d'été*, de Shakespeare). L'Obéron
qui avait pressé sur les yeux de nos Titanias le suc
de la fleur magique, était simplement le poète. Le
hasard, propice pour nous, sans doute, a fait que
nous avons précisément rencontré les Titanias
quand elles étaient dans cet état. Qu'il s'agisse
d'ailleurs de Bottom ou de Quince, Titania n'aime
sûrement ni l'un ni l'autre, mais aime une figure
romantique que lui a suggérée l'espiègle Obéron,
comme Faust, « avec ce breuvage magique dans le
corps », voit dans chaque femme une Hélène
idéale.....

Que l'on examine, si l'on est en situation de le
faire, les liaisons amoureuses que, dans son propre
entourage, on voit naître et grandir, et mener au
bonheur conjugal ou à des catastrophes indiscrète-
ment bruyantes. En règle générale, on constatera à
peu près cette marche schématique: un homme par
suite du voisinage de table ou des obligations du
carnet de danses, s'entretient quelque peu et natu-

rellement d'une façon galante avec une jeune fille.
Celle-ci n'éprouve d'abord que de la satisfaction
produite par sa personne et qu'elle s'exagère généralement beaucoup ; puis sa vanité flattée la trans-
porte dans une disposition d'esprit aimable et ave-
nante, qui à son tour est mal interprétée par la
fatuité de l'homme. Maintenant le travail du hasard
cesse, et la suggestion du poète commence son œuvre. Lui et elle ont ressenti une légère excitation ;
l'imagination élabore celle-ci ; la mémoire évoque
toutes les images des couples amoureux célèbres ;
tous les poèmes lyriques, toutes les lettres d'amour
et tous les aveux qu'on a lus commencent à faire
rage et se pressent sous la plume et sur les lèvres ;
on se monte toujours de plus en plus, on s'enfonce
toujours plus ardemment dans le rôle érotique que
l'on a commencé à jouer, et l'on s'approche fina-
lement de l'autel où une troupe d'écrivains invisi-
bles étend, pour le bénir, les mains sur le couple,
qu'eux seuls y ont conduit. Plus tard, il est vrai,
on ne découvre que trop souvent que Thécla a donné
le rôle de son Max (*Wallenstein*, de Schiller) à un
acteur entièrement insuffisant, et réciproquement,
et alors se joue une autre pièce, également suggérée
par un poète, soit un drame d'adultère, soit une
romance de renonciation et d'entrée au couvent.
Mais presque toujours il s'agit d'un amour phono-
graphique, dans lequel hommes et femmes, comme

l'insidieux instrument de l'Américain Edison, répètent fidèlement, d'une voix en fer-blanc de polichinelles, les paroles que le poète a auparavant versées en eux.

Vous tous, sophistes de l'amour, abstracteurs de quintessence de la passion et pathologistes du cœur humain, inventeurs de situations alambiquées, d'êtres extraordinaires à double canon et d'événements inouïs, qu'avez-vous fait, avec vos histoires emberlificoquées, de l'instinct le plus simple, le plus vrai et le plus réjouissant de l'homme ? Et combien n'avez-vous pas été coupables envers nous tous ! »

L'erreur de l'instinct ne provient pas seulement des sentiments étrangers, que l'auto-suggestion poétique et romanesque précipite en avalanche dans le cœur des amoureux, qui ont de la littérature. Il vient aussi pour une bonne part des sensations : il n'est pas un art que la femme n'ait essayé d'employer pour accroître sa séduction ; il n'est pas un de nos sens qu'elle ne s'ingénie à flatter, dans le but de nous conquérir. Nous serions mal venus à nous plaindre de cette tendance, éliminatrice du laid, élément de beauté, source de joies sensuelles délicates et précieuses.

Ne redoutons pas trop les erreurs de l'instinct résultant de cette coquetterie. A moins que des qualités d'ordre supérieur, et dans ce cas il y aura tout profit pour l'espèce, ne viennent masquer la désillusion fatale, il saura se ressaisir.

Souhaitons seulement, que la mode, dans les séductions qu'elle imagine, ne s'écarte pas trop de la nature, et qu'en voulant la corriger elle ne la déforme pas.

Les erreurs de l'instinct sont redoutables pour l'individu et pour l'espèce. A l'individu les unions mal assorties apportent les désillusions navrantes, le boulet d'une chaîne pesante, la sensation d'avoir manqué sa vie, quand ce n'est pas l'écœurement irrémédiable de *l'horreur sexuelle.*

A l'Espèce, dont on a méconnu les droits, en violant les lois de l'instinct, on prépare l'accumulation des tares héréditaires, péché originel, qu'aurait pu laver le baptême d'une union assortie.

CHAPITRE IX

HYGIÈNE ET MORALE DE L'AMOUR

§ 1. — PRINCIPES DE MORALE

En ce temps-là, les hommes commencèrent à vivre en société. Ils s'entr'aidèrent dans la recherche de leur nourriture, se défendirent mutuellement contre leurs ennemis. Ils furent forts, triomphèrent et leur descendance se multiplia. Ceux qui voulurent continuer à vivre isolés succombèrent et leur race s'éteignit.

Il arriva que les hommes réunis en société sacrifièrent parfois leur intérêt propre à celui de la communauté. Ils faisaient cela tout naturellement, sans y réfléchir, simplement parce-que leur instinct les poussait. *Telle était leur nature.*

Ceux d'entre eux qu'un esprit enclin à la réfle-

xion portait à la recherche des causes et à l'observation des effets, remarquèrent bientôt que ces actes
de sacrifice étaient utiles à la société. Ils les appe-
lèrent *bons*. Les actes contraires furent nommés
mauvais.

***

En ce temps-là, l'imagination des hommes peu-
plait l'univers de dieux favorables et de dieux hostiles. Accomplir des actes bons était obéir aux premiers ; les seconds inspiraient les actes mauvais.

L'homme qui le premier s'éleva à cette science du
bien et du mal voulut naturellement faire part aux
autres hommes de sa découverte. Il leur enseigna
ce qu'ordonnaient les dieux bons et ce qu'ils défen-
daient. Ce fut le premier législateur, le *premier*
moraliste.

***

Lorsque les hommes eurent acquis le sentiment
et la notion de justice, ils s'aperçurent que les
actes bons étaient loin d'être toujours récompen-
sés, les actes mauvais punis. Ils imaginèrent que
les dieux réservaient la récompense ou la punition
pour une vie future. *La loi morale était née :* ses

préceptes obligeaient, car il y avait une sanction.
Elle fut d'abord traditionnelle puis écrite sur les
tables.

*_**

Les prêtres furent longtemps les seuls moralistes. Seuls ils disposaient d'une sanction, car ils
parlaient au nom des dieux. Les philosophes ne
réussirent pas à créer de morale effective car leurs
préceptes, dépourvus de sanction pouvaient bien
être suivis par une élite : ils n'obligeaient pas la
multitude.

Il est permis de penser à la vérité qu'un grand
nombre de moralistes religieux furent des philosophes, se servant du prestige d'une divinité, à laquelle ils ne croyaient point. Moïse descendant du
Sinaï a certainement usé d'un semblable subter-
fuge.

Ils n'eurent pas toujours, dans leurs feintes, un
but aussi louable. Disposant des foudres divines,
ils en usèrent le plus habituellement à leur profit,
à celui de leur classe.

*_**

La morale religieuse s'éloigna ainsi peu à peu de

la morale naturelle. Chaque fois que l'écart devint trop grand, ou bien la société périclita, ou bien apparurent des hommes, qu'on appela des *prophètes*, et qui restaurèrent la vraie morale, conforme aux instincts sociaux, représentants des besoins de la société. Ils parlèrent au nom de la divinité, pour le plus grand bien de leur *tribu*, de leur *peuple*, de leur *race*. Christ prêcha pour toute l'*humanité*.

Dans ces alternatives de dégradations et de relèvements successifs la morale religieuse a atteint son terme : elle a donné tout ce qu'elle pouvait donner. *Place à la morale scientifique.*

*
**

La morale religieuse décrétait qu'une chose était bonne, sans dire pourquoi elle était bonne ; elle ordonnait son accomplissement au nom de la divinité et sous la peine de châtiments terribles. La morale scientifique n'a ni décrets, ni préceptes ; elle étudie les actions humaines, leurs mobiles et leurs conséquences. Elle ne dit pas : telle action est bonne. Elle dit voilà comment il se fait que cette action a été accomplie, voici quel en sera le résultat. Elle ne commande pas l'accomplissement de tel acte plutôt que de tel autre. Elle espère simplement qu'en en montrant les conséquences, elle introduira dans l'esprit un *motif d'accomplir cet acte plutôt que cet autre.*

***

La morale religieuse se flattait d'imposer ses préceptes. Elle disposait pour cela des récompenses et des peines éternelles, et de vexations temporelles encore plus efficaces. Combien encore maintenant, pour qui la religion n'est qu'une habileté ?

***

La morale scientifique ne veut rien imposer. Elle sait combien est illusoire un ordre, lorsque la désobéissance n'a pas une sanction *immédiate.* De plus elle n'a pas la prétention d'être en possession de la vérité absolue : elle se flatte seulement de la rechercher.

Pour cette recherche, la morale religieuse n'avait que l'intuition, qu'elle appelait *révélation divine.* La morale scientifique dispose de moyens autrement sûrs : *l'observation* et le *raisonnement.* La morale religieuse imposait ses vérités par la *foi.* La morale scientifique ne fait appel qu'à la *persuasion.*

***

A notre époque où les dieux ont perdu tout prestige, on ne fait plus le bien parce qu'une loi morale l'ordonne. On obéit encore aux lois humaines parce qu'il y a les gendarmes.

On fait le bien par *habitude*, parce qu'on a été élevé ainsi. On fait le bien comme on se lave. On est propre au moral comme on est propre physiquement, par habitude et par hygiène. Le vice répugne comme le fait une malpropreté. On s'en éloigne comme d'une ordure.

La morale, c'est de l'hygiène ; l'hygiène, c'est de la morale. Il y a une morale des soins corporels, comme il y a une *hygiène des mœurs*.

Voici deux hommes. Le premier aimerait commettre ce qu'on appelle le péché ; ce n'est pas l'envie qui lui en manque ; il y éprouverait un réel plaisir : il ne le fait pas parce que la loi morale le défend, parce qu'il a peur des châtiments éternels. Le second n'éprouve aucun attrait pour ce péché, il lui répugnerait de le commettre, il sait qu'après, il aurait un violent malaise ; la loi morale n'est pas en cause car il n'en reconnaît aucune. Il est comme cela par suite de son éducation, qui lui a inculqué l'habitude d'être propre, moralement aussi bien que physiquement.

Auquel de ces deux hommes accorderiez-vous le plus de confiance ?

Le premier est celui que formaient les religions ; le second est celui que formera la morale scientifique. Ses actions n'auront ni mérite ni démérite, puisque la responsabilité est un mythe, le libre arbitre une illusion. Elles ne seront en elles-mêmes ni bonnes ni mauvaises ; elles *seront* simplement. Par leurs conséquences, elles pourront être appelées utiles ou nuisibles ; mais cela encore dépendra du point de vue auquel on se placera.

Le savant, qui étudie la marche du monde et s'efforce de déterminer la trajectoire de l'univers, assiste, en ce qui regarde l'humanité, à une évolution vers plus de science, plus de puissance, plus de conscience, plus de confort, probablement aussi plus de bonheur. En général il estime que cela est bien. Mais il sait que c'est là une opinion toute personnelle ; il n'ignore pas que d'autres savants ont une opinion contraire et trouvent le monde mal fait. Il ne blâme nullement cette manière de voir, ne s'en reconnaissant pas le droit. Il constate seulement que le pessimiste, qui trouve la vie mauvaise, est en minorité, que les lois de l'évolution tendent à éliminer sa race. Il s'en trouve fortifié dans sa conception optimiste qu'il sait devoir triompher.

Ce savant optimiste a, dès lors, un point de vue sûr, d'où considérer et juger les actions humaines.

Il les classe en deux groupes : celles qui favorisent l'évolution de l'humanité vers plus de force, plus de science, plus de beauté, plus de bonheur et celles qui contrarient cette évolution. Rajeunissant alors une nomenclature surannée, il appelle *bonnes* les premières, *mauvaises* les secondes.

Encore une fois il ne prétend pas imposer son opinion, il reconnaît au pessimiste le droit d'en avoir une contraire. Il sait par contre qu'elle s'imposera, avec la force de l'entière évidence, à celui qui jette sur le monde un regard optimiste.

Celui qui admire l'évolution de l'humanité vers une humanité toujours supérieure, se réjouit naturellement de voir s'accélérer cette évolution, souhaite que les actions bonnes prédominent sur les actions mauvaises. Il a du plaisir à accomplir les premières, répugne aux secondes. *Il fait le bien.*

Il souhaite aussi que les autres fassent le bien, favorisent l'évolution ascendante. Il se garde pourtant de vouloir régler leur conduite. Au nom de qui ? En faisant saisir la beauté de cette marche à l'étoile du progrès, il espère simplement introduire dans l'esprit de ceux qui l'écouteront un motif de la favoriser, de faire le bien. Le moraliste scientifique ne décrète rien, ne commande rien, ne menace point, ne promet rien. Il instruit. Par là *il prêche le bien.*

Ayant découvert que l'on fait le bien ou le mal par habitude, que celle-ci s'acquiert surtout par l'éducation et la répétition, il a porté son attention de ce côté. En ce qui le concerne, il s'entraîne aux bonnes actions, comme à un sport. En ce qui concerne la jeunesse, il souhaite qu'on lui apprenne le bien comme on lui apprend la propreté ou un métier.

Il est bon que celui qui apprend un métier, en même temps qu'il acquiert l'habileté profession-

nelle, se pénètre de toutes les notions théoriques
nécessaires. Ainsi en est-il de la loi morale.

Lorsqu'on veut faire un chimiste on le conduit
dans un laboratoire et on l'initie peu à peu à toutes
les manipulations. Parallèlement on lui enseigne
les lois des combinaisons des corps. On rirait de
celui qui voudrait apprendre la chimie dans un
livre. On n'a pas ri pendant des siècles de ceux
qui voulaient faire un homme de bien par l'enseignement d'une loi morale.

On peut faire un excellent chimiste pratique,
sans avoir lu un livre de chimie. Cela est impossible
sans avoir pénétré dans un laboratoire. On peut
faire un homme de bien sans avoir reçu un seul
enseignement moral; cela est impossible sans s'être
exercé à faire le bien.

En morale, l'éducation est tout, l'habitude est
indispensable. Le mot grec ηθος et le mot latin
mores l'indiquent tous deux.

Toute la morale se résume en ces deux mots :
science et *éducation*.

La *science* détermine la trajectoire de l'évolution
humaine, classe les actions humaines par rapport
à celle-ci. C'est la morale théorique. Elle se confond

avec la science elle-même. Socrate en avait eu l'intuition.

L'éducation apprend aux hommes à faire les actions qui favorisent l'évolution humaine, à fuir celles qui la contrarient. C'est la morale pratique.

***

. La morale naturelle pouvait se passer de sanction. Il se trouve que par surcroît elle en possède une.

Nous avons vu que la vie en société avait eu pour corollaire le développement des sentiments *sociaux :* sympathie, solidarité, affection, bonté, justice, abnégation, dévouement, etc. Ces sentiments se développèrent fatalement, car les sociétés dans lesquelles ils firent défaut succombèrent dans la lutte.

Ces instincts, sans être aussi profonds, parce que plus récents, sont aussi naturels que les instincts ayant pour but la conservation de l'existence individuelle. Satisfaits ils procurent un *plaisir*, contrariés, une *peine*.

Telle est la sanction de la morale scientifique.

On fait le bien, non seulement par habitude, mais *par plaisir*.

***

Il est vrai que lorsqu'on contrarie les instincts sociaux, lorsqu'on fait le mal, c'est ordinairement au profit des instincts individuels, dont la satisfaction nous procure aussi un plaisir. Il y a dans chaque cas une balance à établir entre le plaisir procuré par la satisfaction d'un instinct et la peine causée par la violation de l'instinct contraire. Cette balance penche toujours en faveur de l'instinct le plus fort et celui-ci dépend de l'éducation. Nous sommes ramenés au même point.

***

Les instincts sociaux doivent-ils *toujours* avoir le pas sur les instincts individuels ? Assurément non.

Deux hommes se rencontrent dans le désert. L'un d'eux est dépourvu de tout ; l'autre a quelques provisions, juste le nécessaire. En refusant toute aide, il causerait la mort de son compagnon ; en donnant tout il sacrifierait sa vie pour sauver l'autre. Il serait aussi coupable dans un cas que dans l'autre, puisque le résultat serait le même : la perte d'une vie humaine. Il doit partager, s'efforcer de sauver les deux, faire la part de l'instinct individuel et des instincts sociaux.

Toute la morale consiste à établir une juste proportion.

***

A la vérité il n'y a pas beaucoup à redouter que les instincts individuels soient sacrifiés aux instincts sociaux. Là voix de ceux-ci crie moins fort C'est toujours un étonnement lorsqu'elle domine celle des premiers. C'est pourquoi les instincts sociaux sont qualifiés de *nobles*. En réalité tous les instincts en eux-mêmes sont également nobles comme également utiles. Ils sont seulement inégalement développés.

***

Parfois cependant ils sont inégalement utiles, c'est lorsque le sacrifice d'un seul doit sauver plusieurs individus ou la société tout entière. Aussi les héros ont-ils toujours été honorés.

Les premiers moralistes ont prêché le sacrifice à la famille, puis au clan, à la tribu, au peuple, à la nation. Jésus-Christ l'a étendu à toute l'humanité. Ses prêtres l'oublièrent.

Le moraliste moderne songe non seulement à l'humanité existante, mais à l'humanité future. Il la veut plus forte, plus intelligente, plus savante, plus heureuse. Le plus sublime des héros est celui qui se sacrifie à l'homme des siècles futurs, qui ignorera son nom.

**

Le moraliste moderne ne s'indigne ou blâme, pas plus qu'il n'admire ou loue. Il constate et jauge. Le savant s'indigne-t-il de constater que l'azote n'est pas respirable ?

Dans l'application que nous allons faire des principes ci-dessus à la morale sexuelle, il nous arrivera d'avoir des paroles de blâme ou des éloges ; les constatations que nous ferons, prendront parfois la forme de préceptes. Qu'on n'y voie qu'un effet de la tyrannie des mots, des formes de langage acceptés !

§ 2. — DE LA MORALITÉ DE L'INSTINCT SEXUEL EN SOI

DU CULTE DE LINGAM ET DES FÊTES DE PRIAPE À SCHOPENHAUER ET À TOLSTOI

Dès la plus haute antiquité, les peuples de l'Inde divinisèrent le mystère de vie, l'acte de fécondation. Le Lingam, figuration de l'organe viril, en fut le symbole matériel. Chiven ou Siva en fut le Dieu. Cette religion eut ses idoles, ses fétiches, ses légendes et son culte.

Ses idoles furent innombrables, actuellement encore elles emplissent l'Inde, de lingams monstrueusement réalistes, sculptés ou peints. Ses fétiches furent des amulettes, appelées *Taly*, sur lesquelles était figuré l'inévitable lingam. Elles étaient bénies par le brahme et remises par le mari à sa fiancée. Sonnerat, cité par Dupouy (1), rapporte à ce sujet un délicieux détail. Deux ordres de missionnaires étaient en concurrence dans l'Inde : les jésuites et les capucins. Les premiers permettaient aux femmes de porter ces amulettes estampées de lingam ; ils furent dénoncés à Rome par les capucins. La Cour pontificale les approuva. Mais à partir de cette époque, sur les amulettes ils firent figurer la croix à côté du lingam. Charmants scapulaires !

Le culte de Lingam persiste encore dans l'Inde. A certaines heures les prêtres de Chiven ornent de guirlandes de fleurs de Lingam Sacré.

Ce culte se retrouve identique, chez les anciens peuples de l'Asie Mineure sous le nom de *Phallou*, dans l'antique Egypte sous le nom de *Priape ;* avec le phallus il persista en Grèce.

Ce culte était noble à l'origine : ce que l'on adorait c'était la vie, la fécondité. En Egypte le culte de Priape se confondait avec celui du soleil ou d'Osiris. La fécondation de la terre par le soleil était figurée par l'union de l'organe mâle et de l'organe femelle. Isis représentait à la fois la terre et l'or-

(1) Dr Edmond Dupouy, *La Prostitution dans l'antiquité*, Paris, 1898.

gane femelle, comme priape symbolisait le Soleil-Osiris. « Aux fêtes d'Osiris, on portait un priape en procession dans les campagnes, pour obtenir les moissons abondantes » (Dupouy).

Plus tard ce culte dégénéra : Priape devint le symbole du plaisir sensuel, ses fêtes l'occasion d'immondes luxures, son culte l'origine d'une effroyable prostitution. Les prêtres y trouvèrent, avec la satisfaction de leurs vices, un merveilleux instrument de domination, une source de profits incalculables.

Nous ne retiendrons que ceci : loin d'être considérées comme immorales, les manifestations de l'instinct sexuel étaient regardées, par les peuples primitifs, comme agréables aux dieux.

A l'époque où le Christ parut il y avait depuis longtemps une débauche effroyable, contre laquelle Moïse déjà avait vainement essayé de réagir. Du plaisir des sens on avait fait un but, alors qu'il ne doit être qu'un moyen. Tous les artifices de volupté étaient considérés comme légitimes. Le véritable but de l'instinct, la procréation, était méconnu. L'intérêt de l'Espèce était bafoué.

C'est contre cet état de choses et non contre
l'instinct lui-même que Jésus éleva sa protestation
indignée. Dieu le père, dans l'Ancien Testament,
avait dit : *Croissez et multipliez et remplissez la
terre.* Son Fils dans le Nouveau Testament ne le
contredit point. Ce qu'il condamne, c'est uniquement la *recherche du plaisir*, aussi bien d'ailleurs
dans le mariage qu'en dehors de lui. Ses disciples
allèrent plus loin que lui, on sait jusqu'où le fana-
tisme de la chasteté poussa Origène. Sans être for-
mellement condamné, l'acte de vie, dans la religion
chrétienne, cessait d'être méritoire comme dans
les religions anciennes. C'est que, dans cette religion, le pôle de l'activité humaine est déplacé vers
la recherche du bonheur, non plus dans cette vie,
mais dans une existence future. La vie actuelle est
considérée comme ni bonne ni mauvaise ; c'est une
épreuve, un passage.

***

Pour Schopenhauer la vie est mauvaise, elle ne
nous apporte que douleur, c'est une mauvaise
blague. Elle se perpétue par la volonté de vivre,
l'instinct. Celui-ci est donc mauvais. Le suicide de
l'individu n'aboutirait (1) pas à la suppression

_____

(1) Et cependant si tous les individus se suicidaient, ce

de la douleur, car il laisse persister l'Espèce. Il faut arriver au suicide de l'Espèce par la négation du vouloir vivre, la résistance à l'instinct, le refus de procréer.

Ce système est parfaitement logique et si l'on admet le point de départ, à savoir que la vie est mauvaise, il n'y a rien à répondre.

***

Tolstoï aussi prêche la résistance à l'instinct, préconise la chasteté comme l'état idéal. » L'entrée, non seulement en relations amoureuses, mais même dans le mariage au point de vue chrétien, n'est pas rehaussement, mais chute, parce que l'état amoureux et l'amour physique qui l'accompagne, malgré toutes les preuves du contraire en vers et en prose, ne correspond jamais à un but digne d'un homme, mais l'empêche toujours (1) ».

Quand on lui objecte que son idéal aboutirait à la suppression de l'humanité, il répond qu'un idéal

serait bien la fin de l'espèce, la négation du vouloir vivre. Schopenhauer réussit mal à échapper aux conséquences de sa doctrine, la suppression de la vie considérée comme mauvaise, le suicide. Cela prouve bien que les pessimistes le sont rarement autant qu'ils le disent, leur persistance à vivre le prouve assez.

(1) Tolstoï, *La Sonate à Kreutzer.*

est toujours un but vers lequel on tend sans jamais l'atteindre et que « si nous admettions même que l'idéal chrétien de la chasteté s'est réalisé, alors nous serions arrivés à des affirmations très connues d'un côté par la religion, dont un des dogmes est la fin du monde, d'autre part par la soi-disant science qui affirme le futur refroidissement du soleil, dont une des conséquences doit être la fin de l'espèce humaine ». Il invoque d'ailleurs pour justifier sa manière de voir l'autorité du Christ.

Nous reconnaissons facilement dans sa doctrine cette conception de la vie qui la considère comme mauvaise. « Et pourquoi vivre ? s'écrie le héros de Tolstoï. Les Schopenhauer, les Hartmann, tous les boudhistes disent bien que le plus grand bien est le Nirvâna, le Non-Vivre..., et ils ont raison en ce sens que le bien-être humain coïncide avec l'anéantissement du « Soi ». Pour Tolstoï le mariage n'est « que la débauche permise »... « Si nous rejetons les explications conventionnelles et si nous envisageons la vie de nos classes supérieures et inférieures telle qu'elle est avec toute son impudeur, ce n'est qu'une vaste maison de tolérance. ». Il n'y a pas de différence entre les prostituées et les « femmes de la plus haute société »... « En logique sévère, il faut dire que les prostituées à court terme sont généralement méprisées, et les prostituées à long terme estimées. » « On doit combattre la prostitution non pas dans les maisons de tolérance mais en famille. »

Il serait difficile d'être plus sévère pour le péché d'amour.

Donc pour l'optimiste l'amour est noble, puisque la vie est bonne ; pour le pessimiste il est condamnable car la vie est mauvaise. Tous deux, à des points de vue différents, ont raison.

Le pessimiste est ainsi fait que toute activité est considérée comme douloureuse, le plaisir n'est que la cessation de la douleur, partant négatif. Si l'on pouvait donner une valeur numérique à la somme des plaisirs et à celle des douleurs, le quotient $\dfrac{plaisir}{douleur}$ serait toujours inférieur à l'unité. Il serait au contraire toujours supérieur à l'unité chez l'optimiste.

Entre les deux le savant n'a pas à prendre parti. Il se borne à constater que, par le fait même de son pessimisme, le pessimiste vrai tend à disparaître. Il s'en réjouit pour le bonheur des races futures et sa conception optimiste du monde, loin d'être ébranlée se trouve fortifiée.

Donc la vie est bonne et l'amour est noble.

§ 3. — LES PHÉNOMÈNES DE LA VIE SEXUELLE ET L'ÉDUCATION DE L'ENFANCE ET DE L'ADOLESCENCE

Il semble universellement admis par les éducateurs modernes, que l'enfant doit tout ignorer de l'instinct sexuel. On lui apprend la pudeur, sans essayer de la justifier, comme une sorte de honte de ses organes : il les cache comme une infirmité. Non seulement on lui laisse ignorer leur usage, au sujet duquel il ne demande pas à s'instruire, mais on lui enseigne qu'il y a des choses qu'il ne doit pas chercher à savoir. On lui pose un point d'interrogation, pour le laisser sans réponse. D'un inconnu, dont il n'avait nul souci, on fait un mystère qui le tourmente. Les manuels de religion ou de morale, qui sont entre ses mains, sont pleins d'interrogations mystérieuses : on lui prescrit d'examiner sa conscience sur des amitiés coupables, des attouchements secrets, des plaisirs défendus, etc. Il doit porter son attention là-dessus, y réfléchir. Puis lorsqu'il a compris, on lui affirme que tout cela, c'est le péché, le péché désagréable à Dieu, le péché puni de peines terribles. On s'en va ensuite tranquille, persuadé d'avoir moralisé cette jeune âme !

On l'a mise sur le chemin de la corruption. La curiosité, d'ailleurs source de toute intellectualité, est l'instinct dominant de ce cerveau qui s'éveille. Soyez sûrs que l'enfant ne s'inclinera pas devant ce point d'interrogation. Ses investigations personnelles lui feront probablement découvrir des sensations, qu'il aura ensuite trop de tendances et de facilité à retrouver, doublant leur agrément propre de la saveur du fruit dérobé. L'enfant est volontiers un prosélyte, il fait part de ses découvertes, l'enseignement mutuel soulève encore un coin du voile. C'est aussi un observateur très en éveil qui ne laisse échapper aucune parole, aucun geste touchant l'objet de sa curiosité. Les exemples d'ailleurs ne lui manquent pas, surtout dans le peuple, grâce à la promiscuité des logements exigus. De ses recherches la conclusion sommaire est qu'il existe des plaisirs délicieux que les grandes personnes défendent aux enfants, sans s'en priver elles-mêmes. La sanction lointaine et douteuse d'une loi morale est dès lors un bien faible contre-poids. Dans ses vains efforts pour escalader un Olympe, que lui ferme encore son âge, il risque de se pervertir à jamais.

Le voici adolescent : le mot d'ordre est toujours *silence*. On semble ignorer la transformation qui s'opère en lui, la sensation organique qui le bouleverse tout ; on laisse au hasard le soin de lui montrer la voie. Proie facile à toutes les suggestions mauvaises, à toutes les dépravations, à toutes les souillures ?

***

Que faut-il donc faire ? La ligne de conduite, dictée par la nature, paraît cependant bien simple.

Il ne faut pas *devancer l'instinct, ni trop se laisser devancer par lui.* A l'enfant qui ignore tout, ne demande rien, il ne faut rien dire ; il faut le laisser dans son ignorance, mais une ignorance *réelle*, sans mystère, sans interrogation suspecte. Ce dont il faut se garder surtout, c'est d'éveiller la curiosité, sans la satisfaire. La pudeur, chez l'enfant, doit être une manifestation de l'instinct de propreté ; il faut se garder d'y attacher une idée de péché.

Dès qu'avec l'instinct la curiosité s'éveille, que ce soit prématurément, par déséquilibre nerveux, ou initiation précoce, il faut *la satisfaire.* Dès qu'il le soupçonne et s'en inquiète, il faut apprendre à l'enfant les mystères de la génération. On peut l'instruire de cette fonction, d'une façon très simple, par l'étude de l'histoire naturelle. La fécondation des fleurs, puis des animaux inférieurs, enfin des animaux voisins de l'homme, lui apparaîtra comme une fonction toute naturelle. Le mystère n'irritera plus son imagination, sa curiosité satisfaite se portera sur d'autres objets.

La même conduite s'impose évidemment envers celui qui aura pu conserver son heureuse ignorance jusqu'à l'adolescence.

En résumé il y a deux choses dont il faut se garder : *éveiller la curiosité d'une façon trop précoce, ne pas la satisfaire lorsqu'elle est éveillée.*

§ 4. — LE MARIAGE ET L'AMOUR LIBRE

Les peuples de tous les temps et de tous les pays ont presque toujours considéré le mariage, c'est-à-dire l'union permanente de l'homme et de la femme, comme la condition morale de l'amour. Cela est bien ou plutôt cela est conforme à la nature, dont la loi est que l'union sexuelle dure aussi longtemps que cela est nécessaire pour assurer l'existence de la progéniture. Comme l'enfant a besoin des soins des parents pendant une très longue durée, durant laquelle d'autres surviennent, l'union est devenue aussi longue que la vie.

**

Le mariage est parfait lorsque l'amour a présidé au choix, dans une union bien assortie. Nous avons vu qu'il n'en était pas toujours ainsi, que l'instinct pouvait se tromper et surtout être trompé.

L'éleveur qui travaille à l'amélioration d'une espèce choisit les reproducteurs en vue du résultat le meilleur à obtenir. Si le résultat ne répond pas à

son attente il recommence ses essais avec de nouveaux croisements.

L'éleveur du bétail humain, c'est le petit dieu
Eros. Avec le mariage il lui est interdit de se tromper dans son choix, car il ne peut réparer son erreur par de nouveaux essais.

Qu'on nous pardonne cette comparaison triviale.

Avec l'amour libre, point d'inconvénients de cette
sorte. Les essais successifs peuvent être recommen-
cés un grand nombre de fois jusqu'à ce que se trouve
enfin l'union, fertile en résultats pour l'amélioration
de l'espèce.

Oui, mais les conséquences de ces essais successifs, les enfants ? Que deviendront-ils ? Qui les
élèvera ? Qui les instruira ? Tant que cette question
ne sera pas résolue, l'amour libre reste condamné.

Je sais bien que ses partisans prévoient un état
social dans lequel les enfants seront tous à la
charge de l'État. Cela est parfait, mais à la condition que l'on fasse d'abord disparaître les instincts
familiaux. Cette disparition demandant sûrement
quelques siècles, il est peut-être prématuré de condamner le mariage. Il n'est pas défendu cependant
de prévoir cette transformation progressive, en
multipliant l'assistance à ceux qu'on a appelés les

enfants de l'amour. En faisant ainsi, on enlèvera toute entrave au développement de l'amour libre, et si celui-ci est bien, comme quelques-uns le prétendent, la condition morale des unions sexuelles dans les siècles futurs, il se développera fatalement en vertu des lois de l'évolution, aux dépens du mariage, condition morale des unions sexuelles dans les siècles passés et présents.

*

Cette supériorié *actuelle* du mariage sur l'amour libre est bien établie. Est-ce à dire que le mariage ne soit pas susceptible de quelques améliorations atténuant ses inconvénients ?

Lorsque l'erreur de l'instinct a été trop grossière elle peut en partie être réparée par le divorce. Il est vrai que, pour les enfants, celui-ci a des inconvénients presque aussi grands que l'amour libre. Il est donc rationnel de mettre, dans ce cas, quelques obstacles à son obtention ; l'enfant ne doit pas être à la merci d'un caprice. Mais lorsqu'il n'y a pas d'enfants, pourquoi ne pas l'accorder très facilement, tout de suite, à la demande d'un seul, comme le veulent les frères Margueritte ? En réglementant le divorce comme le mariage le législateur doit avoir en vue non seulement le droit et le bonheur des individus actuels mais aussi des générations futures.

La formule la plus conforme aux lois naturelles semble être la suivante : *rendre le divorce extrêmement facile tant qu'il n'y a pas d'enfant, augmenter ses difficultés en raison du nombre des enfants.* D'autre part : *offrir largement la tutelle et l'assistance de l'État aux enfants de l'amour libre.*

§ 5. — L'AMOUR DANS LE MARIAGE

Tout au long de cette étude nous nous sommes efforcé de démontrer que, pour le bonheur de l'individu et l'intérêt de l'espèce, il est indispensable que l'amour préside à toute union sexuelle. A considérer la façon, dont se font la plupart des mariages, il faut bien avouer que peu de gens paraissent de notre avis.

Le gros bon sens a distingué trois classes de mariages : le mariage d'amour ou d'inclination, le mariage de raison, le mariage d'argent.

***

Le mariage d'argent n'est qu'un contrat de vente, dans lequel l'acheteur, toujours trompé sur la qualité de la marchandise, l'est aussi le plus souvent sur la quantité. L'acheteur est un niais, le

vendeur un coquin. Encore cela est-il jusqu'à un
certain point excusable et compréhensible, lorsque
l'argent est du côté du mari et que celui-ci est un
homme d'esprit, sachant que l'amour ne s'achète
point, n'exigeant que de la grâce et de la beauté.
L'Espèce risque fort d'être leurrée, mais du moins
il n'y a personne de trompé. La jeune fille, qu'une
éducation idiote laisse désarmée dans la lutte pour
la vie, vend ce qu'elle a : toute la faute en incombe
à l'organisation sociale. Que dire par contre du
petit monsieur qui, trouvant l'argent trop dur à
gagner, tourne tous ses efforts vers la conquête
d'une dot? Dès l'âge propice atteint, se mettre en
campagne dans les salons, sur chaque visage inscrire un chiffre, trouver le visage charmant lorsque
le chiffre est gros, s'enquérir des bonnes grâces et
du consentement maternels, dont on ne saurait se
passer, plus que de l'amour de la fille dont on se
soucie peu, passer sur tout, sur la laideur, les
disgrâces physiques, les infirmités, les maladies
mêmes, pourvu que le gain soit important, étaler
ensuite celui-ci avec une inconscience naïve, qui
désarmerait si elle n'était odieuse, n'est-ce pas là,
en vérité, une mentalité bien proche de celle du
criminel? Lisez dans le code les caractères et éléments de l'escroquerie et contemplez autour de
vous les mariages d'argent. Il est vrai qu'ici la
preuve est impossible à faire : l'argent n'empêche

pas l'amour et lorsque celui-ci existe, il justifie tout. Il est toujours impossible de démontrer qu'il n'y a pas d'amour. Voilà pourquoi sans doute on est aussi indulgent au mariage d'argent : on a toujours l'air de croire que c'était un mariage d'amour. On ne le dit pas cependant, on a peur de paraître ironique !

Le mariage dit de convenances est identique au mariage d'argent : on y échange des avantages matériels et sociaux, pas de sentiments.

***

Dans le mariage de raison on se préoccupe aussi de la fortune et des autres avantages matériels et sociaux, mais pas d'une façon unique, ni même le plus souvent d'une façon prédominante. On veut encore sinon être amoureux, du moins se sentir susceptible de le devenir. On ne passerait pas sur quelque chose de déplaisant dans le physique, encore moins sur une tare capable de compromettre la famille qu'on veut fonder. On accepterait plus volontiers même l'absence de fortune, si tout le reste était satisfaisant. Toutes ces préoccupations sont légitimes ; on ne peut guère reprocher au mariage de raison que de ne pas attendre la voix de l'instinct, clamant l'amour.

***

Dans le mariage d'amour, cette voix de l'instinct est seule entendue, elle crie si fort qu'elle étouffe toutes les autres. Considérations de fortune, d'avenir, de santé, d'honneur même, tout est foulé aux pieds par celui que la passion d'amour possède. Un seul instinct l'entraîne, il n'a qu'un objectif : posséder l'objet aimé, dans le mariage ou en dehors de lui. Un tel amour peut avoir une beauté tragique pour l'artiste, il ne trouve pas grâce devant le savant. On y démêle aisément un certain déséquilibre mental, aussi peu favorable au bonheur de l'individu qu'aux progrès de l'Espèce. Nous avons déjà exprimé notre avis à ce sujet.

***

En appliquant le critérium qui nous guide, le bonheur de l'individu lié à l'intérêt de l'Espèce, nous ne saurions donc approuver aucun de ces mariages.

L'idéal, écartant tous les inconvénients, tenant compte de tous les desiderata, est bien simple à formuler. Le mariage parfait est celui qui, *proposé par l'amour, est accepté par la raison.* Il n'y a aucun inconvénient, au contraire, à ce qu'il soit *complété par l'argent* surtout à notre époque, où une certaine aisance est la condition presque indispensable, pour que l'enfant, retardant le moment où il doit gagner sa vie, puisse arriver à l'entier développement de toutes ses facultés.

§ 6 — L'AMOUR STÉRILE

1° Le droit et le devoir de ne pas procréer dans certaines conditions.

Comme tous les instincts, l'amour est aveugle, ne fait pas de *distinguo*, il ignore la casuistique et pousse indistinctement tous les êtres à l'acte de vie. Il anime du même sentiment violent l'infirme, le débile, l'idiot et l'homme plein de santé, de force et d'intelligence.

A cela nul inconvénient dans les temps primitifs : la Nature savait corriger ses fautes. Après avoir, par une folle prodigalité de germes, multiplié les êtres vivants, elle opérait un choix à l'aide de ces lois de l'évolution auxquelles nous avons fait appel si souvent. Les faibles étaient éliminés, les forts seuls se perpétuaient.

Mais voici que l'homme, après avoir découvert ces lois, s'insurge contre elles. Sa solidarité et sa pitié s'étendent à l'infirme et au débile. La sélection naturelle n'opère plus dans les mêmes conditions,

par le triomphe du plus apte dans la lutte pour la
vie. Soutenu par d'autres le moins apte fait concurrence au mieux adapté et réussit parfois à le
supplanter. Le perfectionnement indéfini de la race
n'est-il pas mis en péril ?

On pourrait d'autant mieux le supposer que la
sélection *sexuelle*, ainsi que nous l'avons montré,
en plusieurs parties de ce livre, n'est pas mieux
respectée que la sélection *naturelle*. Avec de la richesse et de la puissance, l'homme infirme, malade,
laid ou difforme, se substitue trop facilement à celui qui n'est riche que de force, de santé, de beauté.

***

Il est vrai que tout n'est pas à regretter dans ce
bouleversement des lois de l'évolution.

Si le nombre des infirmes et des débiles tend à
s'accroître ce mal est compensé par le développement des sentiments de pitié et de solidarité. Leur
apparition n'est pas payée trop cher sans doute.

Si les qualités physiques de grâce, de force et de
beauté ont perdu de leur ascendant en amour, les
qualités morales et intellectuelles, les dons du cœur
et de l'esprit, ont gagné de l'importance. L'Humanité ne perdra pas au change peut-être.

***

L'idéal serait évidemment de profiter des avantages, d'annuler les inconvénients que présente l'état actuel de l'évolution humaine. Ces temps semblent proches.

Scrutant les lois de l'hérédité, les mystères de la vie intra-utérine, les complexités de l'élevage de l'enfant et de l'éducation de l'adolescent, la Science a déterminé quelles sont les principales conditions nécessaires à l'élaboration d'un homme sain, fort, intelligent. Elle a montré dans quels cas l'échec était certain, le résultat sûrement pitoyable.

La Science prédit l'avenir navrant de déceptions et de tristesse à celui dont le système nerveux se déséquilibre d'une tare héréditaire, à celui que sourdement mine encore la syphilis, à celui qu'une tuberculose incomplètement guérie menace toujours, à celui dont les culs-de-sac glandulaires uréthraux abritent encore le sommeil de quelques gonocoques, à tous ceux enfin qu'une cause quelconque rend impropres à la création d'une famille saine et forte.

***

« Un jour viendra peut-être, dit le Dr Cazalis (1), où les deux familles, avant de décider un

(1) Dr CAZALIS, *La Science et le Mariage*, O. Doin.

mariage, mettront en présence leurs deux médecins, comme elles mettent en présence leurs deux notaires, et où les médecins auront le pas sur les notaires, comme les questions de santé le devraient prendre sur les questions d'argent. »

Quelques savants ont en effet pensé que la loi pourrait interdire le mariage dans certains cas déterminés. La casuistique en a été étudiée par le Dr Jullien (1) pour la blennorrganie, par Fournier (2) pour la syphilis, par Landouzy pour la tuberculose, par beaucoup d'autres pour l'hérédité nerveuse et l'alcoolisme.

Cette législation, bien difficile à faire accepter, serait d'une application presque impossible. Celui qui en aurait la ferme volonté passerait à coup sûr à travers ses mailles. Quoi de plus facile que de tromper le médecin sur une syphilis sans accident actuel, ou sur une tare nerveuse, dont les accidents sont épisodiques !

***

Il faut compter davantage sur la divulgation et la vulgarisation des notions scientifiques. Qui oserait procréer si on lui affirmait que son enfant aura

(1) Dr JULLIEN, *La Blennorrhagie et le Mariage*, Baillière.
(2) Dr FOURNIER, *Syphilis et Mariage*, Masson.

les plus grandes chances d'être infirme ou idiot !
Le grand obstacle, c'est d'une part la morale traditionnelle ou religieuse proscrivant l'amour volontairement stérile, et d'autre part l'instinct qui pousse
violemment à l'acte de vie, au mépris des conséquences fâcheuses pour l'Espèce.

Il faut proclamer *le droit et même le devoir de se
refuser à la procréation dans certains cas.*

Celui que marque une tare indélébile doit renoncer pour toujours à l'enfant. La renonciation
ne sera que temporaire pour qui est atteint d'une
maladie curable. La femme a non seulement le droit
mais le devoir de refuser la maternité que veut lui
imposer un mari taré ou simplement ivre. Elle a le
droit de limiter sa fécondité si sa santé court un
risque. Les époux ont le droit de proportionner le
nombre de leurs enfants à leurs ressources, car il
ne suffit pas de faire des enfants, il faut en faire
des hommes. Celui qui fort et sain n'aurait que
d'heureuses hérédités à transmettre a le droit de
se réserver tant qu'il n'a pas trouvé une partenaire
digne de lui, que lui désigne l'amour, et qu'accepte
sa raison. Son ambition est légitime à tendre vers
la procréation d'élite. Son orgueil est noble de ne
vouloir accepter un résultat médiocre.

Si ces notions si simples, si claires, si naturelles,
non seulement ne sont pas admises de tous, mais

soulèvent des orages, c'est qu'on ne s'est pas suffisamment rendu compte que les conditions de
l'évolution humaine ont complètement changé. A
l'heure actuelle, pour que l'humanité future jouisse
de plus de force, de plus de science, de plus de
bien-être, de plus de bonheur, il importe, non pas
de faire beaucoup d'enfants, mais de les faire bien.

Entendons-nous bien : ce droit de refuser l'enfant s'étend jusqu'à la fécondation inclusivement.
Une fois celle-ci opérée, le droit du nouvel être,
qui existe déjà, prime tout. Si empêcher la fécondation est un droit légitime, entraver par un moyen
quelconque le développement de l'œuf fécondé est
un crime : c'est un homicide. Était-il nécessaire de
prévoir une semblable équivoque ?

2° Le droit à l'Amour quand même.

Celui qui renonce à l'enfant doit-il renoncer à
l'amour ? Peut-on lui demander de résister à la
poussée formidable du besoin sexuel, de rester
sourd à la clameur de l'Instinct ? Défendra-t-on
tout amour à cet adolescent qu'une sève impérieuse
tourmente, à ce nerveux que son déséquilibre livre
désarmé à sa passion loin de l'en défendre, à ce
tuberculeux dont la maladie souvent exaspère le
désir, à tout être enfin qui, en prenant la résolution
d'être infécond dans le but noble et généreux de

ne pas créer de la souffrance; ne saurait par là même dépouiller les tiraillements douloureux de l'Instinct ?

***

Ah ! qu'il est facile en pareille matière de se draper dans un manteau d'austère vertu ! Qu'à peu de frais il est possible de se raidir dans une attitude pleine de noblesse ! Je les entends bien ces moralistes sévères. L'amour n'est pas un but, affirment-ils très justement d'ailleurs, ce n'est qu'un moyen ; le véritable but c'est la procréation. Qui ne veut pas du but, ne peut accepter le moyen, c'est-à-dire le plaisir. La *chasteté* est obligatoire à qui ne veut pas procréer.

Cela est parfaitement juste, lorsque cherchant le *plaisir* on en refuse les conséquences par égoïsme, par peur des charges à assumer, pour ne pas diminuer son bien-être ou son indépendance.

Cela n'est plus vrai lorsqu'on refuse la procréation pour les raisons que nous avons données plus haut.

***

Et puis il y a une autre raison pour ne pas interdire l'amour, c'est qu'une pareille défense serait tout à fait illusoire. Arrête-t-on le vent qui passe, la marée qui monte, le torrent qui gronde? Le philosophe observateur des faits moraux, successeur du moraliste faiseur de préceptes, se contente d'étudier l'amour stérile et ses conséquences.

Il se réjouit de voir rester dans les limbes des milliers d'enfants qui seraient voués à la souffrance; il entrevoit avec joie une humanité future plus saine et plus forte, souffrant de moins de tares. Il ne se dissimule pas sans doute qu'un grand nombre s'autoriseront de ce prétexte pour éluder des charges, trop lourdes à leur égoïsme. Ne l'auraient-ils pas fait même sans prétexte? L'inconvénient en tout cas est minime, en regard des avantages.

Vous aboutirez, lui objecte-t-on, à une diminution progressive de la population? Sans doute, mais la belle affaire! Comme si le progrès humain était lié à la quantité et non à la qualité; comme si la grandeur d'un peuple était proportionnelle au chiffre de sa population. Rappelez-vous la Chine. Sans doute, pour une nation, il faut vivre d'abord; mais pour qui ne s'hypnotise sur des boucheries futures improbables, la vie n'est-elle pas mieux assurée forte et restreinte que misérable et étendue? Faut-il rêver l'extension de l'humanité ou son perfectionnement?

Il semble vraiment pour certains philosophes que l'idéal soit une augmentation indéfinie de la race humaine, emplissant la terre de sa misère et de sa souffrance. Malthus, doux pasteur dont le nom a été très injustement entaché d'immoralité alors qu'il s'est fait l'apôtre de la chasteté, protesta le premier contre cette conception. En 1798, dans son *Essai sur le principe de la population*, il posa la loi suivante : *la population humaine s'accroît suivant une progression géométrique, les subsistances ne s'accroissant que suivant une progression arithmétique, il arrivera forcément un moment où les subsistances seront insuffisantes.* Telle est la cause de la misère ; il y a un seul remède : combattre la surpopulation par la restriction volontaire des naissances. Pour cela un seul moyen, la *chasteté* ; il s'élève avec vigueur contre l'amour stérile.

Malthus eut des admirateurs enthousiastes, qui, eux, ne craignirent pas de prêcher la restriction volontaire dans l'amour et le mariage (1) (Robert Dale Owen, Richard Carlile, Austin Holoyake, Charles Knowlton, Drysdale, James Laurie, Page, etc.).

La loi de Malthus n'a pas été acceptée par la majorité des économistes ; Proudhon en particulier lui a opposé une loi toute contraire, d'après laquelle

---

(1) Toute cette question de la restriction des naissances a été fort bien exposée dans un roman récent : *Sésame ou la maternité consentie,* par Michel Corday.

les subsistances s'accroîtraient plus rapidement que la population.

La loi de Malthus est certainement trop absolue. Il ne faut pas restreindre *toutes* les naissances indistinctement ; il ne faut pas interdire la vie à ceux qui y arriveraient forts et sains, mais seulement aux débiles et aux infirmes, car la vraie cause de la misère c'est leur trop grand nombre. Pendant de longs siècles encore sans doute la terre sera assez vaste pour tous ceux qui possèdent un organisme sain, des bras vigoureux, un cerveau clair.

Sans doute l'augmentation de la population, par le partage des richesses ancestrales, augmente la concurrence, rend plus rude la lutte pour la vie. Mais n'oublions pas que c'est là l'âme de tout progrès. Nous aurions le droit de nous plaindre si nous ne considérions que le bonheur de l'humanité *actuelle*, mais songeons aux races *futures*. Leur intérêt est que nous ne nous endormions pas sur les conquêtes, durement obtenues par ceux qui nous ont précédés. Si nous avons le droit de nous arrêter pour jouir un peu du paysage parcouru, nous avons le devoir de nous souvenir que la route est longue qui reste à parcourir à l'humanité dans sa marche vers le progrès.

La restriction des naissances telle que nous la comprenons satisfait à la fois l'humanité actuelle et l'humanité future. Elle assure à l'une et à l'autre plus de force, plus de santé, plus de bien-être, plus de bonheur.

***

Accepter l'amour stérile, c'est dira-t-on violer les lois de nature, c'est pécher contre la morale naturelle. Non, c'est asservir ces lois. Et quand nous nous vêtons, que nous nous construisons des maisons, que nous nous chauffons, ne violentons-nous pas les lois de la nature, ne les asservissons-nous pas ?

Et puis est-ce bien vrai que la Nature nous interdise l'amour stérile ? Elle conseille à l'homme une seule compagne ; elle lui interdit l'amour pendant certaines périodes avec cette compagne. Pourquoi alors a-t-elle mis au cœur de l'homme un désir *permanent* ? Pourquoi a-t-elle prodigué follement les germes, si la prodigalité devait être interdite à l'homme !

Sans doute il faut vivre selon la nature, ne pas pervertir ses instincts. Mais il est permis de les contrôler ; c'est un devoir souvent. Il ne faut pas oublier que nos instincts sont des habitudes *fixées*, que leur origine est très ancienne, que les circonstances de milieu les modifient constamment, les adaptent à de nouvelles conditions. L'homme ayant pris conscience de son évolution a acquis le pouvoir de la favoriser ou de la retarder suivant que le sens lui en paraît bon ou mauvais.

Nul doute alors qu'il n'ait le droit d'intervenir dans les manifestations de l'instinct sexuel, si le bien de l'humanité l'exige. Nous avons montré que tel était le cas.

***

Légitimer l'amour stérile, c'est, dira-t-on, réhabiliter la prostitution. Peu nous importe, pourrions-nous répondre tout simplement. Il y a mieux à dire.

La prostitution n'a rien à faire avec l'amour ; elle ne vise que la satisfaction génitale, tout au plus intéresse-t-elle le désir ; son objet c'est le libertinage et son exploitation ; ses causes sont d'une part nos vices, origine de la demande ; et d'autre part la mauvaise organisation sociale, source de l'offre.

Les marchandes d'amour ne vendent pas d'amour ; elles ne tiennent que sa contre-façon et débitent du plaisir. La prostituée qui se donne et qui aime n'est plus une prostituée, même si elle continue à recevoir de l'or. Toute femme qui se donne sans amour, pour obtenir quelque chose, n'importe quoi, est une prostituée. Dans une assemblée de femmes les plus prostituées ne sont pas toujours celles qu'on pense. Tolstoï a eu à ce propos des paroles sévères que nous avons rapportées.

Cette question des rapports de l'amour et de l'argent est pour l'amant une des plus irritantes. En *théorie* elle est très simple et se résume dans les deux propositions suivantes d'apparence contradictoires : *Tout amour que l'on achète est payé trop cher, car ce n'est pas de l'amour ; l'amour ne saurait être payé trop cher, car c'est un bien infiniment précieux.*

Mais hélas ! que l'application en est donc difficile en *pratique* ! Est-ce un marché ou un doux partage, s'interroge anxieusement l'amant. Croyez toujours au doux partage et cultivez soigneusement votre illusion, conseillerais-je volontiers..... s'il en était besoin !

La prostituée qui aime et est aimée n'est plus une prostituée, si elle est fidèle à son amour bien entendu. Avec la grâce de l'une, le bien-être de l'autre, dans un doux et légitime partage, s'édifie le bonheur de tous deux.

Et celui qui aime une prostituée et n'en est pas aimé ? C'est un sot s'il n'a pas au moins l'illusion de l'amour. Eh quoi ! en échange non seulement de sa fortune, ce qui serait négligeable, mais de son amour, il accepterait d'être *subi* ! *Être subi*, sentir que ces bras ne s'ouvrent qu'avec répugnance, que l'indifférence, quand ce n'est pas le dégoût, habite ce cœur que l'on désire passionnément faire battre à l'unisson, avoir la conscience claire que ces gestes, ces cris, ces pamoisons, quand encore on s'en donne la peine, ne sont qu'un odieux simulacre, effort comique pour mériter le salaire attendu; n'est-ce pas, en même temps qu'une amère souffrance, un abaissement du caractère et un manque total de dignité, de la part de celui qui l'accepte ? C'est un sot, vous dis-je..... ou une sotte, car la prostitution n'est pas le propre d'un sexe. Contemplez autour de vous certains mariages.

Tout change, si, dans une telle union, celui qui n'aime pas sait du moins verser l'illusion, la bienfaisante illusion que l'on doit cultiver en son cœur comme une plante rare et infiniment précieuse. L'illusion de l'amour égale l'amour lui-même au point de vue subjectif du bonheur apporté. J'entends l'illusion complète, qu'aucun doute ne vient troubler, qu'aucun soupçon ne tourmente. L'horrible et dégradante bienfaisante et douce chose que le mensonge d'amour ! Être trompé, croire au mirage d'un sentiment illusoire, quelle torture et quelles délices ! Cultivons avec piété le jardin de nos illusions.

Que ce soit dans le mariage, l'amour libre, ou la prostitution, celle qui donne l'illusion ne vend pas ce qui ne saurait s'acheter.

De toutes façons la prostitution n'a rien à faire avec l'amour, stérile ou non.

***

Dans ce bilan de l'amour stérile, après avoir tenu le compte de ce qui a été mis à son passif, relevons ce qui peut être inscrit à son actif.

L'amour *fécond* trop souvent se néglige. Confiante dans les liens plus ou moins indissolubles du mariage, toutes les forces de son instinct déviées vers la maternité, la sécurité de ses sentiments maternels endormant sa défiance d'amante, l'épouse trop facilement délaisse le soin de plaire. Trop facilement la belle amoureuse se transforme en respectable matrone.

Ne lui faites pas un crime de cette métamorphose, mais ne l'érigez pas davantage en vertu. Quelle sache du moins qu'elle joue gros jeu ; elle risque simplement avec l'amour de son mari tout son bonheur. Votre intérieur, madame, pour offrir à votre mari une atmosphère d'élégance, de beauté et d'amour, n'en présenterait pas moins de confortable à votre jeune famille ; en conseillant des soins minutieux aux attraits qui firent votre bonheur, votre inquiétude d'amante volerait bien peu de temps à votre sollicitude maternelle ; pour être plus orné dans son intimité votre corps en serait-il moins respectable ; votre esprit perdrait-il à aiguiser sa séduction ? Ne croyez point, madame, que ce

soient là futilités de fiançailles, soins négligeables
de lune-de miel ? Craignez l'habitude et sa lassitude ;
redoutez les petits dégoûts, les nausées impercep-
tibles de tous les contacts, que vous n'avez plus le
souci d'envelopper de grâce, de produire en beauté.
Soyez coquette, l'austérité de votre devoir de mère
ne l'interdit pas au soin de votre bonheur d'amante.

L'amour stérile n'a pas besoin de tels conseils.
Dépouillé de son objectif naturel, n'ayant d'autre
objet que lui-même, s'érigeant en but, il veut durer
et croître ; il érige vers la perfection le sentiment
amoureux et son objet, la beauté humaine. Votre
souci est noble, belle amoureuse, de vouloir conserver à votre corps aimé une ligne impeccable, de
rythmer d'élégance votre démarche, d'assouplir de
charme autant que de noblesse votre attitude,
d'envelopper de grâce vos gestes, de donner à res-
pirer autour de vous un parfum d'amour, une
atmosphère de beauté. Votre art met à contribution tous les arts et les inspire tous ; ce n'est pas
le moins noble. Votre hymne d'amour, comme le
chant du pilote rythmant l'effort des rameurs antiques, soulèvera d'un bel élan l'humanité sur la
route du progrès.

***

Les aspirations de l'humanité ne sont pas uni-

quement utilitaires : le peuple romain, après avoir
demandé du pain, réclamait les jeux du cirque ; les
peuples modernes proclament leur droit à de la
beauté. Lorsque les temps seront révolus, où la
misère décidément vaincue ne sera plus qu'un souvenir cruel, où les hommes n'auront plus à souffrir
de la non-satisfaction de leurs besoins organiques,
il leur restera comme source d'activité les besoins
d'émotions esthétiques. Conservant sans effort leur
existence, ils travailleront à l'orner.

Nous avons défini l'émotion esthétique : une
émotion dépouillée de son objet réel et de son but
habituel, une *activité émotive de luxe* ; le jeu une
activité motrice sans but, de luxe. Nous avons
montré qu'il y avait de même une *activité intellectuelle de luxe*. Il y a un plaisir de sentir pour
sentir, de se mouvoir pour se mouvoir, de comprendre pour comprendre. L'amour stérile est une
manifestation de luxe, participant de ces trois
modes. C'est de l'art.

Qui niera l'utilité de l'art, non seulement dispensateur de joies précieuses, mais éducateur des
peuples, source d'activités fécondes ? Qui contestera
l'urgence de conserver et de développer dans le
cœur de l'homme le sens de la beauté, sans lequel,
nous l'avons vu, son instinct risque les pires
erreurs ? Qui oserait soutenir que dans nos luttes
quotidiennes un amour partagé n'est pas le meil-

leur réconfort, la plus précieuse des récompenses ?

Nous en avons assez dit pour justifier l'amour stérile. Il ne s'agit pas d'ailleurs de rien changer aux mœurs, car si la plupart honnissent l'amour stérile, tous le pratiquent à l'occasion : ce péché a une casuistique des plus larges. Il était bon de démasquer cette hypocrisie.

***

La Grèce antique avait merveilleusement senti l'amour, compris ses diverses formes.

Elle *honorait* l'amour *fécond* dans la mère de famille : la matrone avait droit à tous les respects, elle portait seule le titre de citoyenne, ses enfants celui de citoyens. Enfermée dans le gynécée, absorbée par la direction de son intérieur et le soin de ses enfants, elle n'allait jamais ni au théâtre, ni aux jeux, ne sortait dans la rue que voilée. Sa conduite devait être pure, l'adultère était sévèrement puni. Des magistrats spéciaux appelés *gynécocosmes* (1) surveillaient sa conduite. Les Athéniens avaient jugé prudent de la maintenir dans la plus parfaite ignorance : il est probable que le mari laissait en friche ses sens aussi bien que son intelligence. La matrone était véritablement la dépositaire de l'avenir de la

(1) DUPOUY, *loc. cit.*

race. On ne lui demandait pas de plaisir mais seulement des enfants.

L'amour *stérile* avait à Athènes des prêtresses multiples, célébrant le culte de l'amour sous toutes ses formes, depuis le désir le plus vil jusqu'au platonisme le plus pur, personnifiant l'un dans la *Vénus Pandémos*, l'autre dans la *Vénus Ouranie*.

Il n'y a rien à dire des *Dictériades*, courtisanes expertes dans les rites de la sensation voluptueuse. Cette forme de la prostitution fut de tous les temps et de tous les peuples.

Musiciennes et danseuses, les *Aulétrides* n'étaient pas à vrai dire des prostituées : elles ne vendaient pas leur corps, mais le donnaient parfois par surcroît. Par leur musique, l'art de leurs gestes, la volupté de leurs poses et de leur danse, la perfection de leurs corps, l'harmonie des lignes et la pureté des formes, elles savaient, à la fin d'un festin, par l'excitation rythmique de tous les sens, déchaîner dans le cœur des spectateurs tous les transports de l'amour *physique*. Parfois alors elles se donnaient, autant pour éteindre leur propre exaltation que pour satisfaire les désirs qu'elles avaient su allumer.

Les aulétrides furent véritablement les prêtresses de la beauté physique.

Avec les *Hétaïres* nous gravissons un échelon de
p'us : les transports de l'amour physique dans une
excitation harmonique de tous les sens, se dou-
blent de toute l'exaltation sentimentale, que nous
avons décrite dans les *formes supérieures de l'amour*.
Experte comme la dictériade dans les rites de la
sensation pure, habile comme l'aulétride à émouvoir tous les sens, n'ignorant rien des beautés ar-
tistiques de son temps ; parfois arbitre du goût ;
jugeant les littérateurs et les poètes et souvent,
comme Sapho, les égalant ; disputant avec les philosophes et les étonnant, l'Hétaïre a véritablement
représenté le génie de la Grèce antique. Pour être
la vraie prêtresse de l'Amour complet il ne lui a
manqué que d'être *féconde*.

Si l'on dédaigne les quelques ombres, que font
à ce tableau le vice, les perversions et les excès du
désir, la honte de l'amour anti-physique, on peut
dire que de tous les peuples c'est l'athénien qui, dans
sa façon de comprendre l'amour, en a mieux senti
la beauté, sans en méconnaître le but et en le sau-
vegardant toujours.

⁂

Ces pures traditions furent longtemps perdues.
Sous l'influence religieuse et la conception de l'a-
mour-péché la statue de la Beauté sembla se cou-

vrir du manteau de la Honte, ce fut un crime d'admirer les nudités superbes. Les nations latines, à
vrai dire, protestèrent toujours ; le culte de la
beauté persista malgré le catholicisme, et la Rome
des papes ne fut pas la dernière à s'émouvoir au
grand mouvement de la Renaissance. Les races du
nord au contraire, encore assombries par le protes-
tantisme, restèrent insensibles au charme puissant
de la beauté humaine, œuvre de chair, œuvre de
péché. Elles semblent s'en être souvenu jusqu'à nos
jours : une des tristesses de l'étranger qui parcourt
ces pays c'est d'avoir trop rarement le regard ré-
joui par une de ces œuvres d'art vivantes que nous
présente à chaque pas la femme des pays latins.

**

Que nous réserve l'avenir ? Il ne faut pas regar-
der en arrière ; quelque attirante que soit la conception qu'eurent les Athéniens de la beauté et de
l'amour, ne peut-on rêver mieux ? Déjà l'Amour
s'évade de l'oppression des religions, transformant
les haillons de la Honte en une parure exquise, la
Pudeur. Déjà l'Amour pénètre dans le gynécée, la
mère de famille proclame son droit au sentiment, la
prêtresse d'amour d'autre part refuse de renoncer
à la fécondité. Déjà il semble possible de trouver
réuni ce que les Grecs avaient séparé.

Ne peut-on rêver avec l'Eve future tous les raffinements de la volupté la plus aiguë, toutes les vibrations exacerbées des sens, toutes les délices du sentiment, tous les emportements de la passion, en même temps que toutes les joies pures de la famille ?

TABLE DES MATIÈRES

FIN DE LA TABLE DES MATIÈRES

DIJON, IMPRIMERIE DARANTIERE.

www.ingramcontent.com/pod-product-compliance
Lightning Source LLC
Chambersburg PA
CBHW050312030726
47505CB00003B/665